中國古典文學理論批評專著選輯

冷齋夜話箋注
天廚禁臠箋注

上

釋惠洪 著
周　萌 箋注

人民文學出版社

圖書在版編目(CIP)數據

冷齋夜話箋注　天廚禁臠箋注:上下 / (宋) 釋惠洪著;周萌箋注. -- 北京:人民文學出版社,2023
(中國古典文學理論批評專著選輯)
ISBN 978-7-02-018447-7

Ⅰ. ①冷… Ⅱ. ①釋… ②周… Ⅲ. ①宋詩-詩歌評論 Ⅳ. ①I222.744

中國國家版本館 CIP 數據核字(2024)第 010566 號

責任編輯　徐文凱
裝幀設計　吴　慧
責任印製　王重藝

出版發行　人民文學出版社
社　　址　北京市朝内大街 166 號
郵政編碼　100705

印　　刷　三河市博文印刷有限公司
經　　銷　全國新華書店等

字　　數　573 千字
開　　本　880 毫米×1230 毫米　1/32
印　　張　24　插頁 4
印　　數　1—3000
版　　次　2023 年 12 月北京第 1 版
印　　次　2023 年 12 月第 1 次印刷

書　　號　978-7-02-018447-7
定　　價　120.00 圓(全兩册)

序

盧永璘

周萌的新著《冷齋夜話箋注　天廚禁臠箋注》，是人民文學出版社選立的重點科研項目，周萌孜孜矻矻於此，撰著打磨多年，付出了艱辛的心血與汗水，現在終於付梓，誠令人欣慰。

周萌碩士階段師從古典文學界著名學者章必功教授，已打下厚實的學術基礎。二十一年前（二〇〇二年），他負笈北來，入燕園攻讀文論史博士學位，我忝為其導師，實則亦師亦友。他入校時研究興趣偏於理論，我讓他多修一些文獻方面的課程，他欣然應允，並一直保持對文獻考證的興趣，這部書稿可謂他在這方面多年努力的成果。

周萌的博士論文是研究唐代詩僧皎然《詩式》，後又拓展到宋代詩僧惠洪，但始終聚焦于唐宋僧人詩論領域，而要想在這個已有深厚積澱的領域有所突破，離不開在文獻、文學、文論諸方面相互發明，齊頭並進，這部書稿正是基於這三方面合力的產物。

首先，書稿圍繞佛教與中國文學的關係問題展開，通過對惠洪詩話的個案研究，揭示宋代禪學與文學交互作用的基點、路徑、過程及結果，足以舉一反三，為研究同類問題提供理論範式。

其次，書稿充分利用國內外尤其是日本的漢籍善本，在版本考據方面有最優化的選擇。同時，書稿立足于漢字文化圈的跨文化視域，為分析『輸出—新生—回流—共進』的文化傳播模式提供了研究樣本。

再次，書稿著重回應宋代文學的三個基本問題：宋代文學何以自立，黨爭如何影響宋代文學，宋代詩禪交融有怎樣的理路，可謂重新闡釋宋代文學的發生發展機制，並有提綱挈領的作用。

復次，書稿從唐宋詩論流變的代際維度、宋代文學特性的共時性維度、中國文學批評史的歷時性維度、中外文論比較的横向維度等，深度挖掘每個問題的固有邏輯及特有價值，由點及面，視野開闊；以小見大，論述精深。

總之，書稿雖是箋注，實則融義理、考據、辭章於一體，在文獻考辨、文學闡釋、文論推演等方面都不乏新見與發明。書稿被人民文學出版社列入『中國古典文學理論批評專著選輯』，與前賢並列，榮光在茲。當然，書稿所涉內容龐雜，尤其是要箋解博大精深的佛學，錯漏在所難免，這就有賴學界同仁批評指正，使之臻于完善。

古人云：『千淘萬漉雖辛苦，吹盡狂沙始到金。』這句詩同樣適用於學術研究，只有下真功夫，做真學問，才能成就經得起時間檢驗的真價值。期待周萌不斷砥礪學問，有更多佳作面世。

前言

惠洪（一〇七一—一一二八），筠州新昌（江西宜豐）人，北宋著名詩僧。就時代氛圍而言，宋代叢林『入世』意識較前代更自覺，與政治之關係亦更密切，故而惠洪兼有僧人與士人兩重身份，不僅於佛教與文學均有著述，而且主動投入政治浪潮之中。正因如此，惠洪人生經歷格外與衆不同，他先後四次入獄，兩次被取消僧籍，堪稱宋代僧人之異類。由於積極參與世事，惠洪交游廣泛，與張商英等朝廷官員、黄庭堅等著名詩人、真淨克文等禪宗高僧等皆有往來。惠洪著作同樣豐富，《禪林僧寶傳》與《林間録》記録禪門歷史，《石門文字禪》抒寫詩人懷抱，《冷齋夜話》與《天廚禁臠》探討詩學理論，不一而足。惠洪這位影響廣泛而又頗有爭議的詩僧，具有串連宋代政界、詩界及佛界的標本意義。

惠洪所著詩話與詩格之主體内容并不複雜，《冷齋夜話》詩壇與禪門掌故大致各占一半，《天廚禁臠》則是通篇探討詩法，然而基於跨界之身份優勢，惠洪詩學理論呈現出三種觀念交織之態勢：一是繼承傳統詩學觀，例如推崇含蓄自然。二是梳理當代詩學觀，例如推尊杜甫及由此派生之諸種詩法，而總結江西詩派理論可謂重中之重，『換骨奪胎法』即爲典型例證。三是援引佛學入詩學，將『文字禪』思想落實爲具體詩學觀，例如『妙觀逸想』說。可以說，繼承傳統與尊杜是宋代詩學主流思想，而尊黄之緣由，部分在於與黄庭堅相識是惠洪最值得自誇於詩壇之事。其實，惠洪詩論獨到之處主要在第三點，因爲這不僅用實例展現了儒釋交融具體軌迹，而且於江西詩派理論視野大有拓展，使其在專注詩法之餘有更高層次理論闡述。以是觀之，《冷齋夜話》與《天廚禁臠》傳承歷史而又回應現實，關注技法并升華至理論創新，立足詩壇實際更向禪學汲取營養，或許便是兩書獨特價值之所在。

《冷齋夜話》雖著録有序，但由於詩話與小説『街談巷語，道聽塗説者之所造』（《漢書》卷三十《藝文志》）有不少類似之處，故而往往被置於『小説家』或『雜家』之列，與今人視爲詩學理論不同。再加之惠洪爲人爲學頗受爭議，《冷齋夜話》多被批評爲『誕妄』，與今人重視其正面價值亦不同。這兩種傾向，大抵自宋代以來一直如此。晁公武《郡齋讀書志》衢州本卷十三著録的《冷齋夜話》爲六卷，《郡齋讀書志》袁州本卷三著録亦爲六卷，解題以爲『崇、觀間記一時雜事』。陳振孫《直齋書録解題》

卷十一著録爲十卷，儘管這未必是通行本十卷，但從通行本卷十『蔡元度生歿高郵』條來看，蔡卞卒於政和七年（一一一七），兩種卷數之差異或爲先後流傳，後者對前者有所增補擴充而已。至於《宋史》卷二百六《藝文志五》著録爲十三卷，《説郛》百卷本卷九記爲十五卷，未見他人引述，姑且存而不論。

晁公武認爲此書『多記蘇、黄事，皆依托也』，陳振孫稱其『言多誕妄』，似已奠定了古人論述之基調。《四庫全書總目》卷一百二十《冷齋夜話》提要則有更全面細緻之分析，主要從三個方面概括了全書所存問題：第一，從陳善等人引用來看，某些原有僞作『已經後人刪削，非其完本』。第二，標題冗沓拙鄙，『皆與本書不類』，無疑是『後人所妄加，非所本有』。第三，故意捏造事實以與《山谷集》不合，『以自明其暱於庭堅，獨知其詳』。事實上，無論是刪減僞作還是增補標題，皆非惠洪所爲，惟其作僞以抬身價，方爲後世詬病。當然，《冷齋夜話》某些論點武斷及考據不精亦常落人話柄，胡玉縉《四庫全書總目提要補正》卷三十六以宋代詩話加以佐證：『又洪書本有「詩至李義山，爲文章一厄」云云，許顗舉「夕陽無限好」兩句，洪即時刪去。詳《彦周詩話》。』『其中尤謬者，誤以白居易《東城尋春》詩「老色日上面」及《竹窗》詩「輕紗一幅巾」合而爲黄庭堅《責宜州》詩，且有學道閑雅之語，已爲胡仔《漁隱叢話》所糾。』正因如此,『李慈銘《荀學齋日記》壬集下（五九）云:「皆瑣屑不足道之事,其論詩亦甚凡近,此等所謂底下之書。」』但這些批評并不足以全面否定《冷齋夜話》,正如《四庫全書總目》所言,惠洪『本工詩,其詩論實多中理解,所言可取則取之,其托於聞之某某,置而不論可矣』,説明此書詩學價值仍值得深許。

《冷齋夜話》版本衆多,但傳承脈絡并不複雜。宋版已不存,僅見宋代詩話筆記總集諸書摘録。較之後世版本,宋人選録甚爲簡略。國内現存最早版本是中國國家圖書館藏元刻本（殘存八卷且内有殘缺）,爲其餘諸本所本。明代前中期有翻刻本,國圖、故宫、静嘉堂文庫等均有藏本,《稗海》本、《津逮秘書》本、《四庫全書》本出自此本,《學津討原》本出自《津逮秘書》本,《筆記小説大觀》本出自《稗海》本。日本現存最早版本是鐮倉末期所刊的五山本,應爲『覆宋版』,且爲寬永本、正保本、寬文本、文化本、《螢雪軒叢書》本、《殷禮在斯堂叢書》本所本,較國内諸本間差異更小。至於摘録本,《類説》最早,每條所述均較簡略。《説郛》自言出於十五卷本,且所選三條與他本均有異文。《永樂大典》僅存殘卷。《古今説部叢書》出於《筆記小説大觀》本,《舊小説》《歷代小説筆記選》出於《稗海》本,《詩話叢刊》出於《螢雪軒叢書》本。後出摘録本,可存而不論。今以五山本爲底本,而參以元刻本、明前中期翻刻本、《稗海》

本、《津逮秘書》本、《四庫全書》本、《學津討原》本、《筆記小説大觀》本、寬永本（古活字印本）、正保本、寬文本、文化本、《螢雪軒叢書》本、《殷禮在斯堂叢書》本等。

《天廚禁臠》，《郡齋讀書志》衢州本卷二十、《直齋書録解題》卷二十二、《文獻通考》卷二百四十九、《宋史》卷二百九《藝文志八》均録爲三卷。晁公武將其定性爲『論諸家詩格』，亦爲歷來共識。然而這類著作在唐宋時期大量湧現，總體理論水準不高，故而非議不少。《四庫全書總目》卷一百九十七將《天廚禁臠》提要列爲『存目』，言其『舉唐宋舊作爲式』，而明確指出所存兩大問題：第一，守法方面，於古詩押韻與换韻之類『茫然不知古法』。第二，創新方面，所創格式多是『强立名目』『自生妄見』，例如將杜甫《一百五日夜對月》與黄庭堅《阮郎歸》稱爲『偷春格』，將蘇軾『芳草池塘惠連夢，上林鴻鴈子卿歸』詩與黄庭堅『平生幾兩屐，身後五車書』句化用典故而有所改字稱爲『用事補綴法』。由是得出結論：『嚴羽《滄浪詩話》稱《天廚禁臠》最害事，非虚語也。』事實上，《滄浪詩話·詩體》雖言『惠洪《天廚禁臠》最爲誤人』，但又稱『其是處不可易也』。换言之，詩格類著作文獻與詩學價值仍不容忽視。

《天廚禁臠》宋元版皆已不存，國内現存最早版本是明活字印本，係根據元版的鈔本訂正而成，明抄本與清抄本均出自明活字印本。日本現存最早版本是五山本，寬文本出自五山本。今以五山本爲底本，參以明活字印本、明鈔本、寬文本。

今人點校《冷齋夜話》主要有四種：陳新點校本據《津逮秘書》本排印，并參以宋代詩話。張伯偉《稀見本宋人詩話四種》據五山本點校，并以《津逮秘書》本及靜嘉堂文庫所藏書影參校。黄寶華整理本以《稗海》本爲底本，校以《津逮秘書》本，并參以宋代詩話。黄進德批注本以《津逮秘書》本爲基礎，參照五山本略作校補。

今人點校《天廚禁臠》則僅有《稀見本宋人詩話四種》，以寬文本爲底本，并以明活字印本及五山本書影參校。本書點校時對以上成果均有參考。

《冷齋夜話》與《天廚禁臠》有聯結宋代詩學、禪學與政治之特殊價值，但兩書衹有點校本而沒有箋注本，故而有必要詳加注解，以期充分理解惠洪詩學思想，進而深度把握宋代詩學之特質與流變。

目録[1]

冷齋夜話箋注

卷之一

卷之二

卷之三

卷之五

卷之六

卷之七

卷之八

卷之十

天廚禁臠箋注

卷上

卷中

卷下

【校】

①《冷齋夜話》原本目錄與正文標題文字略有不同，今依正文標題，詳見各條校語。《稗海》本、《筆記小說大觀》本、《說郛》無目錄，正文亦無標題。《四庫全書》本、《螢雪軒叢書》本、《永樂大典》殘卷無目錄。

②黄魯直：原本目录作『魯直』。

③原本目錄作『秦少遊題壁』。

④原本目錄作『羅漢失隊』。

⑤詩本出處：《類說》作『東坡詩』。

⑥原本目錄作『神宗禁牧豭豘』，《類說》作『太祖遠略』。

⑦原本目錄作『東坡南遷贈朝雲詩』，《津逮秘書》本、《學津討原》本作『東坡南遷，朝雲隨

侍，作詩以佳之』。

⑧ 原本目録作『東坡得淵明遺意』。

⑨ 原本目録作『鳳翔壁上詩』。

⑩ 原本目録作『東坡題扇』。

⑪ 原本目録作『換骨奪胎』，《類説》作『奪胎換骨法』。

⑫ 老嫗解詩：《類説》作『白樂天詩』。

⑬ 原本目録作『采石鬼』。

⑭ 原本目録作『亡國偈』，《類説》作『牡丹偈』。

⑮ 原本目録作『留食戲詩』。

⑯ 原本目録作『歐公黄牛廟、東坡錢塘詩』。歐公：《津逮秘書》本、《學津討原》本、《殷禮在斯堂叢書》本作『歐陽』。

⑰ 《類説》作『薦福寺碑』。

⑱ 一絶：原本目録無。

⑲ 《類説》作『笋名稚子』。

⑳ 原本目録作『老杜、劉禹錫、白居易詩』，《類説》作『北征詩』。

㉑ 退之：原本目録無。

㉒ 原本目録作『崇寧寺觀音竹、澮山岩訓狐』；《津逮秘書》本、《學津討原》本『崇寧寺』前

增『昭州』，『澹山岩』前增『永州』，無『岩馴』二字。

㉓ 原本目錄作『蒸豚詩』。

㉔ 原本目錄作『秦少游宿玐亭天女求贊』。

㉕ 原本目錄作『諸葛亮、劉伶、陶潛、李令伯文』，《類說》作『李格非論文』。

㉖ 原本目錄作『山谷集句』。

㉗ 作贊：原本目錄無。

㉘《類說》作『持棋謎』。

㉙ 喪妻長短句：《類說》作『詞』。

㉚ 秦國大長公主：《類說》作『長主』。詞：原本作『詩』，元刻本、明刻本、故宮明本、《津逮秘書》本、《學津討原》本、《殷禮在斯堂叢書》本、《類說》作『詞』。

㉛《類說》作『坡谷秦三公詩』。

㉜ 詩：原本目錄無。《津逮秘書》本、《學津討原》本無此條。

㉝ 原本目錄作『詩話妄易句法』；《津逮秘書》本、《學津討原》本作『詩話妄易句法之病』；《類說》作『改易古詩』。

㉞ 原本目錄作『五言四言得於天趣』。四言：元刻本、明刻本、故宮明本作『四句』。

㉟ 西：《類說》無。

㊱ 比：原本目錄脱，據元刻本、明刻本、靜嘉堂文庫本、故宮明本、《津逮秘書》本、《學津討

原》本補。

㊲ 原本目錄作『道潛十四字師號』。

㊳ 有：原本目錄無。米：《津逮秘書》本、《學津討原》本。

㊴ 夢：《殷禮在斯堂叢書》本、古活字印本、正保本、寬文本、文化本作『蔓』。夢青絲：《津逮秘書》本、《學津討原》本無。

㊵《類說》作『沒浩蕩』。

㊶ 東：原本目錄無。

㊷《類說》作『老杜詩』。

㊸ 詩：原本脫，據元刻本、明刻本、靜嘉堂文庫本、故宮明本、《津逮秘書》本、《學津討原》本、《殷禮在斯堂叢書》本補。《類說》此條作『謝無逸詩』。

㊹ 賭梅詩輸：《津逮秘書》本、《學津討原》本、《殷禮在斯堂叢書》本作『賭輸梅詩』。

㊺ 字：原本脫，據元刻本、明刻本、靜嘉堂文庫本、故宮明本、《殷禮在斯堂叢書》本補。點定一兩字：《津逮秘書》本、《學津討原》本無。

㊻ 詩置動靜意：原本脫，據《津逮秘書》本、《學津討原》本補。

㊼ 原本目錄作『荊公詩用事』；《類說》作『橫陳』。

㊽《津逮秘書》本、《學津討原》本作『蘇王警句』。

㊾ 原本目錄作『句中眼』。

㊿ 舒王編：《類説》無。

51 公：原本目録無。

52 公：原本目録脱，據《津逮秘書》本、《學津討原》本、《殷禮在斯堂叢書》本、《類説》補。和：《類説》無。蘇文公：《津逮秘書》本、《學津討原》本作『東坡』，《類説》無。兩聯：《津逮秘書》本、《學津討原》本、《類説》無。

53 原本目録作『東坡滑稽』。

54 原本目録作『舒王嗜佛』；《津逮秘書》本、《學津討原》本作『曾子固諷舒王嗜佛』。

55 原本目録作『陳瑩中罪洪』；《津逮秘書》本、《學津討原》本後增『稱甘露滅』。

56 《類説》作『道人肝臟饅頭』。

57 原本目録作『靓禪師爲流溺詩』。爲流溺：《津逮秘書》本、《學津討原》本、《殷禮在斯堂叢書》本作『溺流』。

58 《津逮秘書》本、《學津討原》本作『靓禪師化人題壁』。

59 僧：《津逮秘書》本、《學津討原》本、《殷禮在斯堂叢書》本無。

60 原本目録作『象外句』。

61 原本目録作『僧清順賦詩』。《類説》作『竹詩』。賦：《津逮秘書》本、《學津討原》本作『《十竹》《林下》』。

62 稱：《津逮秘書》本、《學津討原》本後增『賞』。

⑥③ 原本目錄作『僧景純詩』，據《津逮秘書》本、《學津討原》本改。

⑥④ 哲宗問：《津逮秘書》本、《學津討原》本無。章：《津逮秘書》本、《學津討原》本作『朝』。

⑥⑤ 了：原本目錄無。山：元刻本作『人』。《津逮秘書》本、《學津討原》本目錄作『般若了無剩語』。

⑥⑥ 華亭船子：原本作『華船亭』，據《殷禮在斯堂叢書》本、《類說》改；《津逮秘書》本、《學津討原》本無『華亭』。

⑥⑦ 淵明：原本目錄無。

⑥⑧ 原本目錄作『東坡作偈戲慈雲長老』。《津逮秘書》本、《學津討原》本作『戲作偈語』。

⑥⑨ 長老住石塔：《津逮秘書》本、《學津討原》本作『疏』。

⑦⓪ 及：原本目錄無。經：《津逮秘書》本、《學津討原》本、《殷禮在斯堂叢書》本無。二偈：《津逮秘書》本、《學津討原》本無。

⑦① 公：原本目錄無。

⑦② 原本目錄作『誚公墮馬』。《津逮秘書》本、《學津討原》本作『悅禪師作偈戲誚公』。

⑦③ 《津逮秘書》本、《學津討原》本作『觸背關』。

⑦④ 之化：《津逮秘書》本、《學津討原》作『說偈』。

⑦⑤ 覺範：《津逮秘書》本、《學津討原》本前增『洪』。

⑯ 子：原本脱，據《津逮秘書》本、《學津討原》本補。
⑰ 劉：《津逮秘書》本、《學津討原》本無。
⑱ 彭：原本作「劉」，據古活字印本、正保本、寬文本、文化本改。墨竹史稿：《津逮秘書》本、《學津討原》本作「布橐」。
⑲ 活：原本作「話」，據元刻本、明刻本、靜嘉堂文庫本、故宫明本、《津逮秘書》本、《學津討原》本改。
⑳ 原本目錄作「錢如蜜」。
㉑ 原本目錄作「黄魯直夢與道士游」。《津逮秘書》本、《學津討原》本作「夢游蓬萊」。
㉒ 原本目錄作「周貫吟詩」。
㉓《類説》作「石曼卿墜馬」。
㉔ 原本目錄作「李伯時畫」。
㉕《津逮秘書》本、《學津討原》本作「房琯前身爲永禪師」。
㉖ 少忘：《津逮秘書》本、《學津討原》本、《殷禮在斯堂叢書》本無。
㉗ 原本目錄作「張丞相草書」。張丞相：《津逮秘書》本、《學津討原》本無，《類説》作「張天覺」。
㉘ 爲佳郡：原本目錄無。
㉙《津逮秘書》本、《學津討原》本作「劉淵才迂闊好怪」。

⑩ 無驗：原本目錄無。
⑪ 夢中說夢：原本目錄無。
⑫ 聞：原本目錄無。
⑬ 慧遠：《津逮秘書》本、《學津討原》本無。
⑭ 原本目錄作『筠溪虎』。筠溪：《津逮秘書》本、《學津討原》本作『牛逐』。
⑮ 原本目錄作『劉野夫觀燈免灾』。觀燈免灾：《津逮秘書》本、《學津討原》本作『免德莊火灾』。
⑯ 法：原本目錄無。《津逮秘書》本、《學津討原》本無此條。
⑰ 走爲上計：原本目錄無。
⑱ 猪：原本作『獨』，據《殷禮在斯堂叢書》本改。《津逮秘書》本、《學津討原》本此條作『作詩准食肉例』。
⑲ 原本目錄作『淨、璉佛弟子』。佛弟子：《津逮秘書》本、《學津討原》本作『輩何可少』。
⑳ 原本目錄作『道人識歐公』。《津逮秘書》本、《學津討原》本作『石崖僧』。子：正保本、寬文本、文化本無。
(101) 觀道人：《津逮秘書》本、《學津討原》本無。
(102) 原本目錄作『羊肉性暖』。《津逮秘書》本、《學津討原》本作『禪師知羊肉』。
(103) 原本目錄作『趙悅道延僧』。

⑭原本目録作『魯直悟法雲語』。《津逮秘書》本、《學津討原》本作『邪言罪惡之由』。《類説》作『秀關西語』。

⑮原本目録作『『蘇黄陳瑕疵』。《津逮秘書》本、《學津討原》本作『三君子瑕疵可笑』。

⑯原本目録作『問歐公爲人』。《津逮秘書》本、《學津討原》本作『歐陽修何如人』。

⑰原本目録作『《證道歌》』。《津逮秘書》本、《學津討原》本作『《證道歌》宣公塔』。

⑱原本目録作『寧安和尚』，『武』原本脱。《津逮秘書》本、《學津討原》本『武寧安和尚』後增『不視秀僧書』。

⑲原本目録作『三代聖人生儒中，兩漢以下生佛中』。《津逮秘書》本、《學津討原》本作『聖人多生儒佛中』。

⑳原本目録作『磚若無縫爭解容螻蟻』。《津逮秘書》本、《學津討原》本作『有縫浮屠』。

㉑原本目録作『范文正麥舟『。《津逮秘書》本、《學津討原》作『麥舟助喪』。

㉒東坡：《津逮秘書》本、《學津討原》本無。

㉓原本目録作『詩忌』。

㉔換：明活字印本、明鈔本作『掩』，據五山本、明活字印本、明鈔本正文改。

㉕句：明活字印本、明鈔本作『氣』，據五山本正文改。

冷齋夜話箋注

卷之一

江神嗜黄魯直書韋詩

王榮老〔一〕嘗官於觀州〔二〕，罷①，渡觀江，七日風作，不得濟。父老曰：『公篋中必蓄寶物，此江神極靈，當獻之得濟。』榮老顧無所有，惟玉麈尾，即以獻之，風如故。又以端硯獻之，風愈作。又以宣包虎帳〔三〕獻之，皆不驗。夜卧念曰：『有魯直②草書扇頭，題韋應物詩曰：「獨憐幽草澗邊生，上有黄鸝深樹鳴。春潮帶雨晚來急，野渡無人舟自横。」〔四〕』即取視③，儻怳之際，曰：『我猶不識，鬼寧識之乎？』持以獻之。香火未收，天水相照，如兩鏡展對，南風徐來，帆④一餉而濟。予謂⑤觀江神必元祐遷客之鬼，不然，何嗜之深也⑥？

【校】

①罷：明刻本、靜嘉堂文庫本、故宮明本作「能」，《稗海》本、《津逮秘書》本、《四庫全書》本、《學津討原》本、《筆記小説大觀》本作「欲」。

②魯直：《稗海》本、《津逮秘書》本、《四庫全書》本、《學津討原》本、《筆記小説大觀》本、《殷禮在斯堂叢書》本作「黄魯直」。

③視：《稗海》本、《津逮秘書》本、《四庫全書》本、《學津討原》本、《筆記小説大觀》本、《殷禮在斯堂叢書》本後增「之」。

④帆：《四庫全書》本前增「張」。

⑤謂：明刻本、靜嘉堂文庫本、《稗海》本、《津逮秘書》本、《四庫全書》本、《學津討原》本、《筆記小説大觀》本無。

⑥也：《津逮秘書》本、《四庫全書》本、《學津討原》本作「邪」。

舊題彭乘《續墨客揮犀》卷二《渡觀江風作》亦有此條，「公」作「必」，「必蓄寶物」作「蓄奇物」，「惟」作「有」，「風如故」作「不可」，「端」後增「石」，「風愈作」作「不可」，「魯直」前增「黄」，「頭」後增「子」，「展對」作「對展」。

阮閲《詩話總龜》前集卷五十《琢句門》全引此條，「王榮老」後無「嘗官於觀州，罷」，「風作」前無「七日」，「必蓄寶物」作「蓄奇物」，「當獻之」作「獻之當」，「顧無所有，惟玉麈尾，即以獻之，風如故。又以端硯獻之，風愈作。又以宣包虎帳」作「有玉麈尾、端石硯、宣包幛」，無「夜臥念曰」，「頭」後增「子」，無「即取視，儻恍之際」，「識之」前無「寧」，「兩鏡展對」作「鏡」，「餉」作「飽」，「神必」前無「觀江」，「遷客之鬼」作「仙客」。

胡仔《苕溪漁隱叢話》前集卷四十八《山谷中》全引此條，「罷」後增「官」，「篋中必蓄寶物」作「舟中必有奇異」，「顧無」後無「所」，「惟玉麈尾」作「止有黄麈尾」，後無「即」，「端」後增「石」，「頭」後增「子」，「獨」作「爲」，「生」作「行」，「深樹」作「繞樹」，「即取」作「公取」，「儻恍之際」作「恍惚之勢」，「展對」作「對展」，「也」作「耶」。

蔡正孫《詩林廣記》前集卷四韋蘇州《滁州西澗》全引此條，「王榮老」作「王榮者」，「罷」後增「官」，「篋」作「舟」，「蓄寶物」作「有奇異」，「惟玉麈尾」作「止有黄麈尾」，後無「即」，「端硯獻之」作「端石硯獻」，「包」作「色」，「魯直」前增「黄」，「頭」後增「子」，「詩曰」作「此詩」，「即取」作「公取」，「儻恍之際」作「恍惚之勢」，「展對」作「對展」，「謂」後無「觀」，「也」作「耶」。

【注】

〔一〕王榮老：宋人習以「老」爲字名，趙翼《陔餘叢考》卷十八《宋人字名多用老字》：「唐臣有薛廷老，又范傳正字西老，此偶見也。宋人字名則好用老字，其以爲名者，如胡唐老（靖康時御史）、王同老（王堯臣之子，見《富弼傳》）、孟唐老（宋末人，與元兵戰）、孟元老（作《東都舊事》

者）……其以爲字者尤多，如孫莘老（名覺）、劉莘老（名摯）、許菘老（名翰）、趙德老（名彦逾）……其他如《夷堅志》所稱呂辨老、張茂老、鄒圓老、安行老、何國老、楊吉老，則未知其爲名爲字也。』

〔二〕觀州：《宋史》卷九十《地理志六·廣南西路》：『大觀元年（一一〇七），克南丹州，以南丹州爲觀州，置倚郭縣。大觀四年（一一一〇），以南丹州還莫公晟，復於高峰寨置觀州。紹興四年（一一三四），廢觀州爲高峰寨，存留木門、馬臺、平洞、黄泥、中村等堡寨。』今屬廣西南丹。

〔三〕宣包虎帳：日僧無著道忠《〈冷齋夜話〉考》：『宣包虎帳：《排匀（韻）》三卷（廿五丈）：「包鼎，宣州人，以畫虎名家。」恐是耳。〔《詩林廣記》前集四引《冷齋夜話》，此一段文字小異，而「宣包」作「宣色」。《小補匀會》（實爲《韻會小補》）：「白黑雜曰宣。」故知作「色」爲是。〕』

〔四〕此爲韋應物《滁州西澗》，見於《韋應物集校注》卷八。

【箋】

古人爲文，首重開篇立意，往往藉以揭示主旨，有亮相與定場之功效，作者無疑會選用心目中第一序列材料。於惠洪而言，與黄庭堅交游是其津津樂道且形諸文字之要事，推尊黄庭堅亦盡在情理之中。不過，據《宋僧惠洪行履著述編年總案》考證，『《冷齋夜話》成書於宣和三年（一一二一）左右，且時有增刪』。於此前後，蔡京當政，元祐黨人尚未被徹底平反，惠洪身在黨籍，陳述尊黄之意不得不隱晦曲折。首條所述故事，主人公是史籍失載之『王榮老』，地點是偏遠之觀州，核心内容是『觀江神』酷愛黃庭堅書法。言下之意，縱然是偏遠地區寂寂無名之輩，甚至鬼神，均將黃庭堅書法視爲寶物，而黃庭堅既是書法家，更是文學家，其作品之影響力則不言而喻矣。這個故事雖近乎荒誕，但所隱喻之意無非是奠定褒揚元祐詩人之基調，尤其是將黃庭堅作品置於『動天地、感鬼神』（《毛詩正義》）之高度，惠洪詩學立場顯露無遺矣。

《冷齋夜話》共選黃庭堅詩十九首，數量僅位列第三，但與他人不同者是，這些記敘多從要處入手，所表達者亦幾乎是惠洪心目中最有分量之内容，尤其是所録未見於他書之黃庭堅詩論，例如引發爭議之『換骨奪胎法』等，文獻與詩學價值并存。正如《四庫全書總目》卷一百二十《冷齋夜話》提要所言：『是書雜記見聞，而論詩者居十之八，論詩之中，稱引元祐諸人者又十之八，而黃庭堅語尤多，蓋惠洪猶及識庭堅，故引以爲重。』然則凡事過猶不及，《冷齋夜話》亦有數段兩人間『私語』，均已無從考證，例如卷三《詩説煙波縹緲處》所述黃庭堅詩贊惠洪詩，便有引名人以自重之嫌，引來諸多批評。

日人近藤元粹評曰：『蓋偶然耳，而如此敘來甚奇，幽冥之中亦有風流鬼乎？』此乃惠洪妙筆，托之於鬼神，不可以實對，惟當以意求也。

秦少游作坡①筆語題壁

東坡初未識秦少游，少游知其將復過維揚〔一〕，作坡筆語，題壁於一山中寺②。東坡果不能辨，大驚。及見孫莘老，出少游詩詞數百篇，讀之，乃嘆曰：『向書壁者豈此郎也③？』

【校】

①坡：《津逮秘書》本、《四庫全書》本、《學津討原》本前增『東』。

②山中寺：《稗海》本、《筆記小說大觀》本作『山寺中』。

③也：《稗海》本、《津逮秘書》本、《四庫全書》本、《學津討原》本、《筆記小說大觀》本作『邪』。

《苕溪漁隱叢話》前集卷五十《秦少游》全引此條，『識』後無『秦』，『山中寺』作『山寺中』，『百』作『十』，『豈』作『定』。

【注】

〔一〕『東坡』二句：《蘇軾年譜》：『元祐七年（一〇九二）正月二十八日，改除之揚州。』『中澣，秦觀游金明池，賦詩，蘇軾嘗箴之。』

【箋】

《苕溪漁隱叢話》前集卷五十《秦少游》引此條後，胡仔續之云：『後與少游維揚飲別，作《虞美人》曰：「波聲拍枕長淮曉，隙月窺人小。無情汴水自東流，祇載一船離恨，向西州。　竹陰花圃曾同醉，酒未多於淚。誰教風鑒在塵埃，醖造一場煩惱，送人來。」世傳此詞是賀方回所作，雖山谷亦云。大觀中於金陵見其親筆，醉墨超放，氣壓王子敬，蓋東坡詞。』此未見於今本《冷齋夜話》，或爲逸文。魏慶之《詩人玉屑》卷二十一《詩餘·秦少游》亦引此。

惠洪推尊黄庭堅，而黄庭堅出自蘇軾之門。作爲文壇領袖，蘇軾提攜後生可謂不遺餘力，『蘇門四學士』乃其中佼佼者。《蘇軾文集》卷四十九《答李昭玘書》：『獨於文人勝士，多獲所欲，如黄庭堅魯直、晁補之無咎、秦觀太虛、張耒文潛之流，皆世未之知而軾獨先知。』此條既可證蘇軾人品與才學，亦可見蘇門師生之學風與氣質。惠洪向來以受教於黄庭堅而自得，而蘇軾賞識秦觀之有趣經歷，則間接暗示惠洪自身學問淵源有自，足稱正統與主流也。

近藤元粹評曰：『奇人奇事。』蘇軾文采風流，遺世獨立，所爲無不出人意表而合道，此『奇』之謂也。

羅漢第五尊失隊

予往臨川景德寺〔一〕，與謝無逸〔二〕輩升閣，得禪月〔三〕所畫十八應真像〔四〕，甚奇，而失第五軸。予口占嘲之曰：『十八聲聞①解埵②根，少叢林③漢亂山門。不知何處邏④齋去，不⑤見雲堂第五尊。』〔五〕明日有女子來拜，敘曰：『兒南營兵妻也，寡而食素，夜夢一僧來，言曰：「我本景德僧，因行失隊，煩相引歸寺，可乎？」既覺，而鄰家要飯，入其門，壁間有畫僧，形狀了然，夢所見也。』時朱世英守臨川，異之，使迎還，爲閣藏之。予方少年時，羅漢且畏予嘲，及其老也，如梵吉〔六〕者亦見侮，可怪也。

【校】

①聲聞：元刻本、靜嘉堂文庫本、故宫明本、《稗海》本、《津逮秘書》本、《學津討原》本、《筆記小説大觀》本、《殷禮在斯堂叢書》本作『應聞』，古活字印本、正保本、寛文本、文化本、《螢雪軒叢書》本作『聲門』，《四庫全書》本作『應真』。

②埵：明刻本、静嘉堂文庫本、故宫明本、《稗海》本、《津逮秘書》本、《學津討原》本、《筆記小説大觀》本作「唾」，《四庫全書》本作「脱」。

③林：元刻本、明刻本、静嘉堂文庫本、故宫明本、《稗海》本、《津逮秘書》本、《四庫全書》本、《學津討原》本、《筆記小説大觀》本、《殷禮在斯堂叢書》本作「羅」。

④邏：元刻本、明刻本、静嘉堂文庫本、故宫明本、《稗海》本、《津逮秘書》本、《四庫全書》本、《學津討原》本、《筆記小説大觀》本作「進」，正保本、寛文本、文化本、《螢雪軒叢書》本作「啰」。

⑤不：《稗海》本、《津逮秘書》本、《四庫全書》本、《學津討原》本、《筆記小説大觀》本、《殷禮在斯堂叢書》本作「未」。

【注】

〔一〕「予往」句：《宋僧惠洪行履著述編年總案》：「大觀元年（一一〇七），應知撫州朱彦《苕溪漁隱叢話》前集卷五十六《洪覺範》全引此條，「往」作「住」，「真」作「供」，「邏」作「羅」，「本」作「北」，「壁間」前增「見」，「畫僧」作「畫異僧」，「所見」前無「中」，「閣藏之」前無「爲」，無後文。《詩話總龜》後集卷四十三《釋氏門一》所引相近，僅「本」從原文。

（世英）請，住北景德禪寺。』

〔二〕謝無逸：即謝逸（一〇六八—一一一二），字無逸，號溪堂，江西撫州臨川人。與弟謝薖（字幼槃、號竹友）同屬江西詩派，并稱『二謝』。生平行迹見於惠洪《石門文字禪》卷二十七《跋謝無逸詩》、謝薖《謝幼槃文集》卷十《祭無逸兄文》等。《宋史》卷二百八《藝文志七》著録《謝逸集》二十卷、《溪堂詩》五卷。現有《〈溪堂集〉〈竹友集〉校勘》等。

〔三〕禪月：即貫休（八三二—九一二），字德隱，前蜀王建署號禪月大師，浙江金華蘭溪人。詩、書、畫俱精，詩歌與皎然、齊己齊名，繪畫以羅漢聞名。生平行迹見於弟子曇域《禪月集後序》、贊寧《宋高僧傳》卷三十《梁成都府東禪院貫休傳》、《唐才子傳》卷十等，《宋史》卷二百八《藝文志七》著録《僧貫休集》三十卷。現有《禪月集校注》《貫休歌詩繫年箋注》等。

〔四〕十八應真像：即十八羅漢像。羅漢是梵語阿羅漢（Arhat）簡稱，爲釋迦牟尼及門弟子，唐代爲十六，宋代增爲十八。應真，羅漢意譯，意謂得真道之人。孫綽《游天臺山賦并序》：『王喬控鶴以沖天，應真飛錫以躡虚。』李善注：『應真，謂羅漢也。』李周翰注：『應真，得真道之人。』貫休所畫羅漢，見載於畫史。黄休復《益州名畫録》卷下《能格下品·禪月大師》：『師之詩名高節，宇内咸知。善草書圖畫，時人比諸懷素。師閻立本，畫羅漢十六楨（幀），龐眉大目者，朵頤隆鼻者，倚松石者，坐山水者，胡貌梵相，曲盡其態。或問之，云：「休自夢中所睹爾。」……太平興國年初，太宗皇帝搜訪古畫日，給事中程公牧蜀，將貫休羅漢十六楨爲古畫進呈。』郭若虚《圖畫見聞志》卷二《紀藝上·五代·禪月大師貫休》：『道行文章外，尤工小筆。嘗睹所畫水墨羅漢，云是休公入定觀羅漢真容後寫之，故悉是梵相，形骨古怪。其真本在豫章西山雲堂院供養，於今郡將迎請祈雨，無不應驗。休公有詩集行於世，兼善書，謂之姜體，以其俗姓姜也。』《宣和畫譜》卷三《道釋三》：『初以詩得名，流布士大夫間……又善書，時人或比之懷素，而書不甚傳。雖曰能畫，而畫亦不多，間爲本教像，惟羅漢最著……然羅漢狀貌古野，殊不類世間所傳，豐頤蹙額，深目大鼻，或巨顙槁項，黝然若夷獠異類，見者莫不駭矚。自謂得之夢中，疑其托是以神之，殆立意絶俗耳，而終能用此傳世。太平興國初，太宗詔求古畫，僞蜀方歸朝，乃獲羅漢。』王象之《輿地紀勝》卷二十：『應夢羅漢：在歙县太平興國寺，唐末寺僧清瀾与婺州僧貫休游，休爲画十六梵僧像。相傳国朝尝取入禁中，後感夢，歙僧十五六輩求还，遂復以賜。汪内相詩所謂「祇應夢乞归巖寺，要使邦人習氣移」。』以是觀之，主流記載爲十六幀，《冷齋夜話》記爲十八，無故而添，或爲增補，或爲摹本歟？又《益州名畫録》與《宣和畫譜》均記北宋初期收歸内府，《圖畫見聞志》與《冷齋夜話》均記藏於江西，前者明言真迹，且有靈驗，後者則爲親歷，且有散佚民間而復得之事，謝逸亦有文記之。然則自内府而至民間，其間輾轉流轉，未得而知，《輿地紀勝》『應夢賜還』之説或可備一説也。

〔五〕此詩爲惠洪《撫州北景德寺不見古畫第五尊羅漢》，見於《石門文字禪》卷十五，文字略異，『解脱根』作『解倒根』，『少』作『小』，『不知』作『知他』，『邏齋』作『攞齋』，『雲堂』作『堂中』。注云：『《一統志·撫州府》：「北景德寺在府治東北，有應夢閣羅漢靈迹。宋曾鞏、王安石於此題名有記。」愚曰：「此詩詳見《冷齋夜話·羅漢第五尊失隊》詩序中，須合看也。」』又云：『《夜話》「倒根」作「唾根」，或又作「垛根」。《傳燈録·投子大同傳》曰：「亦不教汝垛根。」』又云：『「擺齋」或作「囉齋」，或作「進齋」。』《〈冷齋夜話〉考》：『少叢林：《古尊宿》十一《慈明錄》（一丈）。』

〔六〕梵吉：疑當爲『梵志』，指一切出家外道。（參見周裕鍇《羅漢與梵志——關於〈冷齋夜話〉『羅漢失隊』的解讀與校勘》）

【箋】

謝逸《溪堂集》卷七《應夢羅漢記》：『顯謨閣待制朱公治撫之二年，革北景德律寺爲叢林，敦請真淨法子惠洪，委以禪席。余嘗與惠洪周覽寺中，得古畫一束於敗壁之下，展而視之，乃十八大阿羅漢也，然亡其一焉，是爲第五喏羅尊者。洪作詩嘲之曰：「十八聲聞解埵根，少叢林漢亂山門。知他何處邏齋去，不見雲堂第五尊。」後兩月，武雄副指揮使杜益之女夢一老僧入其室，杜氏曰：「此軍營也，僧胡爲來哉？」僧曰：「我非凡僧也，乃北景德羅漢耳。今失其侶，煩乃翁爲我尋之。」杜氏覺而診其夢，益恍然不知何等語也。後數日，益與其女過旁舍，見壁間有古畫羅漢，女驚曰：「此夢中所見老僧也。」益得之以示洪，洪笑曰：「吾詩所謂『不見雲堂第五尊』，汝自何得之哉？」益悲喜再拜，爲言其事，又施財裝背及新其閣而居之。嗚呼，異哉！彼羅漢者，棄於敗壁之下久矣，不示現於伽藍而示現於軍營，不托夢於比丘而托夢於女子，果何謂哉？蓋非羅漢願力深重，憫茲卒伍流浪苦海，貪怖生死，業障纏縛，無觧脱期，所以示現於軍營而托夢於女子者，豈徒然哉？如文殊出光明於河東勁悍之地，而僧迦現妙相於淮泗闤闠之區，是皆聖賢之深意也。』此文敘之甚詳，可補《冷齋夜話》之不足。

此條詳敘惠洪一詩由來，但詩無可稱，事涉怪誕。若以個人作品數量論，《冷齋夜話》共錄惠洪詩十八首，位列第四，居於杜甫之前，再加其他相關故事，惠洪本人分量實屬不輕。然而惠洪自敘往往有自我誇耀之嫌，例如卷二《留食戲語大笑噴飯》、卷三《詩説煙波縹緲處》、卷四《夢中作詩》、卷六《陳瑩中罪洪不當稱甘露滅》與《鐘山賦詩》、卷七《洪覺範、朱世英二偈》、卷十《陳瑩中此集食豬肉鱖魚》等，數量如此衆多，無怪乎招致嚴厲批評。例如關於卷八《黄魯直夢與道士游蓬萊》之爭論，《四庫全書總目》卷一百二十《冷齋夜話》提要所作結論是：『是殆竄亂其説，使故與本集不合，以自明其暱於庭堅，獨知其詳耳。晁公武詆此書多誕妄僞托者，即此類歟？』所謂『誕妄僞托』，并非荒誕不經，而係無法證實或證僞，且目的在於自誇。詩話雖是『以資閑談』（《六一詩話序》）之材料，但惠洪行事方式有違學術精神，不足爲訓。以是觀之，惠洪將自身詩作及故事列入前三條，亦非巧合。

近藤元粹評曰：『詩未足以爲妙，羅漢畏之者何也？』又曰：『妄誕可笑。』所論一語中的，托教門以自重，此惠洪之故態，『知人論世』（《孟子正義·萬章下》）則可原其本意也。

東坡夢銘紅靴

東坡倅錢塘〔一〕日，夢神宗召入禁，宫女環侍，一紅衣女捧紅靴一雙，命軾銘之。覺①

而忘②，其中一聯云：『寒女之絲，銖積寸累。步武所及③，雲蒸雷起。』〔二〕既畢，進御。上極嘆其敏，詔④使宮女送出。睇視裙帶間有六言詩一首曰：『百疊依依⑤水縐，六銖縰縰雲輕。植立含風殿廣⑥，微聞環珮搖聲。』〔三〕

【校】

① 覺：明刻本、静嘉堂文庫本、故宫明本作『竟』。

② 忘：《津逮秘書》本、《四庫全書》本、《學津討原》本、《筆記小説大觀》本、《殷禮在斯堂叢書》本作『記』。

③ 步武所及：《津逮秘書》本、《四庫全書》本、《學津討原》本、《筆記小説大觀》本、《殷禮在斯堂叢書》本作『天步所臨』。

④ 詔：故宫明本、《稗海》本、《津逮秘書》本、《四庫全書》本、《學津討原》本、《筆記小説大觀》本、《殷禮在斯堂叢書》本無。

⑤ 依依：《稗海》本、《津逮秘書》本、《四庫全書》本、《學津討原》本、《筆記小説大觀》本、《殷禮在斯堂叢書》本作『漪漪』。

⑥ 殿廣：《稗海》本、《津逮秘書》本、《四庫全書》本、《學津討原》本、《筆記小説大觀》本、《殷禮在斯堂叢書》本作『廣殿』。

蘇軾《東坡志林》卷一《夢寐·夢中作靴銘》亦有此條，『東坡倅錢塘』作『軾倅武林』，『禁』後增『中』，『環侍』作『圜侍』，『紅衣女』後增『童』，『雙』作『隻』，『忘』作『記』，第一個『其』後無『中』，『步武所及』作『天步所臨』，『使』前無『詔』，『曰』作『云』，『依依』作『漪漪』，『鉄』作『珠』，『殿廣』作『廣殿』。

《詩話總龜》前集卷三十六《紀夢門》引此條前半部分，『錢塘』後無『日』，『神宗』作『神考』，『禁』後增『中』，『雙』作『隻』，『軾』作『坡』，無『覺而忘』，無『既畢，進御』，『敏』後增『捷』，無後文。

《苕溪漁隱叢話》前集卷四十一《東坡四》全引此條，近於《東坡志林》，僅句首增『東坡云』，『雷』作『霧』，『依依』作『猗猗』。

【注】

〔一〕『東坡』句：《蘇軾年譜》：『熙寧四年（一〇七一），乞外補。六月，除杭倅。』

〔二〕〔三〕此兩首作品，諸書所題各異。《蘇軾詩集》卷四十八作《夢中賦裙帶》，文字略異，『水』作『風』，『殿廣』作『廣殿』。《蘇軾文集》卷六十六作《書夢中靴銘》，卷十九作《裙靴銘并序》，『植立』作『獨立』。

【箋】

《苕溪漁隱叢話》前集卷四十一《東坡四》全引此條外，胡仔又録另一説：『又云：「軾自蜀應舉京師，道過華清宫，夢明皇令賦《太真妃裙帶詞》，乃前六言詩也，覺而記之。今書贈柯山潘大臨邠老。」二説不同，故并録之。』

關於寫作時間，主要有三説，或以熙寧四年至七年（一〇七一—一〇七四）爲是，元豐三年至七年（一〇八〇—一〇八四）、元豐五年（一〇八二）均非。關於紅靴數量，《冷齋夜話》與《蘇軾詩集》作『一雙』，《蘇軾文集》《東坡志林》《詩話總龜》與《苕溪漁隱叢話》作『一隻』，以常理推之，或以前者爲是。

此條詳述蘇軾一詩由來，前文雖已敘及蘇軾，但未及蘇詩。《冷齋夜話》共選蘇詩三十九首（不含重復五首），位列第一，相當於排名第二、第三之王安石詩與黄庭堅詩相加，足見分量之重。相較而言，惠洪於蘇軾側重詩，於黄庭堅則側重交游與詩論，這亦可從側面見出北宋人心目中蘇、黄兩人形象之差異。進而言之，此條所録并非普通作品，而是蘇軾夢見被宋神宗召見後所完成之命題作文。作爲舊黨，因反對新法而易被扣上反對宋神宗之罪名，此乃新黨攻擊之利器，且因『烏臺詩案』，宋神宗貶謫蘇軾，君臣關係并不和諧，故而引來不少猜疑及流言蜚語。然而，無論如何，蘇軾忠君愛國之心確然無疑，連熙寧派亦無法否認，例如葉夢得《石林詩話》卷上：『元豐間，蘇子瞻繫大理獄。神宗本無意深罪子瞻，時相（王珪）進呈，忽言蘇軾於陛下有不臣意。神宗改容曰：「軾固有罪，然於朕不應至是，卿何以知之？」時相因舉軾《檜》詩「根到九泉無曲處，世間惟有蟄龍知」之句，對曰：「陛下飛龍在天，軾以爲不知己，而求之地下之蟄龍，非不臣而何？」神宗曰：「詩人之詞，安可如此論，彼自咏檜，何預朕事！」時相語塞。章子厚亦從旁解之，遂薄其罪。子厚嘗以語余，且以醜言詆時相，曰：「人之害物，無所忌憚，有如是也！」」』雖有《韻語陽秋》卷五輔證此説『不妄』，但『夢得出蔡京之門，而其婿章沖則章惇之孫，本爲紹述餘黨，故於公論大明之後，尚陰抑元祐諸人』（《四庫全書總目》卷一百九十五），是故《石林詩話》意在褒章惇而貶王珪，非爲蘇軾辯護，然亦可反證蘇軾政治清白也。

元祐派爲澄清坊間不實傳聞更是不遺餘力，例如陳巖肖《庚溪詩話》卷上將蘇軾視爲文人理想之化身，以前所未有之篇幅敘述數世帝王無不於蘇軾有知遇之恩：『東坡先生學術文章，忠言直節，不特士大夫所欽仰，而累朝聖主，寵遇皆厚。』這些記敘雖經修飾，但仍可見即使經歷党爭文禁，蘇軾亦始終有不可替代之名望。

與惠洪交游者許顗更是直接駁斥蘇軾不滿宋神宗之説，《彦周詩話》：『東坡受知神廟，雖謫而實欲用之，東坡微解此意，論賈誼謫長沙事，蓋自況也。後作神廟挽詞云：「病馬空思櫪，枯葵已泫霜。」此非深悲至痛不能道此語。在元祐間獲鬼章，作《告裕陵文》云：「將帥用命，爭酬未報之恩；神靈在天，難逃不漏之網。」後人輒謂東坡以微文謗訕，天乎，寧有是哉！』意謂宋神宗與蘇軾相互理解且心照不宣，蘇軾忠君之情極爲深沉，無怨無悔，絲毫不涉毀謗之意。

較之《庚溪詩話》與《彦周詩話》，《冷齋夜話》采用記夢這種無從考證之方式，立場表述更含蓄，似夢而非夢，用文學手法盡情展現蘇軾才華及君臣知遇，意在説明宋神宗極爲賞識蘇軾，君臣相得，這等於間接爲元祐黨人翻案，以盡力消除蘇軾與宋神宗之間所存諸種不利關聯及陰影。

近藤元粹評曰：『天才夢中亦不作庸語。』此非尋常之夢，惠洪有深意寄焉，詩則其次也。

詩本出處①

東坡作《海棠》詩曰：『祇恐夜深花睡去，更②燒銀③燭照紅妝。』〔一〕事見《太真④外傳》曰：『上皇登沉香亭，詔太真妃子⑤。妃子⑥時⑦卯醉⑧未醒，命力士從侍兒扶掖而至。妃子醉顔殘妝，鬢亂釵横，不能再拜⑨。上⑩皇笑曰：「是豈⑪妃子醉，真⑫海棠睡未足耳。」』〔二〕作⑬《尼童》詩曰：『應將白練作仙⑭衣，不許紅膏⑮污⑯天質⑰。』〔三〕事見則天長壽二年〔四〕詔書，曰⑱：『應⑲天下尼，當⑳用細㉑白練爲衣。』〔五〕作《橄欖》詩曰：『待得微甘回齒頰㉒，已輸崖蜜十分甜。』〔六〕崖蜜㉓，事見《鬼谷子》，曰：『照夜青㉔，螢也；百花醴㉕，蜜也；崖蜜，櫻桃也㉖。』〔七〕作《贈舉子》詩曰：『平生萬事足，所欠㉗惟一死。』〔八〕事見梁僧史，曰：『世祖㉘宴東府，王公畢集，詔跋陀羅〔九〕至。跋陀羅皤然清癯㉙，世祖望見，謂謝莊曰：「摩訶衍有機辨，當戲之。」跋陀趨外陛，世祖曰：「摩訶衍不負遠來，惟有一死在。」即應聲曰：「貧道客食陛下三十載，恩德厚矣，無所欠，所欠者惟一死耳[30]。」』〔十〕李太白詩曰：『昔作芙蓉花，今爲斷腸草，以色事他人，能得幾時好？』〔十一〕陶弘景仙方注曰：『斷腸草，不可食，其花美好，名芙蓉[31]。』〔十二〕

【校】

①詩本出處：《類說》作『東坡詩』。

②更：《四庫全書》本、《類說》作『高』。

③銀：明刻本、靜嘉堂文庫本、故宮明本作『高』。

④太真：《類說》作『楊妃』。

⑤上皇登沉香亭，詔太真妃子：《類說》無。

⑥子：原本作『於』，據明刻本、靜嘉堂文庫本、故宮明本、《稗海》本、《津逮秘書》本、《四庫全書》本、《學津討原》本、《筆記小說大觀》本、《殷禮在斯堂叢書》本、《類說》改。

⑦時：《類說》無。

⑧醉：《類說》作『酒』。

⑨命力士從侍兒扶掖而至，妃子醉顏殘妝，鬢亂釵橫，不能再拜：《類說》無。

⑩上：《類說》作『明』。

⑪是豈：故宮明本、《稗海》本、《津逮秘書》本、《四庫全書》本、《學津討原》本、《筆記小說大觀》本、《殷禮在斯堂叢書》本作『豈是』。

⑫ 真：《類說》作『直』。
⑬ 作：《類說》無。
⑭ 仙：《類說》作『春』。
⑮ 紅：正保本、寬文本、文化本、《螢雪軒叢書》本作『江』。膏：明刻本、故宮明本、《稗海》本作『高』。
⑯ 污：原本作『汗』，據元刻本、明刻本、靜嘉堂文庫本、故宮明本、《稗海》本、《津逮秘書》本、《四庫全書》本、《學津討原》本、《筆記小說大觀》本、《殷禮在斯堂叢書》本、古活字印本、《螢雪軒叢書》本改。
⑰ 不許紅膏污天質：《類說》無。
⑱ 事見則天長壽二年詔書，曰：《類說》作『天詔』。
⑲ 應：《稗海》本、《學津討原》本、《筆記小說大觀》本前增『一』。
⑳ 當：《類說》無。
㉑ 細：《類說》無。
㉒ 待得微甘回齒頰：《類說》無。
㉓ 崖蜜：明刻本、靜嘉堂文庫本、故宮明本、《稗海》本、《津逮秘書》本、《四庫全書》本、《學津討原》本、《筆記小說大觀》本、《殷禮在斯堂叢書》本、《類說》無。
㉔ 青：《類說》作『清』。

㉕ 醴：明刻本、靜嘉堂文庫本、故宫明本、《稗海》本、《津逮秘書》本、《四庫全書》本、《學津討原》本、《筆記小説大觀》本、《殷禮在斯堂叢書》本作「醲」。

㉖ 也：《類説》無後文。

㉗ 欠：古活字印本、正保本、寬文本、文化本、《螢雪軒叢書》本作「闕」。下同。

㉘ 祖：明刻本、靜嘉堂文庫本、故宫明本作「僧」。

㉙ 癯：明刻本、故宫明本作「唐」，《稗海》本、《津逮秘書》本、《四庫全書》本、《學津討原》本、《筆記小説大觀》本作「瘦」。

㉚ 《永樂大典》卷一萬三百零九「所欠一死」引「作《贈舉子》」至「惟一死耳」，前增「東坡」。

㉛ 芙蓉：《稗海》本、《津逮秘書》本、《四庫全書》本、《學津討原》本、《筆記小説大觀》本後增「花」。

舊題彭乘《墨客揮犀》卷四《詩使事實》亦有此條，「詔太真妃子」作「詔妃子」，「從」作「使」，「尼童」作「仙童」，「應將」作「故將」，「當用細白練」作「用白練」，「《贈舉子》」作「《贈鄭秀才》」，「皤」作「皓」，「即應」後無「聲」，「惟一死耳」作「秖一死耳」，無後文。

《詩話總龜》前集有兩處涉及此條，一是卷十九《紀實門下》全引此條，「東坡」後無「作」，「時卯醉」前無「妃子」，「從」作「使」，「顏」作「匀」，無「鬢亂釵横」，「是豈妃子醉」作「豈醉」，「真海棠」作「是海棠」，「則天」後無「長壽二年」，「應天下尼」作「天下尼童」，「當用細白練」作「用白練」，「橄欖」前無「作」，「醴」作「釀」，「贈」前無「作」，無「王公畢集」，「皤然」後無「清癯」，無「世祖望見，謂謝莊曰：摩訶衍有機辯，當戲之。跋陀趨外陛」，「世祖曰」作「世祖戲曰」，「惟有一死在」作「惟有一生」，「即應聲」作「應」，無「無所欠」，「一死耳」前無「惟」，無後文。宋孝武帝之戲言，此處作「惟有一生」，今本《冷齋夜話》作「惟有一死在」，意思相反，但均不如《高僧傳》「惟有一在」。二是卷五十《瑑句門》引此條末句，「李太白」作「李白」，「昔作」作「昔日」，「名芙蓉」後增「花」。

《苕溪漁隱叢話》前集卷三十八《東坡一》全引此條，「《海棠》詩」前增「作」，「更」作「高」，「紅妝」作「新妝」，「《太真外傳》曰」作「《楊妃外傳》云」，「上皇」均作「明皇」，無第二個「太真」，「卯醉」作「卯酒」，「顔」作「欹」，「鬢亂釵横」作「釵横鬢亂」，「妃子醉」後增「邪」，後無「真」，「《尼童》」前無「作」，「書」後無「曰」，「白練」前無「細」，「作《橄欖》詩曰」作「《橄欖》詩云」，「甜」後無「崖蜜」，「《鬼谷子》」後無「曰」，「青」作「清」，「作《贈舉子》詩曰」作「《贈鄭秀才》詩云」，「平生」作「年來」，「梁僧史曰」作「梁僧史云」，無「王公畢集」，無「至，跋陀羅皤然清癯，世祖望見，謂謝莊曰：摩訶衍有機辨，當戲之。跋陀趨外陛」，第三個「世祖」後增「戲之」，「不負」前無「摩訶衍」，「即」作「跋陀」，無「無所欠」，「一死耳」前無「惟」，無後文。

《詩林廣記》後集卷三蘇軾《海棠》引此條第一部分，「東坡」後無「作」，「更」作「高」，

『《太真外傳》曰』作『《楊妃外傳》云』，『上皇』均作『明皇』，『詔太真妃子』作『詔妃子』，『顏』作『歆』，『鬟亂釵横』作『釵横鬟亂』，『妃子醉』後增『邪』，後無『真』。意在說明詩歌用典出處。

【注】

〔一〕此詩爲蘇軾《海棠》，見於《蘇軾詩集》卷二十二，文字略異，『更』作『故』，『銀』作『高』。

〔二〕此未見於《楊太真外傳》，與之相關者或爲：『先，開元中，禁中重木芍藥，即今牡丹也，得數本紅紫、淺紅、通白者，上因移植於興慶池東沉香亭前。會花方繁開，上乘照夜白，妃以步輦從……妃持玻璃七寶杯，酌西涼州蒲（葡）萄酒，笑領歌，意甚厚。上因調玉笛以倚曲，每曲遍將換，則遲其聲以媚之。妃飲罷，斂繡巾再拜。』

〔三〕此爲蘇軾《薄命佳人》，見於《蘇軾詩集》卷九，『應將』作『故將』。

〔四〕長壽二年：即六九三年。《蘇軾詩集》卷九作『長壽三年』。

〔五〕此未見於《舊唐書》與《新唐書》。

〔六〕此爲蘇軾《橄欖》，見於《蘇軾詩集》卷二十二。

〔七〕此未見於今本《鬼谷子》。崖蜜：《杜詩詳注》卷八《發秦州》有『崖蜜亦易求』，注云：『唐人大抵稱蜜爲崖蜜。』卷十八《送惠二歸故居》（一作《聞惠二過東溪》）有『崖蜜松花熟』，注云：『《本草》：白蜜，一名崖蜜，蓋蜂釀松花所成。《杜臆》：山蜂釀蜜於高崖，從山上縋人采之。』』然則《本草經集注》卷六《蟲獸上品·石蜜》與《杜詩詳注》所引頗有不同：『石蜜即崖蜜也，高山岩石間作之……出於灊、懷安諸縣多崖蜜。』諸説與此條均有異，《王直方詩話》：『東坡《橄欖》詩「待得餘甘回齒頰，已輪崖蜜十分甜。」崖蜜，櫻桃，出《金樓子》。坡意正爲蜜爾。言餘甘者，甘味有餘，非果中餘甘也。』郭紹虞案：『朱翌《猗覺寮雜記》上云：「立之見餘甘爲果，遂以崖蜜爲櫻桃。杜詩云：『充腸多薯蕷，崖蜜亦易求。』又云：『崖蜜松花白。』蜜蜂之蜜也。然則崖蜜，豈專是櫻桃。且櫻桃非十分甜者，又不與橄欖同時。」是不以直方之説爲然。然考王楙《野客叢書》十七謂：「坡詩爲橄欖而作，疑以櫻桃對言。世謂棗與橄欖爭曰：『待你回味，我已甜了。』正用此意。戴埴《鼠璞》引《南海志》云：『崖蜜子小而黄，殼薄味甘，增城惠陽山間有之，雖不知與櫻桃爲一物與否，要其類也。』」又《墨客揮犀》卷四謂：「崖蜜，櫻桃也，見《鬼谷子》。」據是，直方説亦未可非。』（《〈冷齋夜話〉考》：『崖蜜爲櫻桃：《批沙》一（十丈）辨其非。』

〔八〕此爲蘇軾《贈鄭清叟秀才》，見於《蘇軾詩集》卷四十二，『平生』作『年來』。

〔九〕跋陀羅：即求那跋陀羅（三九四—四六八），意譯爲功德賢，時人尊稱爲摩訶衍，印度人，生平行迹見於《高僧傳》卷三《宋京師中興寺求那跋陀羅傳》等。精通大乘佛學，宋文帝元嘉十二年（四三五）來華，譯出瑜伽宗諸多經典。

〔十〕此事見於《高僧傳》卷三：『後於東府宴會，王公畢集，敕見跋陀，時未及淨髮，白首皓然，世祖遙望，顧謂尚書謝莊曰：「摩訶衍聰明機解，但老期已至，朕試問之，其必悟人意也。」跋陀上階，因迎謂之曰：「摩訶衍不負遠來之意，但惟有一在。」即應聲答曰：「貧道遠歸帝京，垂三十載，天子恩遇，銜愧罔極，但七十老病，惟一死在。」』宋孝武帝所言爲『惟有一在』，方能顯出求那跋陀羅答語機變，惠洪誤引爲『惟有一死在』，答語則衹能變爲解釋原因，與原文已有差距矣。

〔十一〕此爲李白《妾薄命》，見於《李太白全集》卷四，『作』作『日』，『爲斷腸草』作『成斷根草（一作素秋草）』。

〔十二〕仙方注：邵博《邵氏聞見後録》卷十九亦引李白詩及陶弘景仙方注，但此條所引未見於《梁書》卷五十一與《南史》卷七十六陶弘景本傳及《本草經集注》。

【箋】

《苕溪漁隱叢話》前集卷三十八《東坡一》全引此條，又有胡仔按語云：『崖蜜，《本草》云：「石蜜也。」老杜逸詩有「崖蜜松花白」之句。《冷齋》謂《鬼谷子》云：「崖蜜，櫻桃也。」其説非是。「所欠惟一死」，事出《北史》：「劉聰時，陳休、卜崇爲人清直，素惡王沈等，侍中卜幹謂休、崇曰：『王沈等勢力足以回天地，卿輩親賢孰與竇武、陳蕃？』休、崇曰：『吾輩年逾五十，職位已崇，惟欠一死耳。死於忠義，乃爲得所，安能俯首低眉以事閹竪乎？』」此事在前，乃梁僧史用其語耳。』以是觀之，惠洪所注蘇詩出處有誤，然則《永樂大典》卷一萬三百九『所欠一死』：『宋吴坰《五總志》：「洪覺範雖以詩名，而荒唐不學，世無其比，未易一二舉也。三國宗預云：『吾年逾七十，所竊已過，所欠惟一死耳。』故東坡曰：『年來萬事足，所欠惟一死。』乃引梁僧跋陀羅爲證。」』胡仔所注亦不確切。

此條考證詩歌用典，緣於此乃創作之常規手段，亦已成中國詩學常見主題，祇是歷來意見分歧。《文心雕龍·事類》認爲創作不外乎才情與學問兩種維度，用典即爲學問之呈現，不可或缺，關鍵在於如何使用得當：『故事得其要，雖小成績，譬寸轄制輪，尺樞運關也。或微言美事，置於閑散，是綴金翠於足脛，靚粉黛於胸臆也。』劉勰不僅不排斥用典，而且極爲重視其事小功大之效。《詩品序》則相反，認爲用典有違詩歌本質，應被排斥於藝術手法之外：『若乃經國文符，應資博古，撰德駁奏，宜窮往烈。至乎吟咏情性，亦何貴於用事？「思君如流水」，即是即目；「高臺多悲風」，亦惟所見；「清晨登隴首」，羌無故實；「明月照積雪」，詎出經史。觀古今勝語，多非補假，皆由直尋。顔延、謝莊，尤爲繁密，於時化之。故大明、泰始中，文章殆同書抄。近任昉、王元長等，詞不貴奇，競須新事，爾來作者，寖以成俗。遂乃句無虚語，語無虚字，拘攣補衲，蠹文已甚。但自然英旨，罕值其人。詞既失高，則宜加事義。雖謝天才，且表學問，亦一理乎。』鍾嶸區分應用文與詩歌兩類文體形式，認爲前者關乎學問，後者關乎情性，詩中用典則是逾越界限，終致詩歌異化。劉勰與鍾嶸所持對立態度大抵代表中國詩學兩種主流認識，落實於創作之中，則既有李商隱無題詩用典渾成之例證，亦有江西詩派『以文字爲詩、以才學爲詩、以議論爲詩』（《滄浪詩話·詩辨》）而使詩歌墜入末流之傾向。宋詩以講究詩法而獨樹一幟，用典實爲詩法之大端，是故宋人多有論述，惠洪亦不例外。此條考證四首蘇軾詩出處，既可見蘇詩之地位，亦可管窺宋詩之獨特風貌。

近藤元粹評曰：『名句有典，其膾炙人口宜矣。』此乃從傳播角度論述用典作用。基於創作維度，因爲典故用最簡潔之語言凝練出最豐富之内容，極富語言張力，與詩歌語言美學有異曲同工之妙，故而得到詩人青睞。其實，由於受作者與讀者心理同構之影響，以及受衆易於接受習有知識之心理慣性，用典確有利於傳播。反之則是，傳播廣度與力度亦會反作用於詩人，使之形成自覺性心理激勵機制，促進創作發展。

宋神宗詔禁中不得牧豭豘因悟太祖遠略①

陳瑩中〔一〕爲予言②，神宗皇帝一日行③後苑，見牧豭豘者，問何所用。牧者④對曰：『自祖宗以來，長令⑤畜之，自稚養以至大，則殺之，又養稚者。前朝不敢易，亦⑥不知果安⑦用。』神宗⑧沉思久之，詔付所⑨司，禁中⑩不得復畜。數月，衛士⑪忽獲妖人，急欲血澆之，禁中卒不能致。神宗方悟太祖遠略亦及此。

【校】

① 《類説》標題作『太祖遠略』。
② 陳瑩中爲予言：《類説》無。

③ 行：《稗海》本、《筆記小説大觀》本作『夜』。
④ 牧者：《類説》無。
⑤ 長令：《類説》無。
⑥ 自稚養以至大，則殺之，又養稚者，前朝不敢易，亦：《類説》無。
⑦ 安：《説郛》作『何』。
⑧ 神宗：《類説》作『上』。
⑨ 所：《類説》作『有』。
⑩ 禁中：《稗海》本、《津逮秘書》本、《四庫全書》本、《學津討原》本、《筆記小説大觀》本、《殷禮在斯堂叢書》本、《類説》、《説郛》後增『自今』。
⑪ 衛士：《説郛》無。

【注】

〔一〕陳瑩中：即陳瓘（一〇五七—一一二四），字瑩中，號了翁，又號了齋，宋高宗時謚忠肅，福建南劍州沙縣人，屬舊黨，因直言而多次被貶。生平行迹見於《東都事略》卷一百《陳瓘傳》、《宋史》……《墨客揮犀》卷四《後苑牧豭豘》亦有此條，『以至』前增『之』，『稚者』前增『其』，第一個『亦』作『爾』，『所司』作『有司』，『不得』前增『自今』。

史》卷三百四十五《陳瓘傳》等，《宋史》卷二百三《藝文志二》著録《陳瓘墓志》一卷（自撰）、《了齋陳先生言行録》一卷（陳瓘男正同編），卷二百八《藝文志七》著録《陳瓘集》四十卷、《諫垣集》三卷、《四明尊堯集》五卷、《了齋親筆》一卷等。現有《陳忠肅公年譜》等。

【箋】

此條明爲頌揚宋太祖，實則批評宋神宗。近藤元粹評曰：『子孫擅改祖宗典刑者，往往如此。』陳瓘、惠洪等元祐黨人反對王安石變法，大抵亦以此爲理論支柱。然則自古有常理而無常法，論爭關鍵不在祖宗之法能變與否，而在若變則當如何，是否合於常理，此當基於人性、道義與價值觀等而論之。

東坡南遷，朝雲隨侍，佳之

東坡南遷〔一〕，侍兒王朝雲者請從行。東坡佳之，作詩，有序曰：『世謂樂天有「鬻駱①放楊枝」詞〔二〕，佳其至老病不忍去也。然夢得詩云②：「春盡絮飛留不得，隨風好去落誰家。」〔三〕樂天亦云：「病與樂天相共③住，春同樊素一時歸。」〔四〕則是樊素竟去也。予家有數妾，四五年相繼辭去，獨朝雲隨予南遷。因讀樂天詩，戲作此贈之。』云：『不學楊枝别樂天，且同通德伴伶玄④。伯仁絡秀不同老，天女維摩總解禪。經卷藥爐新活計，舞裙歌板舊因緣。丹成隨我三山去，不作巫陽雲雨仙。』〔五〕蓋紹聖元年十一月也。三年七月五⑤日，朝雲卒，葬於栖禪寺松林中，直大聖塔。又和詩曰：『苗而不秀豈其天，不使童⑥烏與我玄。駐景恨無千歲藥，贈行惟有小乘禪。傷心一念償前債，彈指三聲⑦斷後緣。歸臥竹根無遠近，夜燈勤禮塔中仙。』〔六〕又作《梅花》詞曰『玉骨那愁瘴霧』〔七〕者，其寓意爲朝雲作也。秦少游曰：『唐詩閨怨詞曰：「繡閣開金鎖，銀臺點夜燈。長征君自慣，獨臥妾何曾。」〔八〕此正語病之著者，而選詩自謂精之，果精乎？』參寥子〔九〕曰：『林下人好言詩，纔見誦貫休⑧、齊己〔十〕詩，便⑨不必問⑩。』

【校】

① 駱：《四庫全書》本後增『馬』。

② 云：明刻本、靜嘉堂文庫本、故宫明本、《稗海》本、《津逮秘書》本、《四庫全書》本、《學津討原》本、《筆記小説大觀》本、《殷禮在斯堂叢書》本作『曰』。

③ 共：《四庫全書》本作『伴』。

④ 玄：明刻本、故宫明本作『女』，《學津討原》本避諱作『元』，《四庫全書》本未避諱。

⑤ 五：明刻本、靜嘉堂文庫本、故宫明本、《稗海》本、《津逮秘書》本、《四庫全書》本、《學

津討原》本、《筆記小說大觀》本、《殷禮在斯堂叢書》本前增『十』。

⑥ 童：明刻本、靜嘉堂文庫本、故宮明本作『重』。

⑦ 聲：《稗海》本、《津逮秘書》本、《四庫全書》本、《學津討原》本、《筆記小說大觀》本、《殷禮在斯堂叢書》本作『生』。

⑧ 貫休：明刻本作『賈林』，故宮明本作『賈休』。

⑨ 便：故宮明本作『使』。

⑩ 問：明刻本、靜嘉堂文庫本、故宮明本、《稗海》本、《津逮秘書》本、《學津討原》本、《筆記小說大觀》本、《殷禮在斯堂叢書》本作『悶』。

《詩話總龜》前集卷二十九《書事門》全引此條，『侍兒』前增『有』，『請』前無『者』，『坡佳之』前無『東』，『駱』後增『馬』，『共』作『伴』，『則』後無『是』，後無『家』，『贈之』後無『云』，『不同』作『方同』，『巫陽』作『巫山』，『七月』後無『五日』，『栖禪寺』作『西禪寺』，『又和詩』作『和前詩』，『童烏』作『烏童』，『三生』作『三聲』，無『塔中仙』後文。

《苕溪漁隱叢話》前集卷五十六《參寥》引此條尾句，『參寥子曰』作『參寥子言』，『貫休、齊己』作『齊己、貫休』。

《苕溪漁隱叢話》後集卷二十九《東坡四》引蘇軾詩與序，『有序曰』作『東坡云』，無前文，『鬻駱放楊枝詞』作『鬻駱馬放楊柳枝詞』，『佳』作『嘉』，『至』作『主』，『夢得』後增『有』，

『共』作『伴』，『同樊素』作『隨樊子』，『隨予』前增『者』，『樂天詩』作『樂天集』，『贈之云』作『詩』，後增『朝雲姓王氏，錢塘人，嘗有子曰幹兒，未期而夭，詩云』，『學』作『似』，『且同』作『恰如』，『伯仁』作『阿奴』，『舞裙歌板』作『舞衫歌扇』，『隨我』作『逐我』，無『雲雨仙』後文。《詩人玉屑》卷十七《雪堂·詩意佳絶》所引近於《苕溪漁隱叢話》後集，僅『佳』未變，『咤』作『詫』。《詩林廣記》後集卷三蘇軾《朝雲詩》所引亦近於《苕溪漁隱叢話》後集，僅『有序曰』作『《詩引》云』，『夢得』前增『劉』，無『戲作此詩』後文，『佳絶』作『絶佳』，『但自咤其佳麗，塵俗哉』作『俗哉』。

【注】

〔一〕《蘇軾年譜》：『紹聖元年（一〇九四）閏四月三日，除命下，罷定州任，責知英州。』『六月甲戌，來之邵等疏蘇軾詆斥先朝，詔謫惠州。』『十月二日，到責授寧遠軍節度副使、惠州安置貶所，上謝表。』『紹聖四年（一〇九七）四月十七日，得瓊州別駕、昌化軍安置告命。』『十九日，與過離惠，與家人痛苦訣別。』

〔二〕此爲《不能忘情吟并序》首句，見於《白居易詩集校注》卷三十七，作『鬻駱馬兮放楊柳枝』。

〔三〕此爲劉禹錫《楊柳枝詞九首》其九，見於《劉禹錫詩編年校注》卷七。

〔四〕此爲白居易《春盡日宴罷，感事獨吟（開成五年（八四〇）三月三十日作）》，見於《白居易詩集校注》卷三十五，『與』作『共』，『共』作『伴』，『同』作『隨』，『樊素』作『樊子』。

〔五〕此爲蘇軾《朝雲詩并引》，見於《蘇軾詩集》卷三十八，『學』作『似』，『且同』作『恰如』，『伯仁』作『阿奴』，『舞裙歌板』作『舞衫歌扇』，『隨』作『逐』。

〔六〕此爲蘇軾《悼朝雲并引》，見於《蘇軾詩集》卷四十。

〔七〕此爲蘇軾《西江月·梅花》，見於《東坡樂府箋》卷二。

〔八〕此爲鄭虔《閨情》，見於《全唐詩》卷二百五十五，『繡閣』作『銀鑰』，『金鎖』作『香閣』，『銀』作『金』，『點』作『照』。

〔九〕參寥子：即道潛（约一〇四三—约一一〇六），字參寥，宋徽宗賜號妙總大师，浙江錢塘人。青原行思下第十一世，育王懷璉法嗣，屬雲門宗。詩僧，有《參寥子詩集》。因與蘇軾交好而受黨爭牽連，生平行迹見於陳師道《後山集》卷十一《送參寥序》、《參寥集序》、《蘇過詩文編年箋注》卷八《送參寥道人南歸敘》等。

〔十〕齊己：八六四—約九四三，自號衡岳沙門，湖南長沙人。詩僧，有《白蓮集》，曾以《早梅》詩向鄭谷請教。生平行迹見於孫光憲《白蓮集序》、《宋高僧傳》卷三十《梁江陵府龍興寺齊己傳》、《唐詩紀事》卷七十五、《唐才子傳》卷九等，《宋史》卷二百零九《藝文志八》著錄《玄機分明要覽》一卷、《詩格》一卷。現有《齊己詩集校注》等。

【箋】

《苕溪漁隱叢話》前集卷五十六《參寥》胡仔按語反駁惠洪云：『余觀《後山居士集》，有《送參寥序》，略云：「余與之别餘二十年，復見於此，愛其詩，讀不捨手，屬其談，挽不聽去。交相語及唐詩僧，參寥子曰：『貫休、齊己，世薄其語，然以曠蕩逸群之氣，高世之志，天下之譽，王侯將相之奉，而爲石霜老師之役，終其身不去，此豈用意於詩者，工拙不足病也。』」一則參寥前後之論，何相反如此？疑《冷齋》妄爲云云耳。』

《苕溪漁隱叢話》後集卷二十九《東坡四》胡仔按語云：『「詩意佳絶，善於爲戲，略去洞房之氣味，翻爲道人之家風。非若樂天所云：『櫻桃樊素口，楊柳小蠻腰。』但自咤其佳麗。塵俗哉！」《蘇軾詩集》卷三十八《朝雲詩并引》亦引此評論，無「詩意佳絶，善於爲戲」及「塵俗哉」。此皆以内涵相較，意在説明蘇軾詩高於白居易詩，衹是後者語氣相對舒緩而已。

縱觀中國詩學源流，《尚書·堯典》「詩言志」之説側重詩歌功能，陸機《文賦》「詩緣情而綺靡」之説側重詩歌發生。情與志既有區别，又有交集，但後世論者逐漸不分彼此，故而嚴羽《滄浪詩話·詩辨》以「詩者，吟咏情性」概言之。然則「吟咏情性」雖是詩歌内在本質，但詩人情性各不相同，且有高下之分，惟有「真情性」方是通向最高藝術境界之原初動力。此條意在通過比較題材相近之詩，説明「真情性」實居於核心地位，因爲白居易於樊素之情，是俯視角度與賞玩乃至自戀態度，這必然會遮蔽「真情性」表達渠道與呈現空間，拉低藝術水平，故而得到「塵俗」之評價。與之相反，《琵琶行》是平視角度與惺惺相惜態度，故能提升藝術理念層次而至於新高度。蘇軾於朝雲之情同樣如此，不僅是一個靈魂與另一個靈魂同頻共振，而且由個人私情升華爲超脫俗世情感，即所謂『道人之家風』，此乃蘇詩高於白詩之根蒂所在。近藤元粹評曰：『朝雲才藻非蠻、素之儔，而東坡亦與樂天之輕薄異。』又曰：『使人凄然。』此言一語中的，兩詩可謂情性決定水準之典型例證，足爲情性論之有益補充。

東坡書壁

前輩訪人不遇，皆不書壁。東坡作行記①，不肯書牌，惡②其特地，止書壁耳。候人未至，則掃墨竹。

【校】

① 記：明刻本、靜嘉堂文庫本、故宫明本、《稗海》本、《津逮秘書》本、《四庫全書》本、《學津討原》本、《筆記小説大觀》本無。

② 惡：明刻本、靜嘉堂文庫本、故宫明本、《稗海》本、《津逮秘書》本、《四庫全書》本、《學津討原》本、《筆記小説大觀》本、《殷禮在斯堂叢書》本無。

《詩話總龜》前集卷十六《留題門下》全引此條，『不書』前無『皆』，『記』作『説』。

【箋】

此條仍以蘇軾爲例，意在從外在言行角度復證『真情性』之核心作用。作爲宋詩典範詩人，蘇軾藝術成就根源於『真情性』，此與唐詩并無差别，或可謂宋詩正因承繼唐詩精神方能獨成一家。於蘇軾而言，這不僅體現於創作之中，且已成爲言行標準并貫穿始終，即使是某個生活細節亦不例外。此乃純粹詩人之情性，與政治人物判然兩途矣。

古人貴識其真

東坡每曰：古人所貴者，貴其真。陶淵明恥爲五斗米屈於鄉里小兒，棄官去，歸久之，復游城郭，偶有羨於華軒。〔一〕漢高帝臨大事，鑄印銷印〔二〕，甚於兒戲，然其正直明白，照映千古，想見其爲人。問士①大夫蕭何何以知韓信，竟未有答之者。

【校】

①士：明刻本、故宫明本作『七』。

【注】

〔一〕耻爲五斗米屈於鄉里小兒：見於蕭統《陶淵明傳》及《晉書》卷九十四、《宋書》卷九十三、《南史》卷七十五陶淵明本傳，『有羨於華軒』見於《晉書》陶淵明本傳。

〔二〕此見於《史記》卷五十五《留侯世家》、《漢書》卷四十《張良傳》。

【箋】

《苕溪漁隱叢話》前集卷三引東坡云：『孔子不取微生高，孟子不取於陵仲子，惡其不情也。陶淵明欲仕則仕，不以求之爲嫌；欲隱則隱，不以去之爲高；饑則扣門而乞食，飽則鷄黍以迎客：古今賢之，貴其真也。』胡仔按語批駁惠洪引東坡之語有誤云：『余嘗三復斯言，可謂至論。而《冷齋夜話》輒竄易其語，雜以漢高帝之事，決非東坡議論也。吾故表而出之。』此條所論三事，要處在於皆合『真情性』，蘇軾所言之範圍或僅及首層，但漢高帝之事并無齟齬。

范溫《潛溪詩眼》：『東坡《和貧士》詩云：「夷、齊耻周粟，高歌誦虞、軒。祿、産彼何人？能致綺與園。古來避世士，死灰或餘煙。末路益可羞，朱墨手自研。淵明初亦仕，弦歌本誠言。不樂乃徑歸，視世嗟獨賢。」此詩言夷、齊自信其去，雖武王、周、召不能挽之使留，若四皓自信其進，雖祿、産之聘亦爲之出。蓋古人無心於功名，信道而進退，舉天下萬世之是非，不能回奪。伯夷之非武王，綺、園之從禄、產，自合爲世所笑，不當有名，偶然聖賢辨論之於後，乃信於天下，非其始望。故其名之傳，如死灰之餘煙也。後世君子，既不能以道進退，又不能忘世俗之毁譽，多作文以自明其出處，如《答客難》《解嘲》之類皆是也，故曰「朱墨手自研」。韓退之亦云：「朱丹自磨研。」若「淵明初亦仕，弦歌本誠言」，蓋無心於名，雖晉末亦仕，合於綺、園之出。其去也亦不待以微罪行，「不樂乃徑歸」，合於夷、齊之去。其事雖小，其不爲功名累其進退，蓋相似。使其易地，未必不追蹤二子也。東坡作文工於命意，必超然獨立於衆人之上，非如昔人稱淵明以退爲高耳。故又發明如此。』以是觀之，蘇軾真乃陶淵明知音也。

此條引蘇軾之語闡述『真情性』具體内涵，從所舉陶淵明之例可知，『真情性』是指發自内心、未經修飾而又不離性善領域之情志。人性複雜幽微，難以盡知，但并非所有自然流露之情志均可納入『真情性』範圍，諸如性惡之陰暗，必被排除在外。然而『真情性』亦非專指引人向上一途，人生姿態萬千，豈能定於一尊？衹要不違性善初衷即可也。黄徹《䂬溪詩話》卷八：『世人論淵明，皆以其專事肥遁，初無康濟之念，能知其心者寡也。嘗求其集，若云：「歲月擲人去，有志不獲騁。」又有云：「猛志逸四海，騫翮思遠翥。荏苒歲月頹，此心稍已去。」其自樂田畝，乃捲懷不得已耳。士之出處，未易爲世俗言也。』斯論與此條有異曲同工之妙，所謂與陶淵明主流形象不一致之處，正見真實，完美無缺反而往往難脱僞善，實爲『真情性』之自然天敵也。

至於漢高帝之例，近藤元粹評曰：『三蘇常心醉於漢祖，未免阿於其所好。』此條或分三層，『鑄印銷印』一節未必歸入『東坡每曰』之內，且宋人持類似看法者亦不乏其人，不是某家之私論，然則近藤元粹所言并非無據，政治人物機於權變，無關情性，與純粹詩人之意遠矣，此條所論恐有愛屋及烏之嫌。

東坡得陶淵明之遺意

東坡嘗曰：淵明詩初看若散緩，熟看有奇句，如『日暮巾柴車，路暗光①已夕。歸人望煙火，稚子候簷隙』〔一〕。又曰②：『靄靄遠人村，依依墟里煙。犬吠深巷③中，鷄鳴桑④樹顛⑤。』〔二〕又曰：『采菊東籬下，悠然見南山。』〔三〕大率⑥才高意遠，則所寓得其妙，造語精到之至，遂能如此。似大匠運斤〔四〕，不見斧鑿之痕。不知者⑦疲精力，至死不知⑧悟，而俗人亦謂之佳。如曰：『一千里色中秋月，十萬軍聲半夜潮。』〔五〕又曰：『蝴蝶夢中家萬里，子規枝上月三更。』〔六〕又曰⑨：『深秋簾幕千家雨，落日樓臺一笛風。』〔七〕皆如寒乞相，一覽便盡。初如秀整，熟視無神氣，以其字露也。東坡作對則不然，如曰『山中老宿依然在，案上《楞嚴》已不看』〔八〕之類，更無齟齬之態。細味對甚的而字不露，此其得淵明⑩遺意耳。

【校】

①光：明刻本、靜嘉堂文庫本、故宫明本作「元」。

②曰：明刻本、靜嘉堂文庫本、故宫明本、《稗海》本、《津逮秘書》本、《四庫全書》本、《學津討原》本、《筆記小説大觀》本、《殷禮在斯堂叢書》本無。

③巷：元刻本、明刻本、靜嘉堂文庫本、故宫明本作「山」。

④桑：古活字印本作「乘」。

⑤顛：古活字印本作「頭」。

⑥率：明刻本、故宫明本作「卒」。

⑦者：明刻本、故宫明本作「昔」，《稗海》本、《津逮秘書》本、《四庫全書》本、《學津討原》本、《筆記小説大觀》本後增「困」。

⑧知：《稗海》本、《津逮秘書》本、《四庫全書》本、《學津討原》本、《筆記小説大觀》本、《殷禮在斯堂叢書》本作「之」。

⑨自「又曰」至卷二《稚子》「其色類竹，名」，元刻本缺。

⑩淵明：明刻本、靜嘉堂文庫本、故宫明本、《稗海》本、《津逮秘書》本、《四庫全書》本、《學津討原》本、《筆記小説大觀》本後增「之」。

《詩話總龜》前集卷九《評論門五》全引此條，「東坡嘗曰」作「東坡曰」，「熟看」作「熟讀」，「句」作「趣」，「日暮」前增「曰」，無「又曰：采菊東籬下，悠然見南山」，「才高」前無「大率」，無「則所寓得其妙」，無「之至，遂能」，無「似大匠運斤，不見斧鑿之痕。不知者疲精力，至死不知悟，而俗人亦謂之佳」，無第三及第四個「又曰」，「皆」後無「如」，無「一覽便盡」，「以其字露」作「以字露故」，「東坡作對則不然，如曰」作「東坡則曰」，「不看」後無「之類」，後增「細味之」，「更無齟齬之態」作「無齟齬態」，後無「細味」，「不露」後無「此其」。

《苕溪漁隱叢話》前集卷四《五柳先生下》全引此條，「嘗曰」作「嘗云」，「初看」作「初視」，「熟看」作「熟視」，「句」作「趣」，「日暮」前增「曰」，無「則所寓得其妙」，「似」作「如」，「不見斧鑿之痕」作「無斧鑿痕」，「悟」前無「知」，無「而俗人亦謂之佳」，「皆」後無「如」，「細味對甚的」作「細味之，對偶親的」，「不露」後增「也」，「遺」前增「之」。

《詩人玉屑》卷十將此條一分爲二，一是《詩趣·奇趣》所引，「東坡嘗曰」作「東坡曰」，「熟看」作「熟讀」，「句」作「趣」，「日暮」前增「曰」，「才高」前無「大率」，無「則所寓得其妙」，無「之至，遂能」，「似」作「如」，「不見」作「無」，「痕」前無「之」，「悟」前無「知」，無「而俗人」至「也」，「東坡作對則不然，如曰」作「東坡則曰」，「不看」後無「之類」，後增「細味之」，「更無齟齬之態」作「無齟齬態」，後無「細味」，「不露」後無「此其」。二是《寒乞·無神氣》所引，自第一個「如曰」至「也」，「皆」後無「如」。

《詩林廣記》有兩處涉及此條，一是前集卷一陶淵明《歸田園居》所引，「東坡嘗曰」作「東坡云」，「初看」作「初視」，「熟看」作「熟視」，「句」作「趣」，「日暮」前增「曰」，無「造語精到之至」，「似」作「如」，「不見斧鑿之痕」作「無斧鑿痕」，「悟」前無「知」，無「而俗人亦謂之佳」，「半夜」作「夜半」，「子規」作「杜鵑」，「深秋」作「秋深」，「皆」後無「如」，無「字露也」後文。重在論述陶淵明詩，故未及蘇軾詩。二是後集卷三蘇軾《贈惠山僧惠表》所引，近於《詩人玉屑》卷十《詩趣·奇趣》，僅「東坡嘗曰」作「歐公《詩話》云」，「此其」作「真」，「遺意耳」作「遺意也」。惟所注出處爲《六一詩話》而非《冷齋夜話》，非是。從諸家稱引來看，「東坡嘗曰」之範圍或不及於所舉趙嘏、崔塗、杜牧詩例。

【注】

〔一〕此實爲江淹《陶徵君潛田居》，見於《江文通集匯注》卷四《雜體詩三十首》。

〔二〕此爲陶淵明《飲酒二十首并序》其五，見於《陶淵明集箋注》卷三。

〔三〕此爲陶淵明《歸園田居五首》其一，見於《陶淵明集箋注》卷二，「靄靄」作「曖曖」，「犬」作「狗」。

〔四〕此出於《莊子·徐無鬼》：「郢人堊漫其鼻端，若蠅翼，使匠石斫之，匠石運斤成風，聽而斫之，盡堊而鼻不傷，郢人立不失容。」

〔五〕此爲趙嘏殘句，注云《錢塘》，見於《趙嘏詩注》。

〔六〕此爲崔塗《春夕》，見於《全唐詩》卷六百七十九。

〔七〕此爲杜牧《題宣州開元寺水閣，閣下宛溪，夾溪居人》，見於《杜牧集繫年校注》卷三。

〔八〕此爲蘇軾《贈惠山僧惠表》，見於《蘇軾詩集》卷十八。

【箋】

此條續引蘇軾之語論陶淵明，縱觀陶淵明接受史，陶詩地位之隆大抵始於宋人大力弘揚，蘇軾堪稱中流砥柱。惠洪預流這種時代風氣并推波助瀾，《冷齋夜話》共選陶詩三首，僅達平均水平，但均是自然天成詩學理想之化身，尤其是意境與句法諸方面之成就，深契宋代美學。惠洪通過此條傳達其核心詩學理念：工（秀整）而未及自然（無神氣）是詩歌大弊，『不見斧鑿之痕』方爲至高境界。

惠洪所論可謂宋人通識，例如黄庭堅認爲詩歌之高階是工拙相伴而又渾然天成，乃至進於無法之法。《題意可詩後》：『寧律不諧，而不使句弱；用字不工，不使語俗，此庾開府之所長也，然有意於爲詩也。至於淵明，則所謂不煩繩削而自合。雖然，巧於斧斤者多疑其拙，窘於檢括者輒病其放。孔子曰：「寧武子，其智可及也，其愚不可及也。」淵明之拙與放，豈可爲不知者道哉？道人曰：「如我按指，海印發光。汝暫舉心，塵勞先起。」說者曰：「若以法眼觀，無俗不真。若以世眼觀，無真不俗。」淵明之詩，要當與一丘一壑者共之耳。』意謂陶詩似工而拙，似拙而工，真可謂工而自然，堪稱詩學理想最佳呈現。黄庭堅還從創作心態探尋陶詩高妙之成因，《論詩》：『謝康樂、庾義城之於詩，爐錘之工不遺力也，然陶彭澤之墻數仞，謝、庾未能窺者，何哉？蓋二子有意於俗人贊毁其工拙，淵明直寄焉耳。』『直寄』即『真情性』之純粹表達，這或是陶淵明雄視詩壇之關捩所在，亦可知高手區分高下確然不在技法。

於陶詩而言，工而自然顯現爲平澹，且已成標志性主流風格。葛立方於其界限與獲得方法有詳論，《韻語陽秋》卷一：『陶潛、謝朓詩皆平澹有思致，非後來詩人怵心劌目雕琢者所爲也。老杜云「陶、謝不枝梧，《風》《騷》共推激。紫燕自超詣，翠駁誰翦剔」是也。大抵欲造平澹，當自組麗中來，落其華芬，然後可造平澹之境，如此則陶、謝不足進矣。今之人多作拙易語，而自以爲平澹，識者未嘗不絶倒也。梅聖俞《和晏相》詩云：「因今適性情，稍欲到平澹。苦詞未圓熟，刺口劌菱芡。」言到平澹處甚難也。所以《贈杜挺之》詩有「作詩無古今，欲造平澹難」之句。李白云：「清水出芙蓉，天然去雕飾。」平澹而到天然處，則善矣。』平澹實爲最高藝術境界，既非隨意爲之而可得，亦非苦心雕琢而可得，惟有『豪華落盡見真淳』（《元好問論詩三十首小箋》），經歷由繁至簡發展階段，方可致之。以是觀之，陶詩之平澹并非簡陋，而是單刀直入，直指人性與社會，見出紛繁複雜之世界，此與體道之途略同，亦是『初看若散緩，熟看有奇句』意旨所在。

近藤元粹評蘇軾論陶詩曰：『確評，是千古鐵案。』評惠洪論晚唐三家及蘇詩則曰：『此評未知得當乎否？』究其原因，或在於陶詩固然高妙，但符合美學理想者并非僅此一途，祇要詩學精神相契，豈可以單一標準衡量？例如杜詩爲宋人推崇備至，但與陶詩面貌迥異矣。

鳳翔壁上題①詩

東坡曰：予少官鳳翔〔一〕，行山②邸，見壁間有詩曰：『人間無漏仙，兀兀三③杯醉。世上沒眼禪，昏昏一覺睡。雖然沒交涉，其奈略相似。相似尚如此，何況真個是。』〔二〕故其海上作《濁醪有妙理賦》曰：『嘗因既醉之適，方識此④心之正。』〔三〕然此老言人心之正，如孟子言人⑤性善，何以異哉！

【校】

① 題：古活字印本、正保本、寬文本、文化本作『顯』。

② 山：《稗海》本、《津逮秘書》本、《四庫全書》本、《學津討原》本、《筆記小説大觀》本後增『求』。

③ 三：故宮明本作『二』。

④ 此：明刻本、故宮明本作『之』，《稗海》本、《津逮秘書》本、《四庫全書》本、《學津討原》本、《筆記小説大觀》本作『人』。

⑤人：明刻本、故宫明本、《稗海》本、《津逮秘書》本、《四庫全書》本、《學津討原》本、《筆記小説大觀》本、《殷禮在斯堂叢書》本無。

《詩話總龜》前集卷二《達理門》全引此條，無『東坡曰：予少官鳳翔，行山邸，見壁間有詩曰』，『沒』均作『無』，『故』前增『予奉使關西，見邸店壁上書此數句，愛而誦之』，後無『其』，『然此老言人心』作『此老言心』，『如孟子』作『與孟子』，『性善』前增『之』，『何以異哉』作『何異』。

《苕溪漁隱叢話》前集卷五十四《宋朝雜記上》引東坡之語，『東坡曰』作『東坡云』，『官』前無『少』，『行山邸，見壁間有詩』作『見村邸壁上書此數句，愛而誦之』，『沒眼』作『無眼』，『一覺』作『一枕』，無『真個是』後文。

【注】

〔一〕《蘇軾年譜》卷四：『宋仁宗嘉祐六年（一〇六一）八月乙亥（二十五日），仁宗御崇政殿，試蘇軾等。蘇軾入三等，除大理評事、簽書鳳翔府判官。』卷六：『宋英宗治平元年（一〇六四）十二月十七日，罷簽書鳳翔府節度判官廳公事任。』此爲蘇軾二十六至二十九歲間事。

〔二〕此爲無名氏作品，他書多爲轉引此條。

〔三〕此見於《蘇軾文集》卷一。

【箋】

諸家稱引各不相同，《冷齋夜話》與《詩話總龜》意在說明蘇軾因無名氏禪理詩而體悟真性情，并呈現於創作之中，但就敘述口吻而言，前者是第三人稱，後者是第一人稱；就見詩緣由而言，前者是少官鳳翔而見於山邸，後者是奉使關西而見於邸店。《苕溪漁隱叢話》刪去後半部分，變成祇是記錄逸聞，重心有失。相較而言，似以《冷齋夜話》爲優。

此條總論『真情性』根源，無論緣於『言志』抑或『緣情』，關於何以是之，何以得之，詩家似均以先驗之必然視之，未嘗深論。惠洪上溯至孟子性善說，與養氣諸說相表裏，則詩家之論與儒門相通，根蒂深矣。《砮溪詩話》卷一：『《孟子》七篇，論君與民者居半，其餘欲得君，蓋以安民也。觀杜陵「窮年憂黎元，嘆息腸内熱」，「胡爲將暮年，憂世心力弱」，《宿花石戍》云「誰能叩君門，下令減征賦」，《寄柏學士》云「幾時高議排君門，各使蒼生有環堵」，「寧令吾廬獨破，受凍死亦足」，而志在大庇天下寒士，其心廣大，異夫求穴之螻蟻輩，真得孟子所存矣。東坡問老杜何如人，或言似司馬遷，但能名其詩耳。愚謂老杜似孟子，蓋原其心也。』又云：『嘗愛老杜云：「慎勿吞青海，無勞問越裳。大君先息戰，歸馬華山陽。」又有「安得壯士挽天河，淨洗甲兵常不用」，「安得務農息戰鬥，普天無吏横索錢」，「願戒兵猶火，恩加四海深」，「不眠憂戰伐，無力正乾坤」，其愁嘆憂戚，蓋以人主生靈爲念。孟子以善言陳戰爲大罪，我戰必克爲民賊。仁人之心，易地皆然。』此乃孟子之真義也。近藤元粹評曰：『禪學者流之言，非具眼者難解。』大抵禪門於禪心之所得，理論與實證俱全，而禪心與詩心，於境界上殊途同歸，是故惠洪以禪家之眼觀之，别開生面，深得詩家之旨。

盧橘

東坡詩曰：『客來茶罷渾①無有，盧橘微黄尚帶酸。』〔一〕張嘉甫曰：『盧橘何種果類？』答曰：『枇杷是矣。』又問：『何以驗之？』答曰：『事見相如賦。』嘉甫曰：『「盧橘夏熟，黄甘橙榛②，枇杷橪柿，亭奈厚朴。」〔二〕盧橘果枇杷，則賦不應四句③重用。應劭注曰：「《伊尹書》曰：箕山之東，青鳥④之所，有盧橘，常夏熟。」〔三〕不據依之，何也？』東坡笑曰：『意不欲耳。』

【校】

① 渾：明刻本、故宫明本、《稗海》本無，《津逮秘書》本、《四庫全書》本、《學津討原》本、《筆記小説大觀》本、《殷禮在斯堂叢書》本作『空』。

② 榛：原本作『榛』，據古活字印本、正保本、寛文本、文化本、《螢雪軒叢書》本改。

③ 句：古活字印本、正保本、寛文本、文化本、《螢雪軒叢書》本作『字』。

④ 鳥：原本作『馬』，據《稗海》本、《津逮秘書》本、《四庫全書》本、《學津討原》本、《筆記小説大觀》本、《螢雪軒叢書》本改。

《詩話總龜》前集卷二十一《咏物門下》全引此條，『無有』作『無事』，『微黄』作『楊梅』，『果類』作『果也』，後無『答』，無『又問：何以驗之，答曰』，『甘』作『柑』，『則賦不應四句重用』作『不應重用』，『之所』後無『有』，『據依之』作『據之而』，『坡笑曰』前無『東』，後無『意』。

《苕溪漁隱叢話》前集卷四十《東坡三》全引此條，無『東坡詩曰』，『微黄』作『楊梅』，『張嘉甫』後增『問』，『是矣』作『是也』，『盧橘果枇杷』作『則盧橘果類』，後無『則』，『依』後無『之』，『東坡笑曰』作『東坡曰』。

【注】

〔一〕此爲蘇軾《贈惠山僧惠表》，見於《蘇軾詩集》卷十八，『渾』作『空』，『微黄』作『楊梅』。近藤元粹評曰：『據李善注，「盧，黑也。」蓋東坡誤記焉耳。』

〔二〕此出於司馬相如《上林賦》，見於《司馬相如集校注》卷一。

〔三〕所引《伊尹書》見於《呂氏春秋》卷十四《孝行覽·本味》，『有盧橘，常夏熟』作『有甘櫨焉』。所引應劭注見於《史記》卷一百十七《司馬相如列傳》注，又云：『盧，黑也。』

【箋】

《韻語陽秋》卷十六：『東坡《賞枇杷》詩曰：「魏花真老伴，盧橘認鄉人。」又曰：「客來茶罷空無有，盧橘楊梅尚帶酸。」則皆以盧橘爲枇杷也。彼徒見《上林賦》有「盧橘夏熟」之語，遂以爲枇杷。審爾，則夏熟之下，不當復有黄甘、枇杷、橪柿之品。然唐子西《李氏山園記》言有一物而爲二物者，如《上林賦》所謂「盧橘夏熟」，又言枇杷、橪柿是也。若據子西言，則盧橘即枇杷矣。李白《宫中行樂詞》云：「盧橘爲秦樹。」許渾《送表兄奉使南海》云：「盧橘花香拂釣磯。」若以爲枇杷，則何獨秦中、南海有耶？錢起《送陸贄》詩云：「思親盧橘熟。」用陸績懷橘事，則又以爲木奴，益無按據。』

嚴有翼《藝苑雌黄》：『古人文章中多言盧橘。李白詩：「盧橘爲秦樹，蒲桃出漢宫。」宋之問詩：「芙蓉秦地沼，盧橘漢家園。」又云：「冬花掃盧橘，夏果摘楊梅。」戴叔倫詩：「盧橘花開楓葉衰。」而蔡君謨《荔枝譜》亦云：「道里遼絶，曾不得班於盧橘、江橙之右。」皆不顯言盧橘爲何物。《東坡集》中言真覺院有洛花，花時不暇往，四月十八日與劉景文同往賞枇杷，作詩，有「魏花非老伴，盧橘是鄉人」之句，蓋指盧橘爲枇杷也。故僧惠洪《冷齋夜話》載此意，而筠溪《甘露集》中有《嘗盧橘》一絶云：「皮似稗柿鬆而剝，核如龍眼味甘鮮。滿盤的皪如金彈，叢子分嘗憶去年。」此正謂枇杷。然山谷以謂夔、湘間有一種色黑而夏熟者，疑其爲盧橘，則與東坡之意相戾。予嘗考之《伊尹書》曰：「果之美者，箕山之東，青鳧之所，有盧橘，其夏熟。」《吴録》曰：「朱光禄爲建安，庭有橘，冬覆其樹，春夏色變青黑，味絶美，《上林賦》曰：『盧橘夏熟。』近是也。」《魏書·花木志》曰：「蜀土有給客橙似橘而非，若柚而香，冬夏實相繼，通歲食之，亦名盧橘。」則盧橘似非枇杷。故《上林賦》既言「盧橘夏熟」，又言「枇杷橪柿」，不應如此重復。不知東坡何所據而言。《復齋漫録》云：「唐庚子西《李氏山園記》云：『枇杷、盧橘一也。』而《上林賦》曰：『盧橘夏熟，黄柑橙榛，枇杷橪柿，亭奈厚樸。』則一物爲二物矣。」然予觀張勃《吴興録》云：「建安郡中有橘，冬月於樹上覆裹之，至明年春夏色變青黑，味尤絶美。《上林賦》云：『盧橘夏熟。』盧，黑也，蓋近是乎？」張勃之説既如此，則相如之賦殆未可以爲失也。』

此條亦爲考證詩歌用典，大抵緣於『盧橘微黄』與應劭注『盧，黑也』相齟齬，張嘉甫追問用典出處，蘇軾貴爲文壇領袖，衹是偶然誤用，亦仍被張嘉甫不依不饒，足見宋人用典之審慎，幾至錙銖必較之地步。近藤元粹評曰：『坡翁護前，使人失笑。』蘇軾此舉，亦可反證其内心實看重用典也。

東坡論文與可詩

東坡嘗對歐公誦文與可〔一〕詩曰：『美人却扇坐，羞落庭下花。』〔二〕歐公笑曰：

『與可無此句，與可拾得耳。』世徒知與可掃墨竹，不知其高才兼諸家之妙，詩尤精絕。戲作《鷺鷥》詩曰：『頸細①銀鈎②淺曲，脚高緑玉深翹。岸上水禽無數，有誰似汝風標。』〔三〕

【校】

① 細：明刻本、故宫明本作『紅』。

② 鈎：静嘉堂文庫本、故宫明本作『釣』。

《續墨客揮犀》卷四《與可詩精絶》亦有此條，首句『歐』後增『陽』，『與可拾』前增『此句』。

《詩話總龜》前集將此條一分爲二，卷十四《唱和門》引前半部分，『東坡嘗對歐公』作『余昔對文忠公』，首句『詩曰』作『詩云』，『歐公笑』作『公』，『與可無此句』作『此非與可詩，世間元有此句』，然則所注出處爲《王直方詩話》。卷十一《雅什門下》引後半部分，『徒知』後增『文』，『《鷺鷥》詩』作『《鷺鷥》六言』。

《苕溪漁隱叢話》前集卷三十九《東坡二》亦將此條一分爲二，『東坡嘗』作『予昔』，首句『詩曰』作『詩云』，『歐公笑』作『公』，『與可無此句』作『此非與可詩，世間元有此句』，『得』後增『耳』。所注出處，前半部分爲『東坡云』，後半部分爲《冷齋夜話》。

【注】

〔一〕文與可：即文同（一〇一八—一〇七九），字與可，自號笑笑先生，世稱石室先生，又因任湖州知州而被稱爲文湖州，蘇軾表兄，梓州梓潼（四川鹽亭）人。生平行迹見於范百祿《宋尚書司封員外郎、充秘閣校理、新知湖州文公墓志銘》、《東都事略》卷一百十五《文藝傳》、《宋史》卷四百四十三《文苑傳五》等。據《宋史》本傳，文同「善詩、文、篆、隸、行、草、飛白」，「又善畫竹」，「有《丹淵集》四十卷行於世」。現有《石室先生年譜》《文同全集編年校注》等。

〔二〕此爲文同《秦王卷衣》，見於《文同全集編年校注》卷二十，「羞」作「著」。

〔三〕此爲文同《郡齋水閣閑書六言二十六首》之《再贈鷺鷥》，見於《文同全集編年校注》卷十七，「頸細銀鈎」作「頸若瓊鈎」，「脚高綠玉」作「股如碧管」，「岸」作「湖」，「有」作「其」。

【箋】

吴曾《能改齋漫録》卷十一《記詩·文與可〈鷺鷥〉詩》：「洪覺範嘗記文與可《鷺鷥》詩云：「頸細銀鈎淺曲，脚高碧玉深翹。沙上衆禽同立，有誰似汝風標？」然予又嘗見一首云：「避雨竹間點點，迎風柳下翩翩。静依寒蓼如畫，獨立晴沙可憐。」亦佳作也。」

趙與虤《娱書堂詩話》卷上：「《冷齋夜話》稱文與可詩精絕，《鷺鷥》云：「頸細銀鈎淺曲，脚高緑玉深翹。岸上水禽無數，有誰似爾風標？」予閲與可詩，復有云：「避雨竹間點點，迎風柳下翩翩。静依寒蓼如畫，獨立晴沙可憐。」尤清拔可喜。」

此條大抵意在闡明藝術精神之相通性，這以张彦遠《歷代名畫記》卷一《敘畫之源流》所論『書畫異名而同體』最爲著名，宋人則更關注『詩畫異體而同貌』，亦即不同藝術形式有相同美學理想。諸如文同這類詩書畫兼善之文人大量湧現，實爲此命題之有力實證，亦使之漸成宋人普遍觀念。例如《蘇軾文集》卷七十《書摩詰〈藍田煙雨圖〉》：『味摩詰之詩，詩中有畫；觀摩詰之畫，畫中有詩。詩曰：「藍溪白石出，玉川紅葉稀。山路元無雨，空翠濕人衣。」此摩詰之詩，或曰非也，好事者以補摩詰之遺。』黄庭堅《寫真自贊五首》其一：『詩成無色之畫，畫出無聲之詩。』張舜民《跋百之詩畫》：『詩是無形畫，畫是有形詩。』晁補之《濟北晁先生鷄肋集》之《和蘇翰林題李甲畫雁二首》其一：『詩傳畫外意，貴有畫中態。』若從宏觀比擬角度而言，這些理論表述通透無礙，但詩書畫畢竟各立門戶，界限分明，例如王維《山中》詩，前兩句可形諸於畫，後兩句則頗有難度，美學理想無法完全脱離表現形式。是故王維之畫被董其昌尊爲南宗畫之祖，王詩却難以排在詩聖杜甫之上。錢鍾書《中國詩與中國畫》釋其緣由爲：『中國傳統文藝批評對詩和畫有不同的標準：論畫時重視王世貞所謂「虛」以及相聯繫的風格，而論詩時却重視所謂「實」以及相聯繫的風格。因此，舊詩的「正宗」「正統」以杜甫爲代表。』以是推之，相近藝術形式可有類同美學理想，但實現方法與途徑注定各不相同。文同以畫竹著稱，詩作則未必『精絶』，惠洪大概是受時代理論風氣影響，過於强調『其高才兼諸家之妙』，而所舉詩例明顯不孚此譽，適得其反。近藤元粹評曰：『歐公謔語自妙。』又云：

『是詩未足以爲精絶。』又云：『誰字欠妥。』即此意也。

的對

東坡曰：世間之物，未有無對者，皆自然生成之象，雖文字之語亦然①，但學者不思耳。如因事，當時爲之語曰：『劉蕡②下第，我輩登科。』〔一〕則其前有『雍齒且侯，吾屬何患』〔二〕。太宗曰：『我見魏徵常媚嫵③。』〔三〕則④德宗乃曰：『人言盧杞是奸邪。』〔四〕

【校】

①亦然：明刻本、靜嘉堂文庫本、故宫明本、《稗海》本無，《津逮秘書》本、《四庫全書》本、《學津討原》本、《筆記小説大觀》本、《殷禮在斯堂叢書》本無。

②蕡：明刻本、故宫明本作『賁』。

③媚嫵：《四庫全書》本、《説郛》作『嫵媚』。

④則：正保本、寬文本、文化本、《螢雪軒叢書》本無。

【注】

〔一〕此見於《舊唐書》卷一百九十下《文苑傳下》，『下』作『不』。

〔二〕此見於《史記》卷五十五《留侯世家》，『且』作『尚爲』，『吾屬何患』作『我屬無患矣』。《漢書》卷四十《張良傳》，『吾屬何患』作『我屬無患矣』。

〔三〕此見於《舊唐書》卷七十一《魏徵傳》：『人言魏徵舉動疏慢，我但覺嫵媚，適爲此耳。』《新唐書》卷九十七《魏徵傳》：『人言徵舉動疏慢，我但見其嫵媚耳。』

〔四〕此見於《舊唐書》卷一百三十一《李勉傳》：『衆人皆言盧杞奸邪。』卷一百三十五《盧杞傳》：『衆人論杞奸邪。』《新唐書》卷一百三十一《宗室宰相傳》：『衆謂盧杞奸邪。』

【箋】

《石林詩話》卷上：『余嘗從趙德麟假《陶淵明集》本，蓋子瞻所閲者，時有改定字，末手題兩聯云：「人言盧杞有奸邪，我覺魏公真嫵媚。」又「槐花黄，舉子忙；促織鳴，懶婦驚。」不知偶書之邪，或將以爲用也？然子瞻詩後不見此語，則固無意於必用矣。』

《詩話總龜》前集卷九《評論門五》：『《韓存中云：「東坡嘗云：人言盧杞是奸邪，我見鄭公但嫵媚，好作一對，請諸人將去作一篇詩。」』

作爲詩歌形式理論核心議題之一，對偶向來廣受關注。《文心雕龍·麗辭》提出『四對』之說：『言對、事對、反對、正對』。空海《文鏡秘府論》東卷收録『二十九種對』，影響最著者當屬皎然

『六對』與『八對』之說，《詩議・詩對有六格》：『的名對、雙擬對、隔句對、聯綿對、互成對、異類對。』《詩議・詩有八種對》：『鄰近、交絡、當句、含境、背體、偏對、假對、雙虛實對。』除此之外，皎然又闡明對偶基本原則，《詩式》卷一《對句不對句》：『夫對者，如天尊地卑、君臣父子，蓋天地自然之數，若斤斧迹存，不合自然，則非作者之意。又詩家對語，二句相須，如鳥雙翅，若惟擅工一句，雖奇且麗，何異乎鴛鴦五色，隻翼而飛者哉。』由於對偶易被視爲人工產品，皎然力證實出自然，契合主流美學精神，意在抬高對偶地位。不僅如此，對偶還被要求上下兩句同時講究形式技巧，否則便名不副實。這無異於確認對偶之詩學地位與內在要求，晚唐五代詩格同類論述大抵基於此。

惠洪亦接續上述話題，『世間之物，未有無對者，皆自然生成之象』，此言對偶是普遍規律，以是推之，自然天成便是題中應有之義。當然，惠洪所論不離宏觀時代背景，由於宋詩極爲講究詩法，故而除普遍原則外，宋人還有更細緻討論，例如《韻語陽秋》卷一：『近時論詩者，皆謂偶對不切，則失之粗；太切，則失之俗。如江西詩社所作，慮失之俗也，則往往不甚對，是亦一偏之見爾。老杜《江陵》詩云：「地利西通蜀，天文北照秦。」《秦州》詩云：「水落魚龍夜，山空鳥鼠秋。」「叢篁低地碧，高柳半天青。」《豎子至》云：「相梨且綴碧，梅杏半傳黃。」如此之類，可謂對偶太切矣，又何俗乎？如「雜蕊紅相對，他時錦不如」，「磨滅餘篇翰，平生一釣舟」之類，雖對不求太切，而未嘗失格律也。學詩者當審此。』此乃針砭宋詩現實之論，江西詩派爲不落俗套，往往劍走偏鋒，以不對爲對，未免偏離格律本意。究其根本，格律原是爲內容與意境服務，關鍵不在寬或嚴，而在『不以文害辭，不以辭害志』（《孟子正義・萬章上》），使外在有助於提升內在，同臻於自然，方爲善也。

近藤元粹評曰：『名論。』又曰：『前對已妙，後對更妙。』若非宋人讀書多，相關例證焉能信手拈來，斯亦可見宋人學風之一端矣。

東坡留題姜唐佐扇、楊道士息軒、姜秀郎几間

東坡在儋耳，有姜唐佐者①從乞詩〔一〕。唐佐，朱崖人，亦書生。東坡借其手中扇，大書其上曰：『滄海何曾斷地脈，朱崖從此破天荒。』〔二〕又書司命宮楊道士息軒〔三〕曰：『無事此靜坐，一日是兩日。若活七十年，便是百四十。黄金不可成，白髮日夜出。開眼三十秋，速於駒過隙。是故東坡老，貴汝一念息。時來登此軒，望見過海席。家山歸未得，題詩寄屋壁。』〔四〕有黎②女插茉莉花③，嚼檳榔，戲書姜秀郎几間曰：『暗麝著人簪茉莉，紅潮登頰④醉檳榔。』〔五〕其放浪⑤如此。

【校】

① 者：明刻本、故宫明本、《稗海》本、《津逮秘書》本、《四庫全書》本、《學津討原》本、《筆記小說大觀》本、《殷禮在斯堂叢書》本無。

②黎：明刻本、故宫明本、《稗海》本、《津逮秘書》本、《學津討原》本、《筆記小説大觀》本作『禁』，《四庫全書》本作『蠻』。

③花：明刻本、静嘉堂文庫本、故宫明本、《稗海》本、《津逮秘書》本、《四庫全書》本、《學津討原》本、《筆記小説大觀》本、《殷禮在斯堂叢書》本無。

④頬：明刻本作『頓』。

⑤浪：明刻本、故宫明本、《稗海》本、《津逮秘書》本、《四庫全書》本、《學津討原》本、《筆記小説大觀》本無。

《苕溪漁隱叢話》前集卷四十一《東坡四》全引此條，『大書其上曰』作『書其上云』，『又書』作『又題』，『是兩日』作『似兩日』，『不可』作『幾時』，『望見』作『目送』，『得』作『成』，『有黎女』作『又嘗醉』，『姜秀郎几間曰』作『姜秀才几上云』，『暗』作『紫』，『放浪』作『超放』。

《詩林廣記》後集有兩處涉及此條，一是卷四蘇轍《足東坡贈姜唐佐》引此條第一部分，僅『大書其上曰』作『書其上云』。又引《苕溪漁隱叢話》後集卷三十。二是卷三蘇軾《息軒》『是兩日』作『似兩日』，『不可』作『幾時』，『望見』作『目送』，『得』作『成』。所引《冷齋夜話》云：『東坡在儋耳，題司命宫道士息軒，其超放如此。』又引《苕溪漁隱叢話》後集卷二十七。此處共引三種材料，其一是截取合成《冷齋夜話》，但『放浪』似乎祇是評論『戲書姜秀郎几間』詩，與

《司命宫楊道士息軒》并不契合，或誤。其二是截取《記子由言修身》後半部分，見於《蘇軾文集》卷七十三，除文字略異外，此話原是蘇轍假托冥官所言，而被誤置於蘇軾名下。其三是胡仔所論，以自身遭遇解讀蘇軾詩，頗有相契之處。

【注】

〔一〕《蘇軾年譜》：『元符三年（一一〇〇）三月二十一日，姜唐佐辭歸，書柳宗元《飲酒》《讀書》二詩贈別。并贈詩以及第爲祝。』

〔二〕此爲蘇軾《贈姜唐佐》，見於《蘇軾詩集》卷四十八，『朱崖從此』作『白袍端合』。蘇轍《欒城集》後集卷三《補子瞻贈姜唐佐秀才》『朱崖從此』作『白袍端合』。惠洪《石門文字禪》卷十六《補東坡遺真，姜唐佐秀才飲，書其扇》『地』作『池』，『朱崖』作『白袍』。

〔三〕司命宫楊道士息軒：見於《蘇軾文集》卷一《天慶觀乳泉賦》：『吾謫居儋耳，卜筑城南，鄰於司命之宫。』

〔四〕此爲《司命宫楊道士息軒》，見於《蘇軾詩集》卷四十三，『不可』作『幾時』，『三十』作『三千』，『於』作『如』，『望見』作『目送』，『得』作『能』。

〔五〕此爲《題姜秀郎几間》，見於《蘇軾詩集》卷四十八。

【箋】

《苕溪漁隱叢話》後集有兩處涉及此條，一是卷二十七《東坡二》：『東坡云：「無事靜坐，便覺一日似兩日，若能處置此生，常似今日，得年至七十，便是百四十歲。人世間何藥，能有此效。既無反惡，又省藥錢，此方人人收得，但苦無好湯使，多咽不下。」坡《題息軒》詩云：「無事此靜坐，一日如兩日。若活七十年，便是百四十。」正此意也。』胡仔按語云：『余連蹇選調四十年，在官之日少，投閑之日多，固能知靜坐之味矣。第向平婚嫁之志未畢，退之啼號之患方劇，正所謂「無好湯使，多咽不下」也。』二是卷三十《東坡五》引蘇少公云：『吾兄子瞻謫居儋耳，瓊州進士姜唐佐往從之游，氣和而言道，有中州士人之風。子瞻愛之，贈之詩曰：「滄海何曾斷地脈，白袍端合破天荒。」且告之曰：「子異日登科，當爲子成此篇。」君游廣州州學，有名學中。崇寧二年（一一〇三）正月，隨計過汝陽，以此句相示。時子瞻之喪再逾歲矣，覽之流涕。念君要能自立，而莫與終此詩者，乃爲足之，云：「生長茅間有異芳，風流稷下古諸姜。適從瓊管魚龍窟，秀出羊城翰墨場。滄海何曾斷地脈，白袍端合破天荒。錦衣今日千人看，始信東坡眼力長。」』《韻語陽秋》卷十八亦有類似敘述。胡仔按語云：『《冷齋夜話》載此句，乃云：「滄海何曾斷地脈，朱崖從此破天荒。」遂以姜唐佐爲朱崖人，附會爲說。今當以子由詩爲正也。』關於姜唐佐籍貫，蘇轍所言瓊州（海南北部），與惠洪所言朱崖（海南海口）并不矛盾，故而無法解釋引詩之差異。

蕭綱《誡當陽公大心書》：『立身之道與文章異：立身先須謹重，文章且須放蕩。』此條所謂『放浪』，亦此意也。蘇軾天縱英才，任氣使意，不拘於任何材料與規則，而詩文至於汪洋恣肆之境地。

然而此種方式之流弊亦極明顯，黄庭堅《答洪駒父書》：『東坡文章妙天下，其短處在好罵，慎勿襲其軌也。』意謂『放浪』過度而無節制，至少會使部分作品淪落俗品，蘇軾才情頗易掩蓋此間之弊，他人則當慎之又慎，否則極有可能墜入《滄浪詩話·詩辨》所痛詆之末流詩風：『其末流甚者，叫噪怒張，殊乖忠厚之風，殆以罵詈爲詩。詩而至此，可謂一厄也。』以是推之，正如杜甫可學而李白不可學，學蘇軾者亦往往東施效顰，誤入歧途矣。

换骨奪胎①法

山谷②云：『詩意無窮而③人之才有限，以有限之才追無窮之意，雖淵明、少陵④不得工也。然不易其意而造其⑤語，謂之换骨法；規模⑥其意形容之，謂之奪胎法。』如鄭谷《十日⑦菊》曰：『自緣⑧今日人心别，未必秋香一夜衰。』〔一〕此意甚佳而病在氣不長。西漢文章雄深雅健者，其氣長故也⑨。曾子固曰：『詩當使人一覽語盡而意有餘，乃古人用心處。』所以⑩荊公作⑪《菊》詩則曰⑫：『千花百⑬卉彫零後，始見閑⑭人把一枝。』〔二〕東坡則曰：『萬事到頭終⑮是夢，休，休⑯，明日黄花蝶也愁。』〔三〕又如李翰林⑰詩曰：『鳥飛不盡暮天碧。』〔四〕又曰：『青天盡處没孤鴻。』〔五〕然其病如前所論。山谷作《登達觀臺》詩曰：『瘦藤拄⑱到風煙上，乞與游人眼界開⑲。不知眼界闊多少，白鳥去盡青天回。』〔六〕凡此之類⑳，皆換骨法也。顧況詩曰㉑：『一別二十年，人堪幾回別。』〔七〕其詩簡緩㉒而立意精確㉓。舒王作《與故人》詩㉔曰㉕：『一日君家把酒杯，六年波浪與塵埃。不知烏石江頭㉖路，到老相逢㉗得幾回。』〔八〕樂天詩曰㉘：『臨風杪秋樹，對酒㉙長年身㉚。醉貌如霜葉，雖紅不是春。』〔九〕東坡《南中作》詩㉛曰㉜：『兒童悞喜朱顏在，一笑那知是醉㉝紅。』〔十〕凡㉞此之類，皆㉟奪胎法也。學者不可不知。

【校】

① 換骨奪胎：《類說》作『奪胎換骨』。

② 山谷：《類說》作『黃魯直』。

③ 而：《類說》無。

④ 淵明、少陵：《類說》作『少陵、淵明』。

⑤ 其：明刻本、靜嘉堂文庫本、故宮明本作『真』。

⑥ 規模：明刻本、靜嘉堂文庫本、故宮明本作『規人』，《稗海》本、《津逮秘書》本、《四庫全書》本、《學津討原》本、《筆記小說大觀》本作『窺入』。

⑦ 日：《四庫全書》本作『月』。

⑧緣：明刻本、靜嘉堂文庫本、故宮明本作『然』。

⑨西漢文章雄深雅健者，其氣長故也：《類說》無。

⑩乃古人用心處，所以：《類說》無。

⑪作：明刻本、故宮明本、《稗海》本、《津逮秘書》本、《四庫全書》本、《學津討原》本、《筆記小說大觀》本、《殷禮在斯堂叢書》本、《類說》無。

⑫則曰：《類說》作『云』。

⑬百：明刻本、靜嘉堂文庫本、故宮明本、《稗海》本、《津逮秘書》本、《四庫全書》本、《學津討原》本、《筆記小說大觀》本、《殷禮在斯堂叢書》本作『萬』。

⑭閑：靜嘉堂文庫本、故宮明本作『門』。

⑮終：《類說》作『都』。

⑯休休：原作『休休休』，據《類說》改。

⑰李翰林：《類說》作『李白』。

⑱拄：故宮明本作『掛』。

⑲作《登達觀臺》詩曰：瘦藤拄到風煙上，乞與游人眼界開：《類說》作『詩云』。

⑳類：明刻本、靜嘉堂文庫本、故宮明本作『數』。

㉑曰：《類說》作『云』。

㉒緩：《稗海》本、《津逮秘書》本、《四庫全書》本、《學津討原》本、《筆記小說大觀》本

作『拔』，古活字印本、正保本、寬文本、文化本、《螢雪軒叢書》本作『綏』。

㉓ 其詩簡緩而立意精確：《類說》無。

㉔ 舒王作《與故人》詩：《類說》作『荊公』。

㉕ 曰：明刻本、故宮明本、《稗海》本、《津逮秘書》本、《四庫全書》本、《學津討原》本、《筆記小說大觀》本、《殷禮在斯堂叢書》本、《類說》作『云』。

㉖ 江頭：《稗海》本、《津逮秘書》本、《學津討原》本、《筆記小說大觀》本、《殷禮在斯堂叢書》本、《類說》作『江邊』《四庫全書》本作『岡邊』。

㉗ 逢：《類說》作『尋』。

㉘ 曰：《類說》作『云』。

㉙ 酒：明刻本、靜嘉堂文庫本、故宮明本無。

㉚ 身：明刻本、故宮明本作『年』。

㉛《南中作》詩：《類說》無。

㉜ 曰：明刻本、靜嘉堂文庫本、故宮明本、《稗海》本、《津逮秘書》本、《四庫全書》本、《學津討原》本、《筆記小說大觀》本、《殷禮在斯堂叢書》本、《類說》作『云』。

㉝ 醉：《類說》作『酒』。

㉞ 凡：《稗海》本作『几』。

㉟ 皆：明刻本、靜嘉堂文庫本、故宮明本無。

李頎《古今詩話》全引此條,無『如鄭谷』前文,無『西漢文章雄深雅健者,其氣長故也』,無『乃古人用心處,所以』,『作《菊》詩則曰』作『《菊》詩云』,『東坡則曰』作『東坡云』,無『萬事到頭終是夢』,『李翰林詩曰』作『太白詩』,『青天盡處』前無『曰』,『作《登達觀臺》詩曰』作『詩云』,無『瘦藤拄到風煙上,乞與游人眼界開』,『凡此之類』均作『此』,『顧況詩』後無『曰』,無『其詩簡緩而立意精確』,『舒王作《與故人》詩曰』作『荆公云』,『江』作『岡』,『逢』作『尋』,『《南中作》詩曰』作『東坡云』,『醉紅』作『酒紅』,無『學者不可不知』。

《詩話總龜》前集卷九《評論門五》全引此條,『人之才』前無『而』,『淵明、少陵』位置互換,『規模其意』後增『而』,『荊公作《菊》詩則曰』作『舒王《菊》詩曰』,『坡則曰』前無『東』,『終』作『都』,『作《登達觀臺》』作『《登達覽臺》』,『闊』作『開』,『與故人』前無『作』,『江頭』作『江邊』,『相逢』作『相尋』,『南中』後無『作』字,『醉』作『酒』,『凡此』後無『之類』,無『也,學者不可不知』。

《苕溪漁隱叢話》前集卷三十五《半山老人三》全引此條,『人之才』作『人才』,『不易』前無『然』,『作《菊》詩則曰』作『《菊》詩曰』,『東坡則曰』作『東坡曰』,『終』作『都』,『《達觀臺》』前無『作,登』,『眼界開』作『眼豁開』,『舒王作』作『荊公』,『逢』作『尋』,『東坡《南中作》詩曰』作『東坡詩』,『醉』作『酒』。胡仔按語云:『「飛鳥不盡暮天碧」之句,乃郭功甫《金山行》,《冷齋》以爲李翰林詩,何也?』

《詩人玉屑》有兩處涉及此條，一是卷六《命意·總説》引曾鞏所言：『詩當使一覽無遺，語盡而意不窮。』二是卷八《奪胎換骨·總説》所引近於《苕溪漁隱叢話》，僅『規摹其意』後增『而』，『江頭』作『岡頭』。

《冷齋夜話》此條在《詩林廣記》中被一分爲四：第一條，後集卷二王安石《過外弟飲》「一日」作『一自』，『江頭』作『崗頭』，『相逢』作『相尋』，下引《復齋漫録》：『烏石崗，距臨川三十里，荊公外家吴氏居其間。故詩云：「不知烏石崗頭路，到老相尋得幾回。」』又引《冷齋夜話》：『山谷言：「詩有規摹其意而形容之，謂之奪胎法。」唐顧況詩云：「一别一十年，人堪幾回别？」其語簡緩而立意精確。荊公詩云：「一自君家把酒杯，六年波浪與塵埃。不知烏石崗頭路，到老相尋得幾回。」此皆奪胎法也。學者不可以不知。』

第二條，後集卷三蘇軾《縱筆》引《冷齋夜話》：『山谷言：「詩意無窮而人才有限，以有限之才追無窮之意，雖淵明、杜陵不得工也。不易其意而造其語，謂之換骨法；規摹其意而形容之，謂之奪胎法。」白樂天詩云：「臨風杪秋樹，對酒長年身。醉貌如霜葉，雖紅不是春。」至東坡詩云：「兒童誤喜朱顔在，一笑那知是醉紅。」此皆奪胎法也。』

第三條，後集卷五黄庭堅《達觀臺》『眼界開』作『眼豁開』，下引《冷齋夜話》：『李翰林詩曰：「鳥飛不盡暮天碧。」又曰：「青天盡處沒孤鴻。」山谷詩乃用此意，謂之換骨法。』又引《苕溪漁隱叢話》胡仔按語。

第四條，前集卷八鄭谷《十日菊》引三種觀點：一是《休齋詩話》。二是山谷云：『文章以氣爲主，鄭谷此詩意甚佳，而病在氣不長。西漢文字所以雄深雅健者，其氣長故也。』三是曾子固云：『詩當使人一覽語盡而意有餘，乃古人用心處，如此詩是也。王荊公亦有《菊》詩云：「千花萬卉凋零盡，始見閒人把一枝。」其病亦在於氣不長耳。」

【注】

〔一〕鄭谷《十日菊》，見於《鄭谷詩集箋注》卷二。

〔二〕此爲王安石《和晚菊》，見於《王荊公詩注》卷三十一，『千花百卉彫零後』作『可憐蜂蝶飄零後』，『見』作『有』。

〔三〕此爲蘇軾《南鄉子·重九涵輝樓呈徐君猷》，見於《東坡樂府箋》卷二，『終』作『都』。

〔四〕誤，此實爲郭祥正《金山行》，見於《郭祥正集》卷二。

〔五〕此未見於《李太白全集》。

〔六〕此爲黄庭堅《題大雲倉達觀臺二首》其二，見於史容《山谷外集詩注》卷十七，『眼界開』作『眼豁開』，『去』作『飛』。標題下注引崇寧元年（一一〇二）五月黄庭堅手書石刻云：『永利禪寺東偏，遵微徑，攀古松，登高丘，四達而所瞻皆數百里間。其地主曰戴器之，因名曰「達觀臺」，而屬器之築屋於其上。器之忻然曰：「敢不諾。」因爲作二詩。』故而推斷此詩是『紹聖元年（一〇九四），以責命過池州作』。

〔七〕此爲顧況《上湖至破山贈文周、蕭元植》，見於《顧況詩注》卷一。

〔八〕此爲王安石《過外弟飲》，見於《王荊公詩注》卷四十四，『江頭』作『崗邊』，『到老相逢』作『至老相尋』。標題下注云：『《爾雅・釋親》釋曰：「外族，母黨之屬也。」吴氏，公母家也，居烏石崗，距臨川三十里。』然則《烏石》標題下注云：『觀此詩，則金陵亦有烏石崗也。』以是觀之，或以烏石崗爲是，但未知是否兩地重名也。《苕溪漁隱叢話》後集卷二十五《半山老人》引《復齋漫録》：『烏石崗距臨川三十里，荊公外家吴氏居其間，故詩云：「不知烏石崗邊路，到老相尋得幾回。」……皆紀實也。』亦見於《詩人玉屑》卷十七《半山老人・紀實》。

〔九〕此爲白居易《醉中對紅葉》，見於《白居易詩集校注》卷十七，『身』作『人』。

〔十〕此爲蘇軾《縱筆三首》其一，見於《蘇軾詩集》卷四十二，『兒童』作『小兒』，『醉』作『酒』。句下注云：『王注：白樂天詩：「霜侵殘鬢無多黑，酒伴衰顔祇暫紅。」施注：白樂天《自咏》詩：「夜鏡隱白髮，朝酒發紅顔。」查注：按《冷齋夜話》引山谷語云：「不易其意而造其語，謂之換骨法；窺入其意而形容之，謂之奪胎法。白居易詩云：『醉貌如霜葉，雖紅不是春。』東坡『兒童誤喜朱顔在，一笑那知是酒紅』，皆奪胎法也。」』誥案：紀昀曰：「嘆老語如此出之，語妙天下。」』標題下案：『此三首平淡之極，却有無限作用在内，未易以情景論也。』所舉白居易詩例雖各異，但皆意在説明蘇詩化自白詩，運用巧妙，惟查注所引黄庭堅語範圍有誤。

【箋】

《王直方詩話》：『白樂天有詩云：「醉貌如霜葉，雖紅不是春。」東坡有詩云：「兒童誤喜朱顔在，一笑那知是酒紅。」鄭谷有詩云：「衰鬢霜供白，愁顔酒借紅。」老杜有詩云：「髮少何勞白，顔衰肯更紅？」無己詩云：「髮短愁催白，顔衰酒借紅。」皆相類也。然無己初出此一聯，大爲諸公所稱賞。』

陳知柔《休齋詩話》：『唐人嘗咏《十日菊》：「自緣今日人心别，未必秋香一夜衰。」世以爲工，蓋不隨物而盡。如「酒盞此時須在手，菊花明日便愁人」，自覺氣不長耳。東坡亦云「休休，明日黄花蝶也愁」也。然雖變其語，終有此過，豈在謫所，遇時感慨，不覺發是語乎？予寓吴江，值重九，有「鬢緣心事隨時改，依舊在天涯。多情惟有，籬邊黄菊，到處能華」。詩人讀之凄然，以爲有含憤意。』

范晞文《對床夜語》卷三：『「十日君家把酒杯，六年波浪與塵埃。不知烏石岡邊路，到老相尋得幾回。」人謂此詩本顧況「一别二十年，人堪幾回别」之句。予讀老杜《别唐十五》詩云：「九載一相逢，百年能幾何。」顧之意或原於此。張籍有絶句云：「山東二十餘年别，今日相逢在上都。説盡向來無限事，相看摩捋白髭鬚。」句不同而意極長。使後人能於其中易以一字，則不足以爲絶句。賈島亦有「舊國别多日，故人無少年」，與張意同。』

關於『换骨奪胎法』歸屬權，學術界曾有激烈争論。從後人稱引《冷齋夜話》來看，似应屬於黄庭堅。

『换骨奪胎法』歷來争議頗多。贊成者認爲此法無礙創新，陳善《捫虱新話》上集卷二《文章有奪胎换骨法》：『文章雖要不蹈襲古人一言一句，然古人自有换骨奪胎等法，所謂靈丹一粒，點鐵成金也。歐陽公《祭蘇子美文》云：「子之心胸，蟠曲龍蛇。風雲變化，雨雹交加。忽然揮斥，霹靂轟車。人有遭之，心驚膽破，震汗如麻。須臾霽止，而四顧百里，山川草木，開發萌芽。子於文章，雄豪放肆。有如此者，吁，可怪耶！」世人但知誦公此文，而不知實有來處。公作《黄夢升墓銘》，稱夢升哭其兄之子庠之辭曰：「子之文章，電激雷震。雨雹忽止，闃然滅泯。」公嘗喜誦之，祭文蓋用此爾。夢升所作，雖不多見，然觀其詞句，奇崛可喜，正得所謂千兵萬馬之意。及公增以數語，而變態如此。此固非蹈襲者。其後東坡《跋姜君弼課業》亦云：「雲興天際，欻若車蓋。凝矑未瞬，瀰漫霔霶。驚雷出火，喬木糜碎。殷地爇空，萬夫皆廢。霤綆四墜，日中見沬。移晷而收。野無完塊。」此三者語各不同，然祇是一意。前輩作者用此法，吾謂此實不傳之妙，學者即此便可反隅矣。』

《藝苑雌黄》：『前輩云，詩有奪胎換骨之説，信有之也。杜陵《謁玄元廟》，其一聯云：「五聖聯龍衮，千官列雁行。」蓋紀吴道子廟中所畫者。徽宗嘗制哲廟挽詩，用此意作一聯云：「北極聯龍衮，秋風折雁行。」亦以雁行對龍衮，然語中的，其親切過於本詩，兹不謂之奪胎可乎？不然，則徒用前人之語，殊不足貴。且如沈佺期云「小池殘暑退，高樹早涼歸」，非不佳也，然正用柳惲「太液微波起，長楊早樹秋」之句耳。蘇子美云「峽束蒼淵深貯月，岩排紅樹巧妝秋」，非不佳也，然正用杜陵「峽束滄江起，岩排石樹圓」之句耳，語雖工而無別也。』

《韻語陽秋》卷二：『詩家有換骨法，謂用古人意而點化之，使加工也。李白詩云：「白髮三千丈，緣愁似個長。」荆公點化之，則云：「繰成白髮三千丈。」劉禹錫云：「遥望洞庭湖水面，白銀盤裹一青螺。」山谷點化之，則云：「可惜不當湖水面，銀山堆裹看青山。」孔稚圭《白苧歌》云：「山虚鐘磬徹。」山谷點化之，則云：「山空響管弦。」盧仝詩云：「草石是親情。」山谷點化之，則云：「小山作朋友，香草當姬妾。」學詩者不可不知此。』

贊成者雖已列舉多位經典詩人及其典範之作爲例，但仍不能平息質疑之聲。《能改齋漫錄》卷十《議論·詩有奪胎換骨、詩有三偷》：『洪覺範《冷齋夜話》曰：「山谷云：『詩意無窮而人之才有限，以有限之才追無窮之意，雖少陵、淵明不得工也。然不易其意而造其語，謂之換骨法；規模其意形容之，謂之奪胎法。』」予嘗以覺範不學，故每爲妄語。且山谷作詩，所謂「一洗萬古凡馬空」，豈肯教人以蹈襲爲事乎？唐僧皎然嘗謂：「詩有三偷：偷語最是鈍賊，如傅長虞『日月光太清』，陳後主『日月光天德』是也。偷意事雖可罔，情不可原，如柳渾『太液微波起，長楊高樹秋』，沈佺期『小池殘暑退，高樹早涼歸』是也。偷勢才巧意精，略無痕迹，蓋詩人偷狐白裘手，如嵇康『目送歸鴻，手揮五弦』，王昌齡『手攜雙鯉魚，目送千里雁』是也。」夫皎然尚知此病，孰謂學如山谷，而反以不易其意與規模其意，而遂犯鈍賊不可原之情耶？』此乃批評惠洪而爲黄庭堅辯護。

王若虚《滹南詩話》卷下：『魯直論詩，有奪胎換骨、點鐵成金之喻，世以爲名言。以予觀之，特剽竊之黠者耳。魯直好勝，而恥其出於前人，故爲此强辭而私立名字。夫既已出於前人，縱復加工，要不足貴。雖然，物有同然之理，人有同然之見，語意之間，豈容全不見犯哉！蓋昔之作者，初不校此，同者不以爲嫌，異者不以爲誇，隨其所自得而盡其所當然而已。至於妙處，不專在於是也，故皆不害爲名家而各傳後世，何必如魯直之措意邪！』此乃直接批評黄庭堅，而且口氣相當嚴厲。

《詩品序》：『文已盡而意有餘，興也。』曾鞏之語大率本此。近藤元粹評曰：『詩家三昧，借不作詩人之口發之，可謂奇。』曾鞏不善作詩，却發此宏論，亦可管窺以精簡文辭傳達深邃悠遠意境，已成中國詩學之通識。宋人闡發頗多，例如歐陽修《六一詩話》：『聖俞嘗語余曰：「詩家雖率意，而造語亦難。若意新語工，得前人所未道者，斯爲善也。必能狀難寫之景，如在目前，含不盡之意，見於言外，然後爲至矣。」』意謂『意新語工』是創新之具體要求，『含不盡之意，見於言外』是創新之終極效果，兩者互爲表裏。楊萬里《誠齋詩話》：『《金針法》云：「八句律詩，落句要如高山轉石，一去無回。」予以爲不然。詩已盡而味方永，乃善之善也。』此乃從律詩結句之法上升爲全篇境界之論。姜夔《白石道人詩説》：『語貴含蓄。東坡云：「言有盡而意無窮者，天下之至言也。」山谷尤謹於此。清廟之瑟，一唱三嘆，遠矣哉！後之學詩者，可不務乎？若句中無餘字，篇中無長語，非善之善者也；句中有餘味，篇中有餘意，善之善者也。』此乃借蘇軾所論與黃庭堅所作，論證『餘味』與『餘意』實爲詩歌評價之標尺。

倘若仔細推究，『換骨奪胎法』文獻考辨似無疑義，但與黃庭堅詩學觀念實有差距，最爲接近者是『點鐵成金』之説，《答洪駒父書》：『自作語最難，老杜作詩，退之作文，無一字無來處，蓋後人讀書少，故謂韓、杜自作此語耳。古之能爲文者，真能陶冶萬物，雖取古人之陳言入於翰墨，如靈丹一粒，點鐵成金也。』如何引領宋詩走向，黃庭堅與蘇軾理念相近，均倡導『以俗爲雅、以故爲新』（《再次韻并引》序），亦即學習前人經驗以圖自辟蹊徑，且以熔化無迹爲勝，方可確立自身風格。『無一字無來處』意在借鑒既有詩歌語言與藝術範式，結果則應是『點鐵成金』，超越前人。『不易其意而造其語』與『規模其意形容之』這類創作方法則易讓人聯想《詩式》卷一《三不同語意勢》『三偷』之説，《能改齋漫錄》循學理而提出質疑，理由不可謂不充分。當然，惠洪定義『換骨奪胎法』之後，又引曾鞏之語及正反兩方面名家詩例，意在將「語盡而意有餘」作爲「换骨奪胎法」終極歸宿，從而聯通主流詩學觀念。祇是如何實現質之飛躍，惠洪語焉不詳，故而引來諸多非議，其中不乏嚴厲指責，例如《滹南詩話》更是近乎苛責，但這或許有助於全面理解此條深意與得失。

近藤元粹評曰：「换骨奪胎是自作者巧手段，今得大家揭出示人，遂爲千古詩林法門。」又云：「白詩甚妙，蘇詩亦不凡，真是奪胎。」不僅贊同此條所論，而且贊賞所舉詩例恰當，因爲白詩本已高妙，蘇詩立足於此而有所創新，實屬不易，非高手不能致之。以是觀之，「换骨奪胎法」非泛泛之輩可爲，濫用此法而得俗劣者，實乃詩人之過，恐非詩法之過也。

詩用方言

詩人多用方言，南人謂象牙爲白暗，犀爲黑暗，故老杜詩曰：「黑暗通蠻貨。」〔一〕又謂①睡美爲黑甜②，謂飲酒爲軟飽，故東坡詩曰：「三杯軟飽罷③，一枕黑甜餘。」〔二〕

【校】

① 謂：明刻本、靜嘉堂文庫本、故宫明本作「爲」。

② 甜：明刻本、故宮明本作『暗』。

③ 罷：《稗海》本、《津逮秘書》本、《四庫全書》本、《學津討原》本、《筆記小說大觀》本、《殷禮在斯堂叢書》本作『後』。

《墨客揮犀》卷一《詩人多用方言》亦有此條，『飲酒』前無『謂』。

【注】

〔一〕此未見於《杜詩詳注》。《蘇軾詩集》卷十四《送喬施州》有『鷄號黑暗通蠻貨』，自注云：『胡人謂犀爲黑暗。』注引《酉陽雜俎》：『波斯謂（脱『象』）牙爲白暗，犀爲黑暗。』

〔二〕此爲蘇軾《發廣州》，見於《蘇軾詩集》卷三十八，『罷』作『後』。

【箋】

《洪駒父詩話》：『老杜詩：「黑暗通蠻貨。」黑暗，犀角也。波斯國謂象牙爲白暗，犀角爲黑暗，并見《酉陽雜俎》。』以是觀之，白暗與黑暗之語出自波斯國，唐人已有記載，《冷齋夜話》所言南人方言者，或本於外來語也。

《邵氏聞見後録》卷十九：『南人謂象齒爲白暗，犀角爲黑暗。少陵詩云：「黑暗通蠻貨」，用方言也。』

《苕溪漁隱叢話》前集雖未引此條，但有兩處涉及這個問題，一是卷九《杜少陵四》引《洪駒父詩話》。二是卷二十六《王君玉》引黄朝英《靖康緗素雜記》：『南人以飲酒爲軟飽，北人以晝寢爲黑甜，故東坡云：「三杯軟飽後，一枕黑甜餘。」此亦用俗語也。』將『黑甜』歸入北方方言，與《冷齋夜話》正好相反。《詩人玉屑》卷六《造語·點石化金》所引同於《苕溪漁隱叢話》，衹因斷句緣故，誤將《緗素雜記》記爲《西清詩話》。《詩林廣記》後集卷三蘇軾《發廣州》引東坡自注云：『浙人謂飲酒爲軟飽，謂睡爲黑甜也。』將黑甜歸入浙江方言。其實，《蘇軾詩集》卷三十八《發廣州》於此句下自注云：『浙人謂飲酒爲軟飽，俗謂睡爲黑甜。』蘇軾謂軟飽爲浙江方言，衹稱黑甜爲俗語，似乎使用範圍較廣，惠洪全部歸入南方方言，未知確否。從諸家所言來看，似以《蘇軾詩集》爲優。

雅與俗是中國詩學常見概念，詩歌固然以高雅爲旨趣，但如何定義雅俗，如何去俗存雅，每個時代均有不同認識。例如六朝重形式技巧，《文心雕龍·明詩》：『儷采百字之偶，爭價一句之奇，情必極貌以寫物，辭必窮力而追新，此近世之所競也。』這在當時必被視爲高雅，而自唐代以來被斥爲淺俗。與之相反，方言俗語本來俚俗，間或用之則給人耳目一新之感，易得『陌生化』之意外效果，實現由俗入雅之跨越。以是觀之，雅與俗并非界限分明，不可逾越，且會因美學觀念變化而相互易位。黄庭堅等人主張『以俗爲雅、以故爲新』，説明於宋人而言，雅俗之别并非來自材料，而在於藝術手法巧妙與否，這無異於間接抬升標準以律作者。然而方言俗語之局限同樣明顯，畢竟詩歌所預設語言品位極高，方言俗語未必盡合，故不能無節制而用之。《苕溪漁隱叢話》前集卷二十一引《蔡寬夫詩話》云：『詩人用事，有乘語意到處，輒從其方言爲之者，亦自一體，但不可爲常耳。吴人以「作」爲「佐」音，淮、楚之間以「十」爲「忱」音，不通四方。然退之「非閣復非橋，可居兼可過，君欲問方橋，方橋如此作」，樂天「緑浪東西南北水，紅欄三百九十橋」，乃皆用二音，不知當時所呼通爾，或是姑爲戲也。呼兒爲囝，音蹇。父爲郎罷，此閩人語也。顧況作《補亡訓傳》十三章，其哀閩之詞曰：「囝别郎罷心摧血。」況善諧謔，故特取其方言爲戲，至今觀者，爲之發笑。然五方之音各不同，自古文字，曷嘗不隨用之。楚人發語之辭曰羌、曰蹇，平語之詞曰些，一經屈、宋采用，後世遂爲佳句。但世俗常情，不能無貴遠鄙近耳。今毗陵人平語皆曰鍾，京口人曰兜，淮南人曰塢，猶楚人曰些。嘗有士人學爲騷詞，皆用此三語，聞者無不拊掌。』胡仔按語曰：『老杜詩有「主人送客無所作，音佐。行酒賦詩殊未央」之句，則老杜固已先用此方言矣。』意謂方言俗語祇能偶爾爲之，不可視爲常態，縱使杜詩亦不例外。當然，諸如楚辭所用方言，已爲世人習用，則不在此列也。

近藤元粹評曰：『白暗、黑暗甚奇。』杜詩方言俗語雖已臻化境，但仍不遍見，反之則是，若非行家裡手，恐不可輕爲也。

老嫗解詩①

白樂天每作詩，令一老嫗解之，問曰：『解否？』嫗曰解，則録之；不解，則②易之。

故唐末之詩近於鄙俚也③。

【校】

① 老嫗解詩：《類說》作『白樂天詩』。

② 則：《類說》後增『又』。

③ 也：《稗海》本、《津逮秘書》本、《四庫全書》本、《學津討原》本、《筆記小說大觀》本、《殷禮在斯堂叢書》本無。

《墨客揮犀》卷三《唐末詩近於鄙俚》亦有此條，『易』前增『又復』。《苕溪漁隱叢話》前集卷八《杜少陵三》全引此條，『易』前增『又復』，『俚』後增『也』。《詩人玉屑》有兩處全引此條，一是卷八《煅煉·樂天》，同於《苕溪漁隱叢話》。二是卷十六《香山·老嫗解詩》，『老』前無『一』，『則易』作『又改』，但所注出處爲《墨客揮犀》。《詩林廣記》前集卷十白樂天全引此條，『樂天』前無『白』，『老』前無『一』，『問』後無『曰』，無『不解，則易之』，『唐末之詩近於』作『其詩迫於』，『俚』後無『也』，所注出處亦爲《墨客揮犀》。

【箋】

《苕溪漁隱叢話》前集卷八《杜少陵三》又引張文潛云：『世以樂天詩爲得於容易而來，嘗於洛中一士人家見白公詩草數紙，點竄塗之，及其成篇，殆與初作不侔。』胡仔按語反駁惠洪云：『樂天詩雖涉淺近，不至盡如《泠齋》所云。余舊嘗於一小説中曾見此説，心不然之，惠洪乃取而載之《詩話》，是豈不思詩至於老嫗解，烏得成詩也哉？余故以文潛所言正其謬耳。』

宋人不重白居易詩，例如《蘇軾文集》卷六十三《祭柳子玉文》：『元輕白俗，郊寒島瘦，嘹然一吟，衆作卑陋。』張表臣《珊瑚鉤詩話》卷一：『以氣韻清高深眇者絶，以格力雅健雄豪者勝。元輕白俗，郊寒島瘦，皆其病也。』『白俗』幾成宋代主流詩學之定評，究其原因，大抵在於宋詩宗杜，而杜詩以『沉鬱頓挫』著稱，内容深沉慷慨，形式曲折蘊藉，與白詩通俗淺近之取向大異其趣。此條試從創作方式探尋白詩淺俗之成因，但言辭淺易與境界高遠未必矛盾，古往今來膾炙人口之作往往并不生澀難懂，反倒近乎平易。例如陶詩以平淡見長，表象亦是易懂，而關鍵在於所含多元可釋性，猶如洋蔥，裹外包裹數重意味，愈進則愈新。當然，作品意藴單一則無法至此，惟有詩藝非凡者方有如此高超之手法。以是觀之，『老嫗解詩』并非決定白詩境界之根本，其詩學觀方是左右高下之軸心也。白居易過於强調詩歌社會功用，甚至有主題先行傾向，必然優先選用指向明確之通俗語言與之相應，這顯然無助於提升藝術水準。相反，諸如《長恨歌》與《琵琶行》等以情志爲先之作品，則可圈可點者多矣。

近藤元粹評曰：『《唐宋詩醇》辯是説之妄，可從。』《唐宋詩醇》卷十九：『唐人詩篇什最富者，無如白居易詩。其源亦出於杜甫，而視甫爲多……蓋根柢六義之旨，而不失乎溫厚和平之意，變杜甫雄渾蒼勁而爲流麗安詳，不襲其面貌而得其神味者也。』這顯然與宋人針鋒相對，因爲從漢字文化圈接受白詩來看，中國詩學多有貶詞，而本土之外大爲流行，甚至早於李、杜確立經典地位。然而，此說需對半而論，一則白詩理念與實踐確從杜詩而來，承繼『詩教』精神而有所發展，形式有變而旨歸無異。二則白詩實已另開一路，且因奉行主題先行，變杜詩意蘊豐富而爲所指有限，早已大異其趣。近藤元粹秉承日人詩學傳統，激賞白詩，而漢字文化圈接受白詩則是兩種主體面貌長期并存。

采石渡鬼

歐陽文忠公慶曆末宿采石〔一〕，舟人再䑳①，潮至月黑②，公方就寢，微聞呼聲曰：『去未？』舟尾有答者曰：『有參政船宿此，不可擅去，齋料幸爲攜至。』公驚，私念曰：『舟尾逼浦，且无從人，必是鬼。』通夕不寐③，五鼓，岸上獵獵馳驟聲，舟尾者呼曰：『齋料幸見還。』有且行且答者曰：『道場不清淨，無所得而歸領，略多嗟恨之詞④。』公異之。後游金山〔二〕，與長老瑞新〔三〕語，新曰：『某夜還有⑤水陸，有施主攜室至，忽乳一子，俄覺腥風滅⑥燭，大衆恐。』使人問其時，乃⑦公宿采石之夜。其後蔡州求退之銳者，亦其前知然耶？時公自參知政事除蔡州⑧〔四〕。黄魯直熙寧初宿石塘寺〔五〕，寺有鬼靈⑨異，若獨足公之類，然獨足寺⑩僧敬信之。一夕夢曰：『分寧黄刑部至。』僧曰：『侍郎乎，尚書乎？』曰：『侍郎也。』魯直南遷〔六〕已六十，親故憂其禍大，又南方瘴霧，非菜肚老人所宜。魯直笑曰⑪：『宜州者，所以宜人也。且石塘鬼非村落間無智愚鬼⑫，侍郎之言，豈欺我哉！』魯直竟歿於宜州。較采石之鬼，何愚智相去三十里〔七〕。豈魯直癡絕，故欺之耶？

【校】

① 再鼾：明刻本、故宫明本、《稗海》本、《筆記小説大觀》本作『再睡』，《津逮秘書》本、《四庫全書》本、《學津討原》本、《殷禮在斯堂叢書》本作『甫睡』。

② 黑：明刻本作『里』。

③ 公驚，私念曰：舟尾逼浦，且无從人，必是鬼。通夕不寐：明刻本作『至』，靜嘉堂文庫本、故宫明本、《稗海》本、《津逮秘書》本、《四庫全書》本、《學津討原》本、《筆記小説大觀》本無。『寐』古活字印本、正保本、寬文本、文化本、《螢雪軒叢書》本作『寢』。

④ 而歸領，略多嗟恨之詞：明刻本、靜嘉堂文庫本、故宫明本、《稗海》本、《津逮秘書》本、《四庫全書》本、《學津討原》本、《筆記小説大觀》本無。『而歸』《殷禮在斯堂叢書》本無。

⑤有：明刻本、靜嘉堂文庫本、故宮明本、《稗海》本、《筆記小説大觀》本無。『還有』《津逮秘書》本、《四庫全書》本、《學津討原》本、《殷禮在斯堂叢書》本作『建』。

⑥減：《稗海》本作『減』。

⑦乃：明刻本、故宮明本、《稗海》本、《津逮秘書》本、《四庫全書》本、《學津討原》本、《筆記小説大觀》本、《殷禮在斯堂叢書》本無。

⑧自參知政事除蔡州：古活字印本、正保本、寬文本、文化本、《螢雪軒叢書》本作『自蔡州除參知政事』。

⑨靈：明刻本作『盧』。

⑩若獨足公之類，然獨足寺：明刻本、故宮明本、《稗海》本、《津逮秘書》本、《四庫全書》本、《學津討原》本、《筆記小説大觀》本無。

⑪曰：明刻本、靜嘉堂文庫本、故宮明本無。

⑫非村落間無智愚鬼：明刻本、靜嘉堂文庫本、故宮明本、《稗海》本、《津逮秘書》本、《四庫全書》本、《學津討原》本、《筆記小説大觀》本無。

【注】

〔一〕此未見於《歐陽修紀年錄》。

〔二〕《歐陽修紀年錄》：『天聖五年（一〇二七）四月，道出潤州，有詩《題金山寺》等。』

〔三〕 瑞新：生平行迹見於惟白《建中靖國續燈錄》卷三《潤州金山瑞新禪師》、雷庵正受《嘉泰普燈錄》卷一《鎮江府金山瑞新禪師》、普濟《五燈會元》卷十五《金山瑞新禪師》等。

〔四〕《歐陽修紀年錄》：『熙寧三年（一〇七〇）六月十五日，再辭命，乞知蔡州。』『七月三日，改知蔡州。』『八月，赴蔡州任。』『九月二十七日，至蔡州。』

〔五〕《黄庭堅年譜新編》有《和裴仲謀雨中自石塘歸》《雨晴過石塘河留宿贈大中供奉》等。

〔六〕《黄庭堅年譜新編》：『崇寧二年（一一〇三）十一月月末有宜州謫命。』

〔七〕 此出於裴啟《語林》卷三：『曹公至江南，讀《曹娥碑》文，背上别有八字，其辭云：「黄絹、幼婦、外孫、蒜臼。」曹公見之不解，而謂德祖：「卿知之不？」德祖曰：「知之。」曹公曰：「卿且勿言，待我思之。」行三十里，曹公乃得，令祖先説。祖曰：「黄絹，色絲，絕字也；幼婦，少女，妙字也；外孫，女子，好字也；蒜臼，受辛，辭字也，謂絕妙好辭。」曹公笑曰：「實如孤意。俗云『有智無智，校三十里』，此之謂也。」』

【箋】

此條試析歐陽修與黄庭堅於貶謫人生階段心態變化之緣由，這本來可以求之於其經歷或作品，而惠洪質之於鬼神，有違『子不語怪力亂神』（《論語正義·述而》）之儒家傳統，亦不合禪門教法。近藤元粹評曰：『怪鬼之事，是非君子之言。』又云：『妄誕不足信。』

李後主亡國①偈

太祖②將問罪江南，李後主用謀臣計③，欲拒王師。法眼禪④師〔一〕觀牡丹於大内⑤，因作⑥偈諷之曰：『擁毳對芳叢，由來趣不同。髮從今日白，花是⑦去年紅。豔曳隨朝露，馨香逐晚⑧風。何須待零落，然後始知空。』〔二〕後主不省，王師旋⑨渡江。

【校】

① 李後主亡國：《類説》作『牡丹』。

② 太祖：原本前增『宋』，據《類説》《詩話總龜》《苕溪漁隱叢話》改。宋人稱趙匡胤爲太祖或藝祖，前當無『宋』字。

③ 用謀臣計：《類説》無。

④ 禪：明刻本、故宫明本作『前』。

⑤ 牡丹於大内：《類説》作『大内牡丹』。

⑥ 作：《類説》前無『因』，《殷禮在斯堂叢書》本後增『一』。

⑦ 是：《稗海》本、《津逮秘書》本、《四庫全書》本、《學津討原》本、《筆記小説大觀》本、《殷禮在斯堂叢書》本作『似』。

⑧ 晚：《類説》作『曉』。

⑨ 王師旋：《類説》作『師乃』。

《詩話總龜》前集卷一《諷諭門》全引此條，『太祖』後無『將』，『作偈諷』前無『因』，後無『之』，『渡』前無『旋』。

《苕溪漁隱叢話》前集卷五十七《緇黄雜記》全引此條，『臣』後無『計』，『内』作『山』，『作』前無『因』，『曰』作『云』，『曳』作『治』，『省』作『悟』。

【注】

〔一〕法眼禪師：即文益（八八五—九五八），謚號大法眼禪師，浙江杭州人，青原行思下第八世，羅漢桂琛法嗣，法眼宗始祖。生平行迹見於道原《景德傳燈録》卷二十四《升州清涼院文益禪師》、《宋高僧傳》卷十三《周金陵清涼院文益傳》、惠洪《禪林僧寶傳》卷四《金陵清涼益禪師法眼》、晦翁悟明《聯燈會要》卷二十六《金陵清涼法眼文益禪師》、《五燈會元》卷十《清涼文益禪師》等。

〔二〕《全唐詩》卷七百七十收爲殷益《看牡丹》，『曳』作『色』。未知孰是。又《吟窗雜録》

卷三十二《歷代吟譜·古今詩僧》收錄謙光《賞花詩》：『鬢從今日白，花是去年紅。』《〈冷齋夜話〉考》：『法眼禪師偈：「髮從今日白，花是去年紅。」《學範》上：「詩情景兼者爲上，如『露從今夜白，月是故鄉明』是也。」（《杜律》二卷《月夜憶舍弟》詩。）』

【箋】

諸書均記文益於九五八年去世，而李煜於九六一年即位，此條所記有誤。另外，《五燈會元》文益本傳所引與此條主旨有異：『師一日與李王論道罷，同觀牡丹花。王命作偈，師即賦曰云云，僅「曳」作「冶」。王頓悟其意。』背景并非戰事將至而是論道之餘，并未明言是南唐哪位君主，并非主動諷諫而是受命爲文，結果并非『不省』亡國而是『頓悟』。

『詩言志』是中國詩學開山之論，最爲主流，故而詩言寄寓者比比皆是。然而這些寄寓以個人情懷居多，如此條所言關乎重大政治決策者則極爲少見。惠洪以比附時事政治之法解詩，固有論證宋朝合法性之良苦用心，但未必是詩學正途。近藤元粹評曰：『禪僧可謂善詩者也。』顯然是贊同惠洪所論。以是觀之，《毛詩序》『上以風化下，下以風刺上，主文而譎諫，言之者無罪，聞之者足以戒』所言『風』詩傳統歷久彌新，代有傳承，亦可謂中國詩學之顯著特色。

卷之二

韓、歐、范、蘇嗜詩

韓魏公罷政判北京〔一〕，作《園中行》詩：『風定曉枝蝴蝶舞①，雨勻春圃桔槔閑。』〔二〕又嘗以②謂意趣所至③，多見於嗜好。歐陽文忠喜士爲天下第一，常好誦孔北海『坐上客常滿，樽中酒不空④』。〔三〕范文正公清嚴而喜論兵，常好誦韋蘇州⑤詩『兵衛森畫戟⑥，燕寢凝清香』。〔四〕東坡友愛子由而味著⑦清境，每誦『何時風雨夜⑧，復此對床眠』。〔五〕山谷寄傲士林，而意趣不忘江湖，其作詩曰：『九陌黄塵烏帽底，五湖春水白鷗前。』〔六〕又曰：『九衢塵土⑨烏靴底，想見滄州白鳥雙。』〔七〕又曰：『夢作白鷗去⑩，江湖水貼天。』〔八〕又作《演雅》詩曰：『江南野水碧於天，中有白鷗閑似我⑪。』〔九〕

【校】

①舞：明刻本、靜嘉堂文庫本、故宮明本、《稗海》本、《津逮秘書》本、《四庫全書》本、《學津討原》本、《筆記小說大觀》本、《殷禮在斯堂叢書》本作『鬪』。

②以：《稗海》本、《津逮秘書》本、《四庫全書》本、《學津討原》本、《筆記小說大觀》本、《殷禮在斯堂叢書》本無。

③至：明刻本、靜嘉堂文庫本、故宮明本、《稗海》本、《津逮秘書》本、《四庫全書》本、《學津討原》本、《筆記小說大觀》本、《殷禮在斯堂叢書》本作『見』。

④空：明刻本、靜嘉堂文庫本、故宮明本作『乾』。

⑤州：明刻本、故宮明本作『用』。

⑥戟：《稗海》本作『戰』。

⑦味著：《稗海》本、《津逮秘書》本、《四庫全書》本、《學津討原》本、《筆記小說大觀》本、《殷禮在斯堂叢書》本作『性嗜』。

⑧夜：明刻本、靜嘉堂文庫本、故宮明本無。

⑨土：明刻本、故宮明本作『上』。

⑩去：明刻本、故宮明本作『云』。

⑪閑似我：《稗海》本、《津逮秘書》本、《四庫全書》本、《學津討原》本、《筆記小說大觀》本、《殷禮在斯堂叢書》本作『似我閑』。

《詩話總龜》前集卷五十《琢句門》將此條一分爲二，『風定』前增『曰』，『舞』作『亂』，『意趣所至』前無『又嘗以謂』，『文忠』後增『公』，『好誦』均前無『常』，『常滿』作『長滿』，『空』後增『之句』，『兵衛』前無『韋蘇州詩』，『香』後增『之句』，無『東坡友愛子由而味著清境，每誦何時風雨夜，復此對床眠』，『士林』作『山林』，『不忘』前無『意趣』，『作詩』前無『其』，第一個『又曰』作『又云』，『貼』作『拍』，『又作《演雅》詩』作『《演雅》』，『野』作『春』。

《苕溪漁隱叢話》前集卷三十《六一居士下》引此條，無『韓魏公』至『謂』，後增『人』，『歐陽文忠』作『歐公』，『范文正』後無『公』，『何時』作『寧知』，無『又曰：九衢塵土烏靴底，想見滄州白鳥雙』，『貼』作『粘』，『南』作『湖』。

【注】

〔一〕北京：《宋史》卷八十五《地理志一・京城》：『慶曆二年（一〇四二），建大名府爲北京。』今屬河北大名。《宋史》卷三百十二《韓琦傳》：『熙寧元年（一〇六八）七月，復請相州以歸。河北地震、河決，徙判大名府，充安撫使，得便宜從事。』

〔二〕此爲韓琦《登廣教院閣》，見於《安陽集編年箋注》卷十一，『風定曉枝』作『花去春叢』，『舞』作『亂』，『春』作『朝』。

〔三〕此見於《後漢書》卷七十《孔融傳》，『常』作『恒』，避宋真宗趙恒諱。

〔四〕此爲韋應物《郡齋雨中與諸文士燕集》，見於《韋應物集校注》卷一。

〔五〕此爲韋應物《示全真元常》，見於《韋應物集校注》卷三，『何時』作『寧知』。

〔六〕此爲黄庭堅《呈外舅孫莘老二首》其一，見於任淵《山谷詩集注》卷十。

〔七〕此爲黄庭堅《六月十七日晝寢》，見於任淵《山谷詩集注》卷十一，『九衢塵土烏靴底』作『紅塵席帽烏韡裹』。於『馬齕枯萁喧午枕，夢成風雨浪翻江』句下注云：『此詩略采其意，以言江湖之念深，兼想與因，遂成此夢。』

〔八〕此爲黄庭堅《次韻師厚病間十首》其六，見於史容《山谷外集詩注》卷三，『貼』作『黏』。

〔九〕此見於任淵《山谷詩集注》卷一，『白鷗』作『狎鷗』。

【箋】

司馬光《溫公續詩話》：『熙寧初，魏公罷相，留守北京，新進多陵慢之。魏公鬱鬱不得志，嘗爲詩云：「花去曉叢蜂蝶亂，雨勻春圃桔槔閑。」時人稱其微婉。』

《王直方詩話》：『東坡愛韋蘇州詩云：「誰知風雨夜，獨此對床眠。」《向在鄭西别子由》云：「寒燈相對記疇昔，夜雨何時聽蕭瑟。」又有《初秋寄子由》云：「買田秋已議，築室春當成。雪堂風雨夜，已作對床聲。」又子由與坡相從彭城，賦詩云：「逍遥堂後千尋木，長送中宵風雨聲。誤喜對床尋舊約，不知飄泊在彭城。」子由使虜，在神水館賦詩云：「夜雨從來相對眠，茲行萬里隔胡天。」此其兄弟所賦。坡在御史獄有云：「他年夜雨獨傷神。」在東府有云：「對床定悠悠，夜雨今蕭瑟。」其《同轉對》有云：「對床貪聽連宵雨。」又云：「對床欲作連夜雨。」又云：「對床老兄弟，夜雨鳴竹屋。」可謂無日忘之。』

《詩林廣記》後集卷四蘇轍《會子瞻兄宿逍遥堂二絕》引本序云：『轍幼從子瞻兄讀書，未嘗一日相舍去。既壯，宦游四方。因讀韋蘇州詩云：「那知風雨夜，復此對床眠。」惻然感之，乃相約早退，爲閑居之樂。故子瞻始爲鳳翔幕官，留詩與轍曰：「夜雨何時聽蕭瑟。」其後子瞻通守餘杭，復移守膠西，而轍留滯於睢陽、濟南，不見者七年。熙寧七年（一〇七四）二月，始復會於澶、濮之間，相從赴彭城，留百餘日，宿於逍遥堂，追感前約，作二小詩云。』後附韋應物《示全真元常》，下引此條中間部分，文字略異。此處目的已不同於《冷齋夜話》，并非爲説明『意趣所至，多見於嗜好』，而在於補充説明蘇氏兄弟間交往，故而後文可略去。至於無『韓魏公』云云，則與《苕溪漁隱叢話》一致。

此條題爲《韓、歐、范、蘇嗜詩》，就引詩而言，這四人各一首而黄庭堅四首，標題含四人而獨缺黄庭堅，明顯有失偏頗。就主旨而言，韓琦所言『意趣所至，多見於嗜好』統攝此條，而標題主幹爲『嗜詩』，明顯不洽要義。《四庫全書總目》卷一百二十《冷齋夜話》提要：『每篇皆有標題，而標題或冗沓過甚，或拙鄙不文，皆與本書不類。』又云：『皆後人所妄加，非所本有也。』可謂深中標題之病也。《苕溪漁隱叢話》無『韓魏公』云云，直接以主題句開頭，正爲避免此弊，因爲若此則不能題爲《韓、歐、范、蘇嗜詩》也。另外，從《黄庭堅詩集注》來看，惠洪所引頗契合黄庭堅『意趣不忘江湖』之心態。而且，與韓、歐、范、蘇相比，引詩數量亦足以説明『意趣所至，多見於嗜好』之主旨。

此條實從兩重維度論述作品藝術魅力，一是作者維度，包括韓琦與黄庭堅兩人。作品高度取決於詩人本身，作品特色亦可追溯至詩人品性。《文心雕龍·體性》：『若夫八體屢遷，功以學成，才力居中，肇自血氣；氣以實志，志以定言，吐納英華，莫非情性。』意謂才情自内而發，居於首要地位，故而『養吾浩然之氣』（《孟子正義·公孫丑上》）堪稱作者之首務。韓琦雖以事功而非以詩文聞名，但立言與立功皆本於立德，而德性相通，使得不以詩人爲第一身份者亦有優秀之作，這與『有德者必有言，有言者不必有德』（《論與正義·憲問》）以及『文如其人』之傳統觀念相符，韓琦之詩可謂其品性之外現也。黄庭堅是宋代典範詩人，其志向意趣顯著貫穿於作品之中，并鑄就其獨特風格。近藤元粹評韓琦詩曰：『寓意托深，可謂佳詩。』評黄庭堅詩曰：『摘句自佳。』韓琦與黄庭堅第一身份大爲不同，而作品同樣出色，由是可證詩人品性情致實爲第一義也。

二是鑒賞者維度，包括歐陽修、范仲淹與蘇軾三人。作者縱然偉大，亦需某個或某群心心相印之讀者，經由閲讀體道而使作品意義得以再現或重生於現實世界。當然，衹有先齊乎作者心靈高度，方能與作品共鳴乃至再創造。《文心雕龍·知音》：『知音其難哉！音實難知，知實難逢，逢其知音，千載其一乎！』意謂心心相印之讀者可遇不可求，而其解讀往往是作品接受史之風向標。此條所舉孔融與韋應物之詩，足以見出其出類拔萃之風度，但若讀者人生境界與之相去甚遠，深度解詩又何從談起？反之則是，若非三位名家偏愛，這些名句可能仍在詩海中湮沒無聞。近藤元粹評曰：『因其所常誦句，足見其人物氣質各異。』意謂由喜好亦可大致反推其品性情致，觀詩亦爲觀人之一途也。

陳無己挽詩

予問山谷：『今之詩人，誰爲冠？』曰：『無出陳師道①無己。』問：『其佳句如何？』曰：『吾見其作《溫公挽詞》一聯，便知其才不可敵。曰：「政雖隨日化，身已要人扶。」〔一〕』

【校】

①陳師道：明刻本、靜嘉堂文庫本、故宮明本作『陳帥』。

《詩話總龜》前集卷十四《警句門下》全引此條，『無出陳師道』作『陳』，『其佳句』前無『問』，『如何』作『可得聞乎』。《詩林廣記》後集卷六陳師道《丞相溫公挽詞三首》其二『政雖』作『時方』，下引此條，『陳』後無『師道』，無第二個『問』，『如何』作『可得聞乎』，第三個『曰』作『云』，『政雖』作『時方』，『便知其才不可敵』置於文末，後增『也』。

【注】

〔一〕此爲陳師道《丞相溫公挽詞三首》其二，見於《後山詩注補箋》卷一。

【箋】

《北山詩話》：『溫公挽詩，作者甚多，惟陳無己最工：「政雖隨日化，身已要人扶。」荆公惟郭功父云：「文章千古重，富貴一毫輕。」膾炙人口，無出其右，蓋真實爾。』《詩林廣記》後集卷六陳師道《丞相溫公挽詞三首》下又云：『黄山谷見此詩「時方隨日化，身已要人扶」之句，嘆曰：「陈三真不可及！」蓋天不憖遺之悲，盡於此矣。』又云：『按《行狀》云：「哲宗初，公爲門下侍郎。元祐元年（一〇八六），公始得疾。疾甚，詔公肩輿至内東門，子康扶入，對小殿。九月，薨於西府。」東坡作神道碑銘曰：「爲政一年，疾病半之。功則多矣，百年之思。」謝疊山云：「此兩句，見溫公克勤於邦，盡瘁於國，因此成疾。悲痛之意，形於言外。」』

陳師道位列江西詩派『一祖三宗』，地位尊崇，詩風宗杜甫而學黄庭堅，可謂江西詩派美學理想之典型。若就創作方法而言則又不然，陳師道近於苦吟，黄庭堅將其概括爲『閉門覓句陳無己』（《黄庭堅詩集注》卷十四《病起荆江亭即事》其八），這與杜甫及黄庭堅判若兩途矣。由於苦吟派與中國詩學主流始終相隔，并未得到江西詩派公開提倡，黄庭堅亦未必欣賞，此條所述與之有異，聊備一説。近藤元粹評曰：『一聯於溫公切則切，雖然，未足以爲妙。』意謂黄庭堅詩學觀念與此條頗有差距，所舉詩例亦不稱此等贊譽也。

洪駒父評詩之誤

洪駒父〔一〕曰：『柳子厚詩曰：「欸靄一聲山水緑。」〔二〕欸音奥，而世俗乃分欸爲二字，誤矣。如老杜詩曰：「雨脚泥滑滑。」〔三〕世俗易①爲「兩脚泥滑滑」。王元之〔四〕詩曰：「春殘葉密花枝少，睡起茶親酒盞疏②。」〔五〕世以爲「睡起茶多酒盞疏」。多此類。』

【校】

① 易：明刻本、静嘉堂文庫本、故宫明本、《稗海》本、《津逮秘書》本、《四庫全書》本、《學津討原》本、《筆記小説大觀》本、《殷禮在斯堂叢書》本無。

② 疏：明刻本、静嘉堂文庫本、故宫明本作『酥』。

《苕溪漁隱叢話》前集卷十九《柳柳州》、《詩林廣記》前集卷五柳宗元《漁父詞》引《冷齋夜話》卷五《柳詩有奇趣》，涉及此條柳宗元詩。《苕溪漁隱叢話》前集卷三十四《半山老人二》將此條王安石詩與《冷齋夜話》卷四《詩誤字》後半部分合二爲一，第三個『詩曰』作『詩云』，『世以爲』作『今誤作』，無『多此類』。《〈冷齋夜話〉考》：『洪駒父評詩之誤：艿藹：《丹鉛總錄》十四卷十四葉弁之。』後引《詩林廣記》。

【注】

〔一〕洪駒父：即洪芻（一〇六六—約一一二八），字駒父，黄庭堅外甥，江西南昌人，與兄朋、弟炎、羽并稱『豫章四洪』，屬舊黨及江西詩派。因『靖康之變』時失節而被貶死，生平行迹見於周紫芝《太倉稊米集》卷六十六《書〈老圃集〉後》、《劉克莊集箋校》卷九十五《三洪詩序》等，《景印文淵閣四庫全書》重輯《老圃集》。

〔二〕此爲柳宗元《漁翁》，見於《柳宗元集》卷四十三，『艿藹』作『欸乃』。

〔三〕此未見於《杜詩詳注》。

〔四〕王元之：即王禹偁（九五四—一〇〇一），字元之，因被貶爲黄州知州而被稱爲王黄州，山東濟州巨野人。生平行迹見於沈揆《〈小畜集〉序》、《東都事略》卷三十九《王禹偁傳》、《宋史》卷二百九十三《王禹偁傳》等，據《宋史》本傳，『有《小畜集》二十卷（《宋史》卷二百八《藝文志七》記爲三卷、外集二十卷）、《承明集》十卷、《集議》十卷、詩三卷。』現有《王禹偁年譜簡編》《王禹偁事迹著作編年》《王黄州小畜集》等。

〔五〕此實爲王安石《晚春》，見於《王荊公詩注》卷四十八，『親』作『多』。《〈冷齋夜話〉考》：『介甫詩：「春殘葉密花枝少」云云：惠洪妄誕不曉詩格云云。（單宇）《菊坡（叢話）》廿四（十二丈）。』

【箋】

諸家稱引均分別論述柳宗元詩與王安石詩，并未合二爲一，且未及杜詩。《藝苑雌黄》引此條王安石詩云：『僧惠洪《冷齋夜話》載介甫詩云：「『春殘葉密花枝少，睡起茶多酒盞疏。』『多』字當作『親』，世俗傳寫之誤。」洪之意，蓋欲以「少」對「密」，以「疏」對「親」。予作荊南教官，與江朝宗匯者同僚，偶論及此，江云：「惠洪多妄誕，殊不曉古人詩格。此一聯以密字對疏字，以多字對少字，正交股用之，所謂蹉對法也。」』這是從詩格角度反駁惠洪，并糾正引詩作者之誤。亦見於《苕溪漁隱叢話》後集卷二十五《半山老人》、《詩人玉屑》卷二《詩體下・蹉對法》。

詩歌是語言藝術之最爲精緻者，由於每個字都足以影響境界高下，故不能隨意爲之，可謂字數有限而錙銖必較也。《文心雕龍・練字》：『是以綴字屬篇，必須練擇：一避詭異，二省聯邊，三權重出，四調單複。詭異者，字體瓌怪者也……聯邊者，半字同文者也……重出者，同字相犯者也……單複者，字形肥瘠者也……凡此四條，雖文不必有，而體例不無。若值而莫悟，則非精解。』劉勰所論是廣義文章，練字已需如此，詩歌則有過之而無不及矣。以是推之，改動他人之作，尤其是名家名作，若無高遠見識，恐祇會適得其反。是故於詩人而言，用字當反復推敲。於讀者而言，改字當慎之又慎。近藤元粹評曰：『亦可以資博洽。』其實，豐富知識祇能算附加值，於創作與再創造有鑒戒作用，則更有導向意義。

留食戲語大笑噴飯

予與李德修、游公義過一新貴人，貴人留食。予三人者皆以左手舉箸，貴人曰：『公等皆左轉也。』予遂應聲曰①：『我輩自應須左轉，如②君豈是背③匙〔一〕人。』一座大笑，噴飯滿案。

【校】

① 曰：明刻本、故宫明本無。

② 如：明刻本、故宫明本、《稗海》本、《津逮秘書》本、《四庫全書》本、《學津討原》本、《筆記小說大觀》本、《殷禮在斯堂叢書》本作『知』。

③ 背：古活字印本、正保本、寬文本、文化本、《螢雪軒叢書》本作『皆』。

《續墨客揮犀》卷三《過一新貴人食》亦有此條，『左手』前無『以』，『應聲』前無『遂』，無『噴飯滿案』。

【注】

〔一〕背匙：背時之諧音。背時，湘黔川渝等地方言，意謂倒霉，運氣不佳。

【箋】

此條意在自誇反應機敏也。客觀來説，這確非博聞强記者不能爲，而愛知識與尊重知識，幾乎是宋人共識。當然，就文化環境而言，政治氛圍相對寬鬆、科舉録取名額大幅增加、讀書人地位顯著提高、活字印刷術廣泛應用等，爲此奠定社會基礎與技術手段，使得宋代成爲讀書人的黄金時代，此亦宋代政治、經濟、文化諸方面遠勝其他時代之根本所在。

歐陽夷陵①黄牛廟、東坡錢塘西湖②詩

歐陽公《黄牛廟》詩曰：『石馬繫祠門。』〔一〕東坡《錢塘》詩曰：『我識南屏金

鯽魚。』〔二〕二句皆似童稚語，然皆記一時之事。歐陽嘗夢至一神祠，祠前③有石馬，缺左耳，及謫夷陵〔三〕，過黄牛廟，所見如夢。西湖南屏山興教寺池有鯽十餘尾，皆④金色，道人齋餘，爭倚檻投餅餌爲戲。東坡習西湖久，故寓於詩詞耳。

【校】

①夷陵：《津逮秘書》本、《四庫全書》本、《學津討原》本無。

②西湖：《津逮秘書》本、《四庫全書》本、《學津討原》本無。

③前：《稗海》本、《津逮秘書》本、《四庫全書》本、《學津討原》本、《筆記小説大觀》本無。

④皆：故宫明本、《稗海》本、《津逮秘書》本、《四庫全書》本、《學津討原》本、《筆記小説大觀》本無。

《續墨客揮犀》卷四《詩記一時事實》亦有此條，『公』後增『夷陵』，『識』作『愛』，『二句皆似童稚語』作『二詩皆無以異童稚學爲詩語者』，第二個『歐陽』後增『公』，『如夢』後增『中』，『有鯽』後增『魚』，『寓』作『寫』。

【注】

〔一〕此爲歐陽修《黄牛峽祠》，見於《歐陽修詩編年箋注》卷四。

〔二〕此爲蘇軾《去杭州十五年，復游西湖，用歐陽察判韻》，見於《蘇軾詩集》卷三十一。標題下注云：『王注：（熙寧四年，一〇七一）先生通判杭州，至七年甲寅（一〇七四）秋，移守密州，至元祐四年己巳（一〇八九），知杭州，自甲寅至己巳爲十五年。查注：《咸淳臨安志》：「元祐四年正月庚午，熊本自杭徙知江寧府，蘇軾自翰林學士乞郡。三月丁亥，得旨以龍圖閣學士知杭州。」按：先生以七月三日到杭州任。《職官分紀》：「諸州幕職，有觀察判官。」』又於『我識南屏金鯽魚，重來拊檻散齋餘』句下注云：『王注：西湖南屏山興教寺池，有鯽魚十餘尾，皆金色。道人齋餘，爭倚檻投餌爲戲。查注：《西湖游覽志》：「淨慈寺畔有南屏興教寺，舊名善慶，有齊雲亭、清曠樓。」載先生此詩於條下。《長公外紀》：「南屏萬工池，舊有金魚，魚有鯽有鯉，鯽食淤澱，鯉食螺蜆，若餅餌之類，則皆食之。」』詳述寫作時間與緣由，與《冷齋夜話》大致無二，可以互證。

〔三〕《歐陽修紀年録》：『景祐三年（一〇三六）三月二十一日，貶歐陽修爲夷陵縣令。』『十月二十六日，抵達夷陵。』

【箋】

《苕溪漁隱叢話》後集卷二十三《六一居士》引東坡云：『「大川雖有神，淫祀亦其俗。石馬繫祠門，山鴉噪叢木。潭潭村鼓隔溪聞，楚巫歌舞送迎神。畫船百丈山前路，上灘下峽長來去。江水東流不暫停，黄牛千古長如故。峽上侵天起青嶂，崖崩路絶無由上。黄牛不下江頭飲，行人惟向舟中望。朝朝暮暮見黄牛，徒使行人過此愁。山高更遠望猶見，不見黄牛滯客舟。」右文忠公爲峽州夷陵令日所作《黄牛廟》詩也。軾嘗聞之於公云：「昔以西京留守推官爲館閣校勘，時同年丁寶臣元珍適來京師，夢與予同舟，泝江干入一廟中，拜謁堂下，予班元珍下，元珍固辭，予不可。方拜時，神像爲起鞠躬堂上，且使人邀予上，耳語久之。元珍私念，神亦如世俗，待館閣乃爾異禮邪？既出門，見一馬隻耳，覺而語予，固莫識也。不數日，元珍除峽州判官。已而余亦貶夷陵令，日與元珍處，不復記前夢矣。一日，與元珍泝峽謁黄牛廟，入門悃然，皆夢中所見。予爲縣令，固班元珍下，而門外鐫石爲馬，缺一耳，相視大驚。乃留詩廟中，有『石馬系祠門』之句，蓋私識其事也。」元豐五年（一〇八二），軾謫居黄州，宜都令朱君嗣先見過，因語峽中山水，偶及之。朱君請書其事與詩，當刻石於廟，使人知進退出處，皆非人力。如石馬一耳，何與公事，而亦前定，況其大者。公既爲神所禮，而猶謂之淫祀，以見其直氣不可回如此。感其言有味，故爲録之。』所記更爲詳盡，可補《冷齋夜話》之不足。

唐詩與宋詩異同，已是中國詩學一段公案，論者甚衆。若就創作狀態而言，大抵在於唐人以理想爲詩，貫徹詩性化之理想主義；宋人以日常爲詩，實現日常生活之詩意化也。歐陽修與蘇軾是宋詩名家，其以平常經歷入詩，看似偶然，實與宋詩主流動向息息相關。近藤元粹評曰：『可以注於歐、蘇詩矣。』其實，這不僅可爲原詩補充注脚，且能見出宋詩異於唐詩之動態細節，并爲之提供有力佐證。

古樂府前輩多用其句

予嘗館州南客邸，見所謂常賣〔一〕者，破篋中有詩編寫本，字多漫滅，皆晉①簡文帝時名公卿，而詩語工甚。有古意樂府曰『繡幕圍香風，耳節朱絲桐。不知理何事，淺立經營中。護惜如②窮褌③，堤防托守宮。今日牛羊上丘壟，當時近前④面發紅』〔二〕云云。前輩多全用其句，老杜曰：『意象⑤慘澹經營中。』〔三〕李長吉曰：『羅幃⑥繡幕圍香⑦風。』〔四〕山谷曰：『今日牛羊⑧上丘壟，當時近前左右瞋。』〔五〕予見魯直，未得此書。窮褌，漢時語也，今襠褌是也。

【校】

① 晉：明刻本、故宫明本作『普』。

② 如：《稗海》本、《津逮秘書》本、《四庫全書》本、《學津討原》本、《筆記小説大觀》本、《殷禮在斯堂叢書》本作『加』。

③ 褌：明刻本、故宫明本作『俦』。

④ 前：明刻本、静嘉堂文庫本、故宫明本無。

⑤ 象：《螢雪軒叢書》本作『匠』。

⑥ 韓：古活字印本作『緯』。

⑦ 香：《稗海》本、《津逮秘書》本、《四庫全書》本、《學津討原》本、《筆記小説大觀》本、《殷禮在斯堂叢書》本作『春』。

⑧ 今日牛羊：《稗海》本、《津逮秘書》本、《四庫全書》本、《學津討原》本、《筆記小説大觀》本、《殷禮在斯堂叢書》本作『牛羊今日』。

《苕溪漁隱叢話》前集卷二《國風漢魏六朝下》所引略去惠洪自述，『古意樂府』作『古樂府』，『香』均作『春』，『如』作『加』，『句』作『語』，『象』作『匠』，第一個『山谷』作『黄魯直』，無『予見魯直，未得此書』，『襠褲』後無『是』。

【注】

〔一〕常賣：宋代俗語，穿街走巷叫賣常用物品是也。趙彦衛《雲麓漫鈔》卷七：『朱勔之父朱沖者，吴中常賣人。方言以微細物博易於鄉市中，自唱曰常賣。』

〔二〕此見於曹學佺《石倉歷代詩選》卷四『晉詩二』，『香风』作『风香』，『護』作『愛』，『如』作『加』，『堤防』作『妨閑』，『當時』作『當年』。

〔三〕此爲杜甫《丹青引贈曹將軍霸》，見於《杜詩詳注》卷十三，『意象』作『意匠』。注云：『《文賦》云：「意司契而爲匠。」《歷代畫品》：「畫有六法，五曰經營位置。」古樂府：「不知理何事，淺立經營中。」』

〔四〕此爲李賀《將進酒》，見於《李賀詩歌集注》卷四。

〔五〕此爲黄庭堅《出城送客過故人東平侯趙景珍墓》，見於任淵《山谷詩集注》卷十一。注引此古樂府，『耳節』作『年節』，『如』作『加』。又引老杜《麗人行》：『慎莫近前丞相嗔。』

【箋】

《彦周詩話》：『齊梁間樂府詞云：「護惜加窮褲，防閑托守宫。」今日牛羊上丘壟，當時近前面發紅。」老杜作《麗人行》云：「賜名大國虢與秦。」其卒曰：「慎勿近前丞相嗔。」虢國、秦國何預國忠事，而近前即嗔邪？東坡言老杜似司馬遷，蓋深知之。』意在闡述杜詩反諷深意，與《冷齋夜話》著重點稍異。

《娱書堂詩話》卷上：『古樂府云：「愛惜加窮褲，防閑托守宫。」《冷齋夜話》云：「窮褲，漢時語，今襠褲也。」然未詳所出。按西漢《上官后傳》：「宫人使令皆爲窮褲，多其帶服。」服虔曰：「窮褲有前後襠，不得交通也。」師古曰：「即今之裩襠褲也。」』此番考證可補《冷齋夜話》之不足。

惠洪所言『古意樂府』，未見於郭茂倩《樂府詩集》，但與之交游者許顗亦作如是説，後人亦有稱引，例如王世貞《藝苑卮言》卷三：『古樂府如「護惜加窮褲，防閑托守宫」，「朔氣傳金柝，寒光透鐵衣」，「殺氣朝朝沖塞門，胡風夜夜吹邊月」，全是唐律。』任淵、許顗等人是見過此詩還是受惠洪影響，已不得而知。但惠洪自言曾親問黄庭堅，未見此詩，那麽此番考證，意在説明英雄所見略同乎？不知杜甫、李賀寓目此詩否？

此條舉例説明化用前人詩句實爲常事，意在證明「換骨奪胎」等詩法是中國詩學普遍規律。蔡夢弼《杜工部草堂詩話》卷二：『鳳台王彦輔《麈史》曰：「古之善賦詩者，工於用人語，渾然若出於己意。予於李、杜見之，顔延年《赭白馬賦》曰：『旦刷幽燕，夕秣荊楚。』子美《驄馬行》曰：『晝洗須騰涇渭深，夕趨可刷幽并夜。』太白《天馬歌》曰：『雞鳴刷燕暮秣越。』蓋皆用顔賦也。韓退之曰：『李杜文章在，光焰萬丈長。』信哉！」』既然唐宋名家之作亦不是憑空而來，而是學習前代名作之結果，那麽於其他人而言，這種創作方法之普適性則不言而喻矣。這仍是爲江西詩派詩學理論提供注脚。《韻語陽秋》卷二：『魯直謂陳後山學詩如學道，此豈尋常雕章繪句者之可擬哉。客有爲余言，後山詩其要在於點化杜甫語爾……余謂不然，後山詩格律高古，真所謂「碌碌盆盎中，見此古罍洗」者。用語相同，乃是讀少陵詩熟，不覺在其筆下，又何足以病公。』意謂體道無二，最爲緊要，語同實爲末節也。《答洪駒父書》：『自作語最難，老杜作詩，退之作文，無一字無來處，蓋後人讀書少，故謂韓、杜自作此語耳。古之能爲文者，真能陶冶萬物，雖取古人之陳言入於翰墨，如靈丹一粒，點鐵成金也。』黄庭堅以杜詩韓文爲例闡明『無一字無來處』有必要性與可行性，與此條用意大致相同。近藤元粹評曰：『如山谷，未免剽竊之譏。』此語正中『換骨奪胎』之弊，這恰恰是惠洪有意無意忽略之兩面性，無怪乎後世批評之聲不絶於耳。論首倡者之實踐範例則可舉一而反三也。

雷轟薦福碑

范文正公鎮鄱①陽〔一〕，有書生獻詩甚工，文正②禮之。書生自言：『天下之至寒餓者，無在某右。』時盛習③歐陽率更〔二〕字④，薦福寺碑〔三〕墨本直千錢。文正爲具紙墨，打千本，使售於京師。紙墨已具，一夕，雷擊碎其碑。故時人爲之語曰：『有客打碑來薦福，無人騎鶴上揚州。』東坡作《窮措大》詩曰：『一夕雷轟薦福碑。』〔四〕

【校】

① 鄱：原本作『潘』，據明刻本、靜嘉堂文庫本、故宮明本、《稗海》本、《津逮秘書》本、《四庫全書》本、《學津討原》本、《筆記小説大觀》本、《殷禮在斯堂叢書》本改。

② 正：原本作『公』，據《稗海》本、《津逮秘書》本、《四庫全書》本、《學津討原》本、《筆記小説大觀》本、《殷禮在斯堂叢書》本、《螢雪軒叢書》本改。

③ 習：明刻本無，靜嘉堂文庫本、故宮明本作『魯』，《稗海》本、《津逮秘書》本、《四庫全書》本、《學津討原》本、《筆記小説大觀》本、《殷禮在斯堂叢書》本作『行』。

④字：《稗海》本、《津逮秘書》本、《四庫全書》本、《學津討原》本、《筆記小説大觀》本、《殷禮在斯堂叢書》本作『書』。

《續墨客揮犀》卷四《韓、范二公客》亦有此條，『范文正』後無『公』，『禮』前增『延』，『天下』前增『平生未嘗飽』，『寒餓』前無『至』，後無『者』，『右』後增『者』，『習』作『行』。《苕溪漁隱叢話》前集卷二十八《范文正》全引此條，『范文正』後無『公』，『鎮』作『守』，『禮』前增『延』，『自言』後增『平生未嘗飽』，『上』作『下』。《輿地紀勝》卷二十三『唐薦福寺碑』下引此條，『鎮鄱陽』作『守饒』，無『文正禮之』，後無『書』，『天下之至寒餓者，無在某右』作『平生未尝飽』，『歐陽率更』前無『盛習』，後無『字』，『文正爲』後無『具紙墨』，『售』後無『於』，無『故時人爲之語曰：有客打碑來薦福，無人騎鶴上揚州』，『東坡作《窮措大》詩曰』作『坡詩』，『雷轟薦福碑』後增『盖謂是也』。

【注】

〔一〕《范文正公年譜》：『景祐三年（一〇三六），又爲《百官圖》以獻，因指其簽進遲速次序，遂罷黜，落職知饒州。』

〔二〕歐陽率更：即歐陽詢（五五七—六四一），字信本，因任太子率更令而被稱爲歐陽率更，潭州臨湘（湖南長沙）人。初唐書法家，其書號爲『歐體』。生平行迹見於《舊唐書》卷一百八十九

《儒學傳上》、《新唐書》卷一百九十八《儒學傳上》等，《新唐書》卷五十九《藝文志三》著錄《藝文類聚》一百卷（令狐德棻、袁朗、趙弘智等同修）。

〔三〕歐陽詢所書《薦福寺碑》或無，王明清《玉照新志》卷三辨曰：『雷轟薦福碑事，見楚僧惠洪《冷齋夜話》。去歲婁彦發機自饒州通判歸，詢之，云：「薦福寺雖號番陽巨刹，元無此碑，乃惠洪僞爲是説。」然東坡已有詩曰「有客打碑來薦福，無人騎鶴下揚州」之句矣（此爲時人語，非蘇詩）。按：惠洪初名德洪，政和元年（一一一一）張天覺罷相，坐通關節，竄海外。又數年回，僧始易名惠洪，字覺範。考此書距坡下世已逾一紀，洪與坡蓋未嘗相接，恐是先已有妄及之者，則非洪之鑿空矣。』《〈冷齋夜話〉考》『雷轟薦福碑』條引此。

〔四〕《蘇軾詩集》增補收爲《窮措大》。

【箋】

近藤元粹評曰：『賢相愛才，可欽慕也。』又曰：『真可謂天下之至寒餓，無出其右者矣。』

立春王禹玉口占一絕

歐公、王禹玉俱在翰苑，立春日當進詩貼子。會温成皇后薨，閣虛不進，有旨亦令進。

歐公經營中，禹玉口占促①寫曰：『昔聞海上有三山，煙鎖樓臺日月閑。花似玉容長不老，祇應春色②勝人間。』〔一〕歐公喜其敏速。禹玉，歐公門生也，而同局，近世盛事。其詩略曰：『當年叨入武成宫，曾看③揮毫氣吐虹④。夢寐閑思十年事，笑談今此一樽同。喜君新賜黄金帶，顧我今爲白髮翁』〔二〕云云。

【校】

① 促：明刻本、靜嘉堂文庫本、故宫明本、《稗海》本、《津逮秘書》本、《四庫全書》本、《學津討原》本、《筆記小説大觀》本、《殷禮在斯堂叢書》本作『便』。

② 色：《稗海》本、《筆記小説大觀》本作『日』。

③ 看：《稗海》本、《筆記小説大觀》本作『有』。

④ 虹：明刻本、故宫明本作『紅』。

《續墨客揮犀》卷四《歐公贈禹玉詩》亦有此條，『促』作『便』，『三』作『仙』，『似』作『下』，『其詩』前增『故歐公贈』，『當年叨入』作『當時發策』，『云云』作『自古薦賢爲報國，幸依精識士稱公』。所記更爲詳盡，可補《冷齋夜話》之不足。

【注】

〔一〕此爲王珪《立春内中帖子詞·溫成皇后閣》，見於《全宋詩》卷四百九十六，『昔』作『遙』，『海上』作『碧海』，『煙』作『雲』，『樓臺』作『瓊樓』，『似』作『下』，『玉容』作『玉顔』，『長』作『常』，『祇』作『也』。

〔二〕此爲歐陽修《答王禹玉見贈》（一作《和禹玉書事》），見於《歐陽修詩編年箋注》卷十二，『當年』作『昔時』，『事』作『舊』。

【箋】

魏泰《臨漢隱居詩話》卷三亦有此條前半部分：『溫成皇后初薨，會立春進詩帖子。是時，永叔、禹玉同在翰林院，以其虛閣，故不進。俄而有旨，令進溫成閣帖子。永叔未能成，禹玉遽口占一首云……永叔深嘆其敏麗。』亦見於《苕溪漁隱叢話》前集卷二十八《王岐公》。

此條可見宋代政治文化氣息，臺閣之臣無論是否以詞章著稱，均需有出口成章之才，這表明詩文已成日常必需而非生活點綴，且與『重文輕武』之國策一脈相承。宋代文化昌明璀璨，根柢在於深入骨髓之文化日常化，絶非口號式提倡所能至也。近藤元粹評曰：『巧穩妙絶，宜矣永叔贊揚之。』王珪詩思敏捷，詩作切題，但若以妙絶形容，與於第一流之作，似又過矣。

稚子①

老杜詩曰：『竹根稚子無人②見，沙上鳧雛并母眠。』〔一〕世③不解『稚子無人見』何等語④。唐人《食筍》詩曰⑤：『稚子脱錦綳，駢頭玉香滑。』〔二〕則稚子爲筍明矣。贊寧〔三〕《雜志⑥》曰：『竹根有鼠，大如貓，其色類竹，名竹豚，亦⑦名稚子⑧。』〔四〕予問韓子蒼〔五〕，子蒼曰：『筍名稚子，老杜之意也，不用《食筍》詩亦可⑨。』

【校】

① 稚子：《類説》前增『筍名』。
② 人：明刻本、故宫明本作『大』。
③ 世：《稗海》本、《津逮秘書》本、《四庫全書》本、《學津討原》本、《筆記小説大觀》本、《殷禮在斯堂叢書》本後增『或』。
④ 沙上鳧雛并母眠，世不解『稚子無人見』何等語：《類説》無。
⑤ 曰：《類説》作『云』。

⑥ 志：《類說》作『記』，後無『曰』。

⑦ 亦：《類說》作『一』。

⑧ 稚子：《類說》無後文。

⑨ 可：《稗海》本、《津逮秘書》本、《四庫全書》本、《學津討原》本、《筆記小說大觀》本、《殷禮在斯堂叢書》本後增『耳』。

《詩話總龜》前集卷二十一《咏物門下》全引此條，『竹根稚子』作『笋根稚子』，『并』作『傍』，『色』前無『其』，『笋名』作『笋爲』，『意』後無『也』。

《苕溪漁隱叢話》前集卷十二《杜少陵七》全引此條，無『老杜詩曰』，『竹根稚子』作『笋根稚子』，『并』作『旁』，『唐人《食笋》詩』後無『曰』，『豚』前無『竹』，『亦名』作『亦云』，『問韓子蒼』作『以問子蒼』，『笋名』作『笋爲』。

《詩林廣記》前集卷二杜甫《漫興》『竹根稚子』作『笋根稚子』，『并』作『傍』，下引此條，無『老杜詩曰』，無『沙上鳧雛并母眠』，『稚子無人見何等語』作『稚子爲何等語』，『《食笋》詩曰』作『有《食笋》詩云』，『名竹豚』作『名之曰豚』，『亦名』作『亦云』，『問韓子蒼』作『以問子蒼』，『笋名』作『笋爲』，『亦可』前增『證』。又引《漫叟詩話》與《桐江詩話》，近於《苕溪漁隱叢話》。《〈冷齋夜話〉考》引《詩林廣記》。

【注】

〔一〕此爲杜甫《絕句漫興九首》其七，見於《杜詩詳注》卷九，『竹根稚子』作『笋（一作竹）根雉（一作稚）子』，『并』作『傍』。注云：『趙曰：雉，性好伏，其子身小，在笋旁難見。俗本訛作稚子，遂起紛紛之説。漢鐃歌有《雉子斑》。《西京雜記》：「太液池中，鳧雛雁子，布滿充積。」故以雉子、鳧雛作對。宋何承天樂府：「雉子游原澤，幼懷耿介心。」今按：舊作稚子，或以爲笋名，或以爲竹留，或以爲鼠名，或以爲食笋之竹豚，鼠形而大，或以爲公子宗文字稚子，皆謬説。』

〔二〕此未見於《全唐詩》。

〔三〕贊寧（九一九—一〇〇一）：宋太宗賜號通惠，浙江吴興郡德清人，屬南山律宗，時人謂之『律虎』。佛教史學家，著《宋高僧傳》三十卷、《僧史略》三卷等。生平行迹見於《王黄州小畜集》卷二十《左街僧錄通惠大師文集序》、宗鑒《釋門正統》卷八、志磐《佛祖統紀》卷四十四至卷四十五等。

〔四〕此未見於贊寧《笋譜》。

〔五〕韓子蒼：即韓駒（一〇八〇—一一三五），字子蒼，陵陽仙井（四川仁壽）人，世稱陵陽先生，屬江西詩派。生平行迹見於《宋史》卷四百四十五《文苑傳七》等，《宋史》卷二百八《藝文志七》著錄《陵陽集》十五卷、别集三卷。

【箋】

《北山詩話》：『「笋根稚子無人見。」古樂府有「雉子班」，蓋「沙上鳧雛傍母眠」，可謂切對。今人以「雉子」爲笋，若爾，「鳧雛」當爲沙也。』

《猗覺寮雜記》卷上：『杜云：「竹根稚子無人見。」稚子即笋，或以爲竹鼦，非也。牧之云：「幽笋稚相攜，小蓮娃欲語。」以蓮比娃，以笋比稚子，與子美意同。』與《冷齋夜話》所論相近。

吴可《藏海詩話》：『「笋根稚子無人見」，不當用稚子字。蓋古樂府詩題有《雉子斑》，「雉子」「鳧雛」，自是佳對。杜詩有「鳳子」，亦對「鳧雛」，此可以稽證也。金陵新刊《杜詩》注云：「稚子，笋也。」此大謬，古今未有此說。韓子蒼云：「《冷齋》所說皆非，初未嘗有此說。」』此處意在反駁《冷齋夜話》，令人費解者在於，兩書均以韓駒之語爲證據，然則兩處所言自相矛盾，此恐非韓駒之過，或是著者之過也。

《苕溪漁隱叢話》前集卷十二《杜少陵七》，又引兩書反駁《冷齋夜話》所論，《漫叟詩話》：『「笋根稚子無人見」，當爲野雉之雉。或以爲童稚，非也。』《桐江詩話》：『《冷齋》以稚子便作笋，引唐人詩爲證，何謬之甚也！唐詩蓋謂笋之脱籜，如小兒之解繃。便以稚子爲笋，則非也。少陵詩，本特誤以「雉」爲「稚」耳。蓋笋生乃雉哺子之時，言雉子之小，在竹間，人不能見也。』從諸家注解來看，《冷齋夜話》考證未必確切。

名物考辨是確切理解詩意之基石，《冷齋夜話》關於杜詩名物考辨主要有三處，即《絶句漫興九首》其七『稚子』、《乾元中寓居同谷縣作歌七首》其二『黄獨』、《巳上人茅齋》『天棘』，這些例證説明宋人於唐詩名物已有爭議乃至不甚了了。而杜詩作爲詩史，相關考證更是意義非凡。宋代詩話類似討論頗多，此條實爲以點帶面考察宋代詩學常見話題之視窗。惠洪所作辨析未必全然準確，但從引述前人觀點及後人往復駁難來看，詩人與詩論家論難有助於深化理解唐詩，亦契合宋人重視字句與用典之詩風。惠洪預流這種時代風氣，其思考判斷過程與啟發意義可能更勝結論本身。近藤元粹評曰：『明解。』其實，關於『稚子』内涵之辯，尚無定論，惠洪所論，未必稱於此評。

老杜、劉禹錫、白居易詩言妃子死[1]

老杜《北征》詩曰：『惟昔艱難初，事與前世别[2]。不聞夏商衰，中[3]自誅褒妲[4]。』〔一〕意著[5]明皇鑒夏商之敗[6]，畏天[7]悔過，賜妃子死也。而劉禹錫《馬嵬》詩曰：『官軍誅佞幸[8]，天子舍[9]夭[10]姬。群吏[11]伏門屏，貴人牽帝衣。』〔二〕白樂天《長恨詞[12]》曰：『六軍不發爭[13]奈何，宛轉蛾眉馬前死。』〔三〕乃是官軍迫使殺[14]妃子，歌咏祿山逆叛[15]耳。孰謂劉、白能詩哉[16]？其去老杜何啻九牛毛[17]耶[18]。《北征》詩識君臣之大體，忠義之氣與秋色爭高，可貴也。

【校】

①《類說》標題作『北征詩』。

②『惟昔』二句：《類說》無。

③中：《稗海》本、《四庫全書》本、《學津討原》本、《筆記小說大觀》本、《殷禮在斯堂叢書》本作『終』。

④妲：《類說》作『姒』。

⑤著：《稗海》本、《津逮秘書》本、《四庫全書》本、《學津討原》本、《筆記小說大觀》本、《殷禮在斯堂叢書》本作『者』。

⑥敗：《類說》前增『衰』。

⑦畏天：《類說》作『能』。

⑧幸：《類說》作『卒』。

⑨舍：《類說》作『矜』。

⑩夭：《稗海》本、《筆記小說大觀》本作『如』。

⑪吏：古活字印本作『史』。

⑫詞：《類說》作『歌』。

⑬爭：《螢雪軒叢書》本、《類說》作『無』。

⑭殺：《類說》無。

⑮ 逆叛：明刻本、故宮明本、《稗海》本、《津逮秘書》本、《四庫全書》本、《學津討原》本、《筆記小説大觀》本、《殷禮在斯堂叢書》本、《類説》作『叛逆』。

⑯『孰謂』句：《類説》無。

⑰ 毛：正保本、寬文本、文化本、《螢雪軒叢書》本前增『一』。

⑱ 耶：《類説》無後文。《詩話總龜》前集卷二十一《咏物門下》全引此條，『《長恨》詞』作『《長恨歌》』，『爭奈何』作『無奈何』，『乃』後無『是』，無『其去老杜何啻九牛毛耶』，『君臣』後無『之』，無『忠義之氣與秋色爭高』。

【注】

〔一〕此爲杜甫《北征》，見於《杜詩詳注》卷五，『惟昔艱難』作『憶昨（一作昔）狼狽』，『前世別』作『古先別』，後增『奸臣竟菹醢，同惡隨蕩析』，『夏商』作『夏殷（胡仔云：當作殷周）』，『褒妲』作『妹妲（諸本作褒妲）』。注云：『從夏殷爲是，下有周漢也。妹喜、妲己，桀紂所嬖，舊作褒妲，疑誤。』

〔二〕此爲劉禹錫《馬嵬行》，見於《劉禹錫詩編年校注》卷六，『軍』作『家』。

〔三〕此爲白居易《長恨歌》，見於《白居易詩集校注》卷十二，『爭』作『無』。

【箋】

《苕溪漁隱叢話》前集卷十二《杜少陵七》引《臨漢隱居詩話》：『唐人咏馬嵬之事者多矣，世所稱者劉禹錫云：「官軍誅佞幸，天子舍夭姬。群吏伏門屏，貴人牽帝衣。低回轉美目，風日爲無輝。」白居易云：「六軍不發爭奈何，宛轉娥眉馬前死。」此乃歌咏祿山能使官軍叛逼迫明皇，明皇不得已而誅楊妃也。豈特不曉文章體裁，而造語蠢拙，抑亦失臣下事君之禮。老杜則不然，其《北征》詩曰：「憶昨狼狽初，事與古先別。不聞夏商衰，中自誅褒妲。」乃見明皇鑒夏商之敗，畏天悔過，賜妃子以死，官軍何預焉。《唐闕史》載鄭畋《馬嵬》詩，命意似矣，而詞句凡下，比托無狀，不足道也。』胡仔按語云：『予觀《冷齋夜話》所論，與此相同，但《隱居詩話》乃魏泰道輔所撰，道輔於明白（惠洪）爲前輩，必明白竊其說耳。然老杜謂夏商衰，誅褒妲，褒姒，周幽王后也，疑夏字爲誤，當云商周可也。』意謂《冷齋夜話》或是從《臨漢隱居詩話》而來。

《詩人玉屑》雖未引此條，但正面論述《北征》『識君臣之大體』之意。卷十一《詩病·漫塘評劉啟之詩病》引《語錄》：『詩家以杜少陵稱首，正謂其無一篇不寓尊君敬上之意，如《北征》詩云：「桓桓陳將軍，仗義奮忠烈。都人望翠華，佳氣向金闕。煌煌太宗業，樹立甚宏達。」《洗兵馬》云：「成王功大心轉小，郭相謀深古來少。司徒清鑒懸明鏡，尚書氣與秋天杳。」先後重輕，非苟作也。』

《杜工部草堂詩話》卷一：『東坡蘇子瞻《詩話》曰：「太史公論詩，以爲《國風》好色而不淫，

《小雅》怨誹而不亂。以予觀之，是特識變風、變雅耳，烏睹詩之正乎？昔先王之澤衰，然後變風發乎情。雖衰而未竭，是以猶止於禮義，以爲賢於無所止者而已。若夫發於性，止於忠孝者，其詩豈可同日而語哉！古今詩人衆矣，而子美獨爲首者，豈非以其流落饑寒，終身不用，而一飯未嘗忘君也歟？」』論杜詩高古之所由，在於心性純正，上承《詩經》風雅之正體，此亦惠洪所論之要義也。

張戒《歲寒堂詩話》卷上：『楊太真事，唐人吟咏至多，然類皆無禮。太真配至尊，豈可以兒女語黷之耶？惟杜子美則不然，《哀江頭》云：「昭陽殿裏第一人，同輦隨君侍君側。」不待云「嬌侍夜」「醉和春」，而太真之專寵可知；不待云「玉容」「梨花」，而太真之絕色可想也。至於言一時行樂事，不斥言太真，而但言「輦前才人」，此意尤不可及。如云：「翻身向天仰射雲，一笑正墜雙飛翼。」不待云「緩歌慢舞凝絲竹，盡日君王看不足」，而一時行樂可喜事，筆端畫出，宛在目前。「江水江花豈終極」，不待云「比翼鳥」「連理枝」「此恨綿綿無盡期」，而無窮之恨，《黍離》《麥秀》之悲，寄於言外。題云《哀江頭》，乃子美在賊中時，潛行曲江，睹江水江花，哀思而作。其詞婉而雅，其意微而有禮，真可謂得詩人之旨者。《長恨歌》在樂天詩中爲最下，《連昌宮詞》在元微之詩中乃最得意者，二詩工拙雖殊，皆不若子美詩微而婉也。元、白數十百言，竭力摹寫，不若子美一句，人才高下乃如此。』又云：『梅聖俞云：「狀難寫之景，如在目前。」元微之云：「道得人心中事。」此固白樂天長處；然情意失於太詳，景物失於太露，遂成淺近，略無餘蘊，此其所短處。如《長恨歌》雖播於樂府，人人稱誦，然其實乃樂天少作，雖欲悔而不可追者也。其敘楊妃進見、專寵、行樂事，皆穢褻之語。首云「漢皇重色思傾國，御宇多年求不得」，後云「漁陽鼙鼓動地來，驚破《霓裳羽衣曲》」，又云「君王掩面救不得，回看血淚相和流」，此固無禮之甚。「侍兒扶起嬌無力，始是新承恩澤時」，此下云云，殆可掩耳也。「遂令天下父母心，不重生男重生女」，此等語乃樂天自以爲得意處，然而亦淺陋甚。「夕殿螢飛思悄然，孤燈挑盡未成眠」，此尤可笑，南内雖淒涼，何至挑孤燈耶？惟敘上皇還京云：「天旋日轉回龍馭，到此躊躇不能去。馬嵬坡下泥土中，不見玉顏空死處。君臣相顧盡沾衣，東望都門信馬歸。歸來池苑皆依舊，太液芙蓉未央柳。」敘太真見方士云：「風吹仙袂飄飄舉，猶似《霓裳羽衣》舞。玉容寂寞淚闌干，梨花一枝春帶雨。」一篇之中，惟此數語稍佳爾。《長恨歌》，元和元年尉盩厔時作，是時年三十五。謫江州十一年作《琵琶行》，二詩工拙，遠不侔矣。如《琵琶行》，雖未免於煩悉，然其語意甚當，後來作者，未易超越也。』與《冷齋夜話》所論大體一致，但分析得更爲細緻具體。

《潛溪詩眼》：『文章貴衆中傑出，如同賦一事，工拙尤易見……馬嵬驛，唐詩尤多，如劉夢得「緣野扶風道」一篇，人頗誦之，其淺近乃兒童所能。義山云：「海外徒聞更九州，他生未卜此生休。」語既親切高雅，故不用愁怨墮淚等字，而聞者爲之深悲。「空聞虎旅鳴宵柝，無復鷄人報曉籌。」如親扈明皇，寫出當時物色意味也。「此日六軍同駐馬，他時七夕笑牽牛。」益奇。義山詩，世人但稱其巧麗，至與溫庭筠齊名，蓋俗學祇見其皮膚，其高情遠意，皆不識也。』論李商隱馬嵬詩，可補諸家所論之不足。

吴开《優古堂詩話·馬嵬詩》：『《唐闕史》稱鄭相畋吟《馬嵬》詩云：「明皇回馬楊妃死，雲雨雖亡日月新。終是聖朝天子事，景陽宮井又何人。」觀者以爲真輔國之句。予以謂畋蓋取杜詩「不聞夏商衰，中自誅褒妲」之意。』由是可以反觀杜甫馬嵬詩之主流地位與深遠影響。

當然，也有不同意見。《韻語陽秋》卷十九：『老杜《北征》詩云：「憶昨狼狽初，事與古先別。不聞夏殷衰，中自誅褒妲。」其意謂明皇英斷，自誅妃子，與夏商之誅褒、妲不同。老杜此語，出於愛君，而曲文其過，非至公之論也。白樂天詩云：「六軍不發無奈何，宛轉蛾眉馬前死。」非逼迫而何哉？然明皇能割一己之愛，使六軍之情帖然，亦可謂知所輕重矣。故前輩有詩云：「畢竟聖明天子事，景陽宫井是何人？」小説盧環（瓌）《抒（杼）情》載，唐僖宗幸蜀，詞人題於馬嵬驛云：「馬嵬煙柳正依依，重見鑾輿幸蜀歸。泉下阿瞞應有語，這回休更怨楊妃。」雖一時戲語，亦無乃厚誣阿瞞乎？』意謂杜詩有意拔高而白詩可能更貼近事實。

諸家無不稱贊杜詩，認爲詩中唐玄宗能『自誅』寵妃，從而與桀、紂分爲兩途矣。其實，人人皆知此乃被逼無奈之舉，縱使勝過桀、紂，亦分毫不能證明唐玄宗英明，何况後文大力贊揚『馬嵬驛兵變』主謀陳玄禮，實則是以反襯之法隱晦批評唐玄宗。當然，杜甫畢竟是純粹儒家，堅守君臣大義是道德底線，故而説得委婉曲折，不似劉禹錫與白居易那般直白，但這并不表示杜詩祇是一味『爲尊者諱』（《春秋公羊傳注疏·閔公元年》）。恰恰相反，深刻批判，直指最高統治者，才是杜詩最爲光彩奪目之處。古往今來，作者之任務從來不是歌功頌德，而是懷疑批判，惟有思想深度方能賦予作品經受時間檢驗之力量。然則詩論家囿於個體認知，往往將前人作品套入自身道德系統之中，這不是『詩無達詁』（《春秋繁露義證》卷三《精華》）之必然結果，而是選擇性偏漏。客觀來説，劉禹錫與白居易祇是如實記錄當時情狀，似乎并未有歌咏安祿山叛亂之意，甚至更貼近歷史真實，祇是落脚點不是忠君愛國與憂國憂民，内容深度與形式委婉度確實俱遜於杜詩，而惠洪爲强調『忠義之氣』，有意揚此抑彼，恐有失客觀公正。

其實，從惠洪評論政治詩便可略窺唐宋時代文化風氣之轉向。洪邁《容齋續筆》卷二《唐詩無諱避》於唐代政治詩産生背景及成因有精確總結：『唐人歌詩，其於先世及當時事，直辭咏寄，略無避隱。至宫禁嬖昵，非外間所應知者，皆反復極言，而上之人亦不以爲罪。如白樂天《長恨歌》諷諫諸章，元微之《連昌宫詞》，始末皆爲明皇而發。杜子美尤多，如《兵車行》《前後出塞》《新安吏》《潼關吏》《石壕吏》《新婚别》《垂老别》《無家别》《哀王孫》《悲陳陶》《哀江頭》《麗人行》《悲青阪》《公孫舞劍器行》，終篇皆是。其他波及者，五言如：「憶昨狼狽初，事與古先别。」「不聞夏殷衰，中自誅褒妲。」「是時妃嬪戮，連爲糞土叢。」「中宵焚九廟，雲漢爲之紅。」「先帝正好武，寰海未凋枯。」「拓境功未已，元和辭大爐。」「内人紅袖泣，王子白衣行。」「毁廟天飛雨，焚宫火徹明。」「南内開元曲，當時弟子傳。」「法歌聲變轉，滿座涕潺湲。」「御氣雲樓敞，含風彩仗高。」「仙人張内樂，王母獻宫桃。」「須爲下殿走，不可好樓居。」「固無牽白馬，幾至著青衣。」「奪馬悲公主，登車泣貴嬪。」「兵氣凌行在，妖星下直廬。」「落日留王母，微風倚少兒。」「能畫毛延壽，投壺郭舍人。」「鬥鷄初賜錦，舞馬更登床。」「驪山絶望幸，花萼罷登臨。」「殿瓦鴛鴦坼，宫簾翡翠虚。」七言如：「關中小兒壞紀綱，張後不樂上爲忙。」「天子不在咸陽宫，得不哀痛塵再蒙。」「曾貌先帝照夜白，龍池十日飛霹靂。」「要路何日罷長戟，戰自青羌連白蠻。」「豈謂盡煩回紇馬，翻然遠救朔方兵。」如此之類，不能悉書。此下如張祜《賦連昌宫》《元日仗》《千秋樂》《大酺樂》《十五夜燈》《熱戲樂》《上巳東》《邠王小管》《李謨笛》《退宫人》《玉環琵琶》《春鶯囀》《寧哥來》《容兒鉢頭》《邠娘羯鼓》

《耍娘歌》《悖拏兒舞》《華清宫》《長門怨》《集靈臺》《阿鴇湯》《馬嵬歸》《香囊子》《散花樓》《雨霖鈴》等三十篇，大抵咏開元、天寶間事。李義山《華清宫》《馬嵬》《驪山》《龍池》諸詩亦然。今之詩人不敢爾也。』宋代政治環境雖相對寬鬆，但或許是面臨巨大外部壓力之緣故，文人家國意識得以强化，具體表現爲自我審查意識已成自覺矣。正因這種轉變，杜詩大受宋人尊崇，『忠義之氣』被無限突出，批判意識則隨之被有意無意遮蔽，此亦宋人接受杜詩之顯著特色也。

近藤元粹評曰：『劉、白無色。』又曰：『是老杜之所以爲詩聖也。』仍秉儒家立場，承續惠洪觀點。雖無新意，但足以見出儒家文學觀重人倫道德，居於中國詩學主流地位且有深遠影響。

館中夜談韓退之詩

沈存中、呂惠卿吉甫、王存正仲、李常公擇①〔一〕，治平中同②在館中夜談詩。存中曰：『退之詩，押韻之文耳，雖健美富贍，然終不近③詩。』吉甫曰：『詩正當如是，吾謂詩人亦未有如退之者。』正仲是存中，公擇是吉甫，於是四人者交相④攻，久不決。公擇正色謂正仲曰：『君子群而不黨，公獨黨存中。』正仲怒曰：『我所見如此，偶因⑤存中便謂之黨，則君非党吉甫乎？』一坐大笑。予嘗熟味退之詩，真出自然，其用事深密，高出老杜之上。如《符讀書城南》詩『少長聚嬉戲，不殊同隊魚』〔二〕，又『腦脂蓋眼臥壯士，大弨⑥掛壁何由彎』〔三〕，皆自然也。襄陽魏泰〔四〕曰：『韓退之詩曰：「剝苔吊斑林，角黍餌沉塚。」〔五〕竹非墨點之斑也，楚竹初生，蘚封之，土人斫之，浸水中，洗⑦去蘚，故蘚痕成紫暈耳。』

【校】

① 擇：原本作『澤』，據《四庫全書》本、《殷禮在斯堂叢書》本、古活字印本、正保本、寬文本、文化本、《螢雪軒叢書》本改。下同。

② 同：《稗海》本、《津逮秘書》本、《四庫全書》本、《學津討原》本、《筆記小說大觀》本、《殷禮在斯堂叢書》本無。

③ 近：《稗海》本、《津逮秘書》本、《四庫全書》本、《學津討原》本、《筆記小說大觀》本作『是』。

④ 交相：《稗海》本、《津逮秘書》本、《四庫全書》本、《學津討原》本、《筆記小說大觀》本作『相交』。

⑤ 因：《筆記小說大觀》本作『同』。

⑥ 弨：《稗海》本、《津逮秘書》本、《四庫全書》本、《筆記小說大觀》本作『招』。

⑦ 洗：明刻本、靜嘉堂文庫本、故宫明本作「沈」。

《續墨客揮犀》卷九《館中論詩》亦有此條，「沈」後增「括」，「夜」前增「嘗」，「存中曰」作「存中云」，「吉甫曰」作「吉甫云」，「亦」作「以來」，「黨存中」後增「耶」，「偶因」作「偶同」，前增「以我」，「黨吉甫乎」作「吉甫黨耶」，「真出」作「真天力」，「其」前增「然」，「密」作「處」，「《符讀書城南》詩」作「《城南讀書》詩曰」，「竹非墨點」作「斑竹非黑點」，「蘚封」作「苔封」。

《臨漢隱居詩話》將此條一分爲二，前半部分，「沈」後增「括」，「館中」作「館下」，後無「夜」，「退之詩」作「韓退之詩」，後增「乃」，「然終」作「而格」，「吾」作「我」，「亦」作「以來」，「四人」前無「於是」，後無「者」，「攻」作「詰難」，「久」後增「而」，「正色」前增「忽」，「獨黨存中」作「何黨存中也」，「怒」作「勃然」，「此」作「是」，後增「顧豈當耶」，「偶因」作「偶同」，前增「以我」，「便」作「遂」，「則」前增「然」，「党吉甫」作「吉甫之黨」，「大笑」後增「予每評詩，多與存中合」，無後文。亦見於《苕溪漁隱叢話》前集卷十八《韓吏部下》、《詩人玉屑》卷十五《韓文公·評退之詩》，僅後者無「予每評詩，多與存中合」。後半部分：「竹有黑點謂之斑竹，非也。湘中斑竹方生時，每點上有苔錢，封之甚固，土人斫竹浸水中，用草穰洗去苔錢，則紫暈斕斑可愛，此真斑竹也。韓愈曰「剝苔吊斑林，角黍餌沈塚」是也。」亦見於《苕溪漁隱叢話》前集卷十八《韓吏部下》。

【注】

〔一〕李常：一〇二七—一〇九〇，字公擇，南康軍建昌（江西永修）人，黄庭堅舅父。生平行迹見於《東都事略》卷九十二《李常傳》、《宋史》卷三百四十四《李常傳》等，《宋史》卷二百八《藝文志七》著録《李常文集》六十卷、《奏議》二十卷。

〔二〕此爲韓愈《符讀書城南》，見於《韓昌黎詩繫年集釋》卷九。

〔三〕此爲韓愈《雪後寄崔二十六丞公》，見於《韓昌黎詩繫年集釋》卷八，『蓋』作『遮』。

〔四〕魏泰：字道輔，曾布内弟（《宋史》卷三百十九《歐陽修傳》附《歐陽棐傳》記爲内兄），湖北襄陽人。《宋史》卷二百六《藝文志五》著録《訂誤集》二卷、《東軒筆録》十五卷，卷二百九《藝文志八》著録《襄陽題咏》二卷、《隱居詩話》一卷。現有《東軒筆録》《臨漢隱居詩話校注》等。

〔五〕此爲韓愈《會合聯句》，見於《韓昌黎詩繫年集釋》卷四，『黍』作『飯』。

【箋】

《苕溪漁隱叢話》前集卷十八《韓吏部下》，胡仔按語云：『斑竹惟清湘有之，鮮紫倒暈如血色，天生如此，即未嘗每點上有苔錢封之。余往來清湘屢矣，嘗觀采此斑竹，以爲拄杖，但向陽一面斑點多，極難得通轉斑點者。若廣右、藤、梧之間，别有一種斑竹，極大而斑色紫黑，不甚佳，間有苔蘚封之，非盡有也。』

韓愈與宋代文學關係之密切幾不亞於杜甫，陳寅恪《論韓愈》將其視爲劃分歷史時代之標識性人物：『唐代之史可分前後兩期，前期結束南北朝相承之舊局面，後期開啟趙宋以降之新局面，關於政治、社會、經濟者如此，關於文化學術者亦莫不如此。退之者，唐代文化學術史上承先啟後、轉舊爲新關捩點之人物也。』就詩學領域而言，葉燮《已畦文集》卷八《百家唐詩序》結論亦大致如此：『吾嘗上下百代，至唐貞元、元和之間，竊以爲古今文運、詩運，至此時爲一大關鍵也。』究其原因，『迨至貞元、元和之間，有韓愈、柳宗元、劉長卿、錢起、白居易、元稹輩出，群才競起，而變八代之盛，自是而詩之調、之格、之聲、之情，鑿險出奇，無不以是爲前後之關鍵矣。』而『後之稱詩者，胸無成識，不能有所發明，遂各因其時以差別，號之曰中唐，又曰晚唐，不知此「中」也者，乃古今百代之「中」，而非有唐之所獨得而稱「中」者也。』换言之，面對盛唐之音這個新典範，韓愈等人不得已而另辟蹊徑，遂使中唐成爲中國詩學觀念大轉變之關鍵節點。宋代同樣面臨『極盛難繼』（《詩藪》内編卷五）這個時代問題，而求新求變以確立獨特性幾乎是惟一出路，是故自我定位與中唐一脈相承。基於這種時代背景，韓愈突圍盛唐詩以開創新詩風之努力受到宋人推重，而韓詩不盡完美之處亦被視作瑕不掩瑜，雖間有『終不是詩』之批評，但高揚新變之詩學精神深獲宋人認同。惠洪評價韓詩『真出自然』，甚至認爲用事『高出老杜之上』，此乃至高贊譽也。

客觀而論，宋人接受韓詩，當屬《歲寒堂詩話》卷上最爲公允：『韓退之詩，愛憎相半。愛者以爲雖杜子美亦不及，不愛者以爲退之於詩本無所得，自陳無己輩皆有此論。然二家之論俱過矣，以爲子美亦不及者固非，以爲退之於詩本無所得者，談何容易耶？退之詩，大抵才氣有餘，故能擒能縱，顛倒崛奇，無施不可。放之則如長江大河，瀾翻洶湧，滚滚不窮；收之則藏形匿影，乍出乍没，姿態横生，變怪百出，可喜可愕，可畏可服也。蘇黄門子由有云：「唐人詩當推韓、杜，韓詩豪，杜詩雄，然杜之雄亦可以兼韓之豪也。」此論得之。詩文字畫，大抵從胸臆中出。子美篤於忠義，深於經術，故其詩雄而正。李太白喜任俠，喜神仙，故其詩豪而逸。退之文章侍從，故其詩文有廊廟氣。退之詩正可與太白爲敵，然二豪不并立，當屈退之第三。』於宋人而言，杜詩地位不可撼動，韓詩雖屈居第三，但從内在氣質相關性及宋人普遍認知來看，似乎仍在李白詩之上。

近藤元粹評曰：『真個使人絶倒。』又曰：『使公擇聞之，則將曰：「惠洪亦黨存中也。」』斯言有誤，沈括屬新黨，否定韓詩；惠洪屬舊黨，肯定韓詩，何黨之有？

昭州崇寧寺觀音竹、永州澹山岩馴①狐

鄒志完南遷〔一〕，自號道鄉居士。在昭州江上爲居，屋②近崇寧寺，因閲《華嚴經》於觀音像前。有修竹三根生像之後，志完揭茅出之，不可，乃垂枝覆像，有如世畫③寶陀④岩竹，今猶在。昭人扃鎖之，以爲⑤過客游觀。北⑥還，過永州澹山岩〔二〕，岩有馴狐，凡貴

客至則鳴。志完將至，而狐輒鳴。寺僧出迎，志完怪之，僧以狐鳴爲對。志完作詩曰：『我入幽岩亦偶然，初無消息與人傳。馴狐戲學仙伽⑦客，一夜飛鳴報老禪。』〔三〕

【校】

① 岩馴：《津逮秘書》本、《四庫全書》本、《學津討原》本無。

② 屋：《稗海》本、《津逮秘書》本、《四庫全書》本、《學津討原》本、《筆記小説大觀》本、《殷禮在斯堂叢書》本作『室』，古活字印本、正保本、寬文本、文化本、《螢雪軒叢書》本作『居』。

③ 世畫：《稗海》本、《筆記小説大觀》本作『觀世音』，《津逮秘書》本、《四庫全書》本、《學津討原》本前增『今』。

④ 寶陀：元刻本、明刻本、靜嘉堂文庫本、故宫明本、《稗海》本、《津逮秘書》本、《四庫全書》本、《學津討原》本、《筆記小説大觀》本後增『山』，古活字印本後增『陀』。

⑤ 爲：《稗海》本、《津逮秘書》本、《四庫全書》本、《學津討原》本、《筆記小説大觀》本、《殷禮在斯堂叢書》本作『俟』。

⑥ 北：元刻本、《稗海》本、《津逮秘書》本、《四庫全書》本、《學津討原》本、《筆記小説大觀》本作『比』，明刻本、靜嘉堂文庫本、故宫明本作『此』。

⑦ 伽：古活字印本、正保本、寬文本、文化本、《螢雪軒叢書》本作『陀』。

《詩話總龜》前集卷二十五《感事門下》引此條後半部分，無『北還』，增『鄒志完』，『狐輒鳴』作『狐鳴』，後無『寺』，無『志完怪之』，『僧以狐鳴爲對』作『以馴狐爲言』，『報』作『至』。

《苕溪漁隱叢話》後集卷三十七《緇黄雜記》全引此條，『鄒志完南遷，自號道鄉居士。在昭州江上爲居，屋近崇寧寺』作『陳瑩中北歸，過南昌，言鄒志完在韶州極精進，閉門誦《華嚴經》，舍利生袖間，此真入信位』，『因閲』作『日誦』，『有如世』作『如世所』，『猶在』作『猶無恙』，『昭人』作『韶人』，『過永州』作『至永州』，『有馴狐』前無『岩』，『對』作『言』。明確敘述者爲陳瓘，補全了引文來源。

【注】

〔一〕《道鄉先生年譜》：『崇寧二年（一一〇三）正月，除名勒停，昭州居住。』

〔二〕《道鄉先生年譜》：『崇宁四年（一一〇五）十二月十九日，游永州澹岩，有《訓狐六一岩》諸詩。』

〔三〕此爲鄒浩《文長老雲山有馴狐，鳴即客至，夜來鳴更異常》，見於《道鄉先生鄒忠公文集》卷十四，『幽岩』作『山來』，『戲學仙伽客』作『緣底潛知得』，『一』作『隔』。

【箋】

此條意在贊美鄒浩，縱逢貶謫，亦守志不移，品行感動神仙與靈獸。鄒浩是名聞當時之直臣，此條以文學手法敘之，不爲過譽。當然，惠洪與鄒浩同有被貶經歷，惺惺相惜或自況之意，恐難免有之。近藤元粹評曰：『生竹覆佛像未足以爲奇。』又曰：『狐妖亦未爲奇，詩亦平凡，不足觀。』其實，惠洪用意不在獵奇與詩作來由，而在向年長友人致敬，且暗寓自勉之意。

僧賦蒸豚詩

王中令〔一〕既平蜀，捕逐①餘寇，與部隊相遠，饑甚，入一村寺中。主僧醉甚，箕踞。公怒②，欲斬之，僧應對不懼，公奇而赦之，問求蔬食，僧曰：『有肉無蔬。』公益③奇之。饋之以蒸猪頭，食之甚美，公喜，問：『僧止能飲酒食肉耶，爲有他技也？』僧自言能爲詩，公令賦食蒸豚④，操筆立成，曰：『嘴長毛⑤短淺含臕，久向山中食藥苗。蒸處已將蕉葉裹，熟時兼用杏漿澆。紅鮮雅稱金盤飣⑥，軟熟真堪玉箸挑。若⑦把氈根來比并，氈根祇合吃藤條。』公大喜，與紫衣師號。東坡元祐初見公之玄孫訥，夜話及此，爲記之。

【校】

①逐：明刻本、靜嘉堂文庫本、故宫明本、《津逮秘書》本作『還』。

②怒：明刻本、故宫明本作『悉』。

③益：明刻本、靜嘉堂文庫本、故宫明本、《稗海》本、《津逮秘書》本、《學津討原》本、《殷禮在斯堂叢書》本作『亦』。

④豚：《稗海》本、《津逮秘書》本、《四庫全書》本、《學津討原》本、《筆記小說大觀》本、《殷禮在斯堂叢書》本後增『詩』。

⑤毛：明刻本、故宫明本作『老』，《稗海》本、《學津討原》本、《筆記小說大觀》本作『足』。

⑥飣：明刻本、靜嘉堂文庫本、故宫明本作『釘』，《稗海》本、《津逮秘書》本、《四庫全書》本、《學津討原》本、《筆記小說大觀》本作『薦』。

⑦若：明刻本、靜嘉堂文庫本、故宫明本、《稗海》本、《津逮秘書》本、《四庫全書》本、《學津討原》本、《筆記小說大觀》本作『共』。

舊題蘇軾《仇池筆記》卷下《蒸豚詩》近於此條，無『捕逐餘寇，與部隊相遠』，『寺』後無『之』，『技』前無『他』，『詩』前無『爲』，『向』作『住』，『玄』誤作『云』。《墨客揮犀》卷六《蒸豚詩》亦有此條，『部隊』作『部伍』，『益奇』作『異』，『饋』後無

『中』，『欲』前無『怒』，『公奇』後無『而赦』，『問求』作『公求』，『僧曰』作『云』，無『公益奇之』，『饋』後無『之以』，『甚美』前無『食之』，『僧止能飲酒食肉』作『止能飯酒肉』，『爲有』作『尚有』，『也』作『耶』，『自言能爲詩』作『言能詩』，『蒸豚』前無『食』，『立成曰』作『立成云』，前無『操筆』，『含』下注『一作金』，『軟熟』作『熟軟』，『膻』均作『毡』，『祇』作『自』，無『紫衣師號』後文。

《詩話總龜》前集卷四十一《詼諧門下》近於此條，『捕』後無『逐』，『部隊』作『伍隊』，『入』前增『乃』，『僧醉』前無『主』，『懼』作『懾』，『赦』作『釋』，『僧曰』作『云』，『饋之以蒸豬頭』作『饋以蒸豚頭』，『也』作『耶』，『詩』前無『爲』，『食蒸豚』作『蒸豚詩』，『立成曰』作『立成，詩云』，『兼』作『更』，『飣』作『貯』，『比』作『代』，『紫衣師號』後增『乃蜀中詩僧』，無後文。

《苕溪漁隱叢話》前集卷五十七《蒸豚詩》引東坡之語，『饋』後無『之』，『食蒸豚』作『蒸豚詩』，『立成曰』作『立成云』，『飣』作『薦』，『膻』均作『毡』，『祇』作『自』，無『紫衣師號』後文。《冷齋夜話》所記出處更詳盡。

《全唐詩續補遺》卷十三收爲村寺僧《蒸豚》，『蕉』作『蒸』，『兼』下注『一作更』，『食』作『金』，『飣』下注『一作貯』，『箸』作『筋』，『吃』下注『一作喫』。標題下全引此條，『部隊』作『步隊（隊伍）』，『入』前增『乃』字，『懼』作『懾』，『赦』作『釋』，『問求』作『問求』，『僧曰』作『僧云』，『饋之以蒸豬頭』作『饋以蒸豚頭』，『爲有』作『抑有』，『也』作

『耶』，『詩』前無『爲』字，『食蒸豚』作『蒸豚詩』，『操』一作『援』，『立成曰』作『立成，詩云』，『與紫衣師號』作『與紫衣，賜號爲蜀中詩僧』，無後文。《全宋詩》卷三千七百三十六亦收爲村寺僧《蒸豚》，且全引此條，『部隊』作『步隊』，『主』作『一』，『僧曰』作『僧云』，『饋之以』作『饋以一』，『爲有』作『抑有』，『詩』前無『爲』，『蒸豚』後增『詩』，『操』作『援』，『立成』後增『云云』，無後文。此事發生於五代與北宋交替之際，或可均收。

【注】

〔一〕王中令：即王全斌（九〇八—九七六），卒贈中書令，山西并州太原人。名將，滅後蜀主帥。生平行迹見於《東都事略》卷二十《王全斌傳》、《宋史》卷二百五十五《王全斌傳》等。《宋史》本傳後附曾孫王凱傳，所記世系爲『子緘，緘子詵，字晉卿，能詩善畫，尚蜀國長公主，官至留後』，未及王訥。

【箋】

南禪宗門風於唐宋之際變化極大，從『尊經守律』到『呵佛罵祖』，從『不立文字』到『文字禪』。與此相應，食肉與寫詩看似背離僧人身份，實則是時代觀念之產物，甚或已成某種常態，此條可謂當時狀況之真實反映。近藤元粹評曰：『奇僧奇詩。』以後人眼光視之，此僧行爲出奇，但在當日恐仍屬平常。至於詩作，若言出自僧人之手，或可謂奇；若言藝術水平，則恐未至於此。

王平甫夢至靈芝宮

王平甫熙寧癸丑歲〔一〕直宿崇文館，夢有人要①之至海上，見海中央宮殿甚盛，其中作樂，笙簫鼓吹之伎甚衆，題其宮曰『靈芝宮』。平甫欲與俱往，有人在宮側，隔水②謂曰：『時未至，且令去，他日當迎之。』至此恍然夢覺，時禁中已鐘鳴。平甫頗自負不凡，爲詩記之曰：『萬頃波濤木葉飛，笙歌宮殿號靈芝。揮毫不似人間世，長樂鐘來夢覺時。』〔二〕

【校】

①要：明刻本、靜嘉堂文庫本、故宮明本作『夢』，《稗海》本、《津逮秘書》本、《四庫全書》本、《學津討原》本、《筆記小說大觀》本作『挾』。

②隔水：明刻本、靜嘉堂文庫本、故宮明本作『夢』，《稗海》本、《津逮秘書》本、《四庫全書》本、《學津討原》本、《筆記小說大觀》本、《殷禮在斯堂叢書》本無。

《墨客揮犀》卷六《夢到靈芝宮》亦有此條，「頗自負」作「自是頗負」，「詩」後無「記之」，「歌」作「簫」。

魏泰《東軒筆錄》卷六前半部分近於此條，「王平甫」作「王安國」，「癸丑歲」作「六年冬」，「館」作「院」，「夢有」後無「人」，「海中」後無「央」，「作樂」作「樂作」，第二個「平甫」作「邀平甫者」，「與」後增「之」，「謂」作「止之」，「迎」前無「當」，「此」後增「平甫」，「禁」前無「時」，「鐘鳴」作「鳴鐘矣」，「負」後增「其」，「記」前增「以」。

《詩話總龜》前集卷三十五《紀夢門上》全引此條，「館」作「院」，「有人要之」作「人邀」，「見」後無「海中央」，「笙簫鼓吹」作「簫鼓」，「題其宮曰靈芝宮」作「其宮曰靈芝」，「平甫欲與」作「邀平甫」，「水」前增「山」，後無「謂」，「他日當」作「他時」，「恍然」前無「至此」，「不凡」作「非凡」，「來」作「聲」。

【注】

〔一〕熙寧癸丑歲：即熙寧六年（一〇七三）。

〔二〕此爲王安國《紀夢》，見於《全宋詩》卷六百三十一，「歌」作「簫」，「來」作「聲」。

【箋】

《王直方詩話》：「平甫直宿館中，夢一人與之同至海中，有樓臺榜曰靈芝宮，其間笙簫聲妓甚衆。

其人欲與俱往，俄聞有告之者曰：「未嘗來，今非其時也。」平甫驚覺，禁中鳴鐘矣。乃自作詩云：「萬頃波濤木葉飛，笙簫宫殿號靈芝。揮毫不似人間世，長樂鐘聲夢覺時。」數年果卒。曾子固爲傳其事甚詳。』亦見於《苕溪漁隱叢話》前集卷三十六《半山老人四》。

《苕溪漁隱叢話》後集卷二十五《半山老人》引《復齋漫録》云：『《劉禹錫嘉話》謂唐延英殿即靈芝殿也，謂之小延英。余見《雲齋廣録》載平甫熙寧六年冬直宿崇文院，夢有人邀至海上，見海中宫殿甚盛，其中樂作，題其宫曰靈芝。平甫有詩紀之，略云：「萬頃波濤木葉飛，笙簫宫殿號靈芝。」則靈芝之號，不特世間也。余又觀平甫女名茂者石刻云：「曾子固舊有《夢紀》，以述其事。」然子固之文，世竟無蓄之者。』

魏泰《東軒筆録》卷六於此條後續云：『後四年，平甫病卒，其家哭，訊之曰：「君嘗夢往靈芝宫，其果然乎？當以兆告我。」是夕暮奠，若有音聲接於人者，其家復哭，以錢卜之曰：「往靈芝宫，其果然乎？」卜曰：「然。」又三年，太常寺曾阜夢與平甫會，因語之曰：「平甫不幸早世，今所處良苦如何？」但見平甫笑不止，傍一人曰：「平甫已列仙官矣，其樂非塵世比也。」阜方喜甚而寤。』《詩話總龜》前集卷三十五《紀夢門上》引此條後續云：『後四年平甫卒，其家哭訊之：「嘗夢靈芝宫，其信然乎？當兆告我。」是夕暮奠，若有聲音接人，其家復卜之，果獲兆。昔有人至海上蓬萊，見樓臺中有待樂天之室，樂天自爲詩以紀其事，與平甫之夢實相似。蓋二人皆天才逸發，則其精神所寓必有異者。物理蓋有之而不可窮也。』《冷齋夜話》捨棄夢讖累贅，故而優於諸家。

王安國雖爲王安石之弟，但反對新法直言不諱，這或許會讓舊黨於内心深處引爲知音。此條所記夢與詩，皆無足取，或爲政治立場故也。他書重心均在夢讖，惠洪捨之，頗有見地。近藤元粹評曰：『一夢茫茫，何足自負哉。』其實，惠洪意在贊人而非記夢也。

安世高請福䢼亭廟，秦少游宿此夢天女求贊

安世高〔一〕者，安息國王之嫡子也，爲沙門。漢桓帝建和初至長安，靈帝末關中大亂，謂人曰：『我有道伴①在江南，當往省之。』人曰：『游宦乎？沙門乎？』曰：『以嗔故爲神，然吾亦往廣州償債耳。』世高舟次廬山䢼②亭湖〔二〕廟下，廟甚靈，能分風送往來之舟。世高舟人捧牲請福，神輒降曰：『舟有沙門，乃不俱來耶！』世高聞之，爲至廟下。神復語曰：『我果以多嗔致此業，今家此湖，千里皆所轄，以雖嗔而好施，故多寶玩，以縑千匹、黄白物付君，爲建佛寺爲冥福。』今洪州大安寺是也。秦少游南遷〔三〕，宿廟下，登岸縱望久之，歸臥舟中，聞風聲，側枕視，微波月影縱横，追繹昔嘗宿垂雲老借竹軒③〔四〕，見西湖月色如此，遂夢美人，自言維摩詰散花天女也，以維摩詰像來求贊。少④游極⑤愛其畫，默⑥念曰：『非道子不能作此。』天女以詩戲少游曰：『不知水宿分風浦，何似秋眠惜竹軒。聞道詩詞妙天下，廬山對眼可無言？』〔五〕少游夢中題其像曰：『竺

儀華夢，瘴面囚首。口雖不言，十分似九。應⑦笑舌⑧覆大千作獅子吼，不如搏取妙喜如陶家手。』〔六〕予過雷州天寧〔七〕，與戒禪師⑨夜話，問少游字畫，戒出此傳爲示，少游筆迹也。

【校】

①伴：明刻本、故宫明本作『件』。

②邦：《四庫全書》本作『宫』。

③垂雲老借竹軒：原本作『雲老惜竹軒』，據《詩話總龜》改，《苕溪漁隱叢話》作『乘雲老借竹軒』。

④少：原本脫，據元刻本、明刻本、靜嘉堂文庫本、故宫明本、《稗海》本、《津逮秘書》本、《四庫全書》本、《學津討原》本、《筆記小說大觀》本、《殷禮在斯堂叢書》本、古活字印本、正保本、寬文本、文化本、《螢雪軒叢書》本補。

⑤極：明刻本、靜嘉堂文庫本、故宫明本、《稗海》本、《津逮秘書》本、《四庫全書》本、《學津討原》本、《筆記小說大觀》本、《殷禮在斯堂叢書》本無。

⑥默：原本作『然』，據《稗海》本、《津逮秘書》本、《四庫全書》本、《學津討原》本、《筆記小說大觀》本、《殷禮在斯堂叢書》本改。

⑦應：《稗海》本、《津逮秘書》本、《四庫全書》本、《學津討原》本、《筆記小說大觀》本

作「天」。

⑧ 舌：明刻本無，靜嘉堂文庫本作「遍」，《稗海》本、《津逮秘書》本、《四庫全書》本、《學津討原》本、《筆記小説大觀》本無。

⑨ 師：《稗海》本、《津逮秘書》本、《四庫全書》本、《學津討原》本、《筆記小説大觀》本無。

《詩話總龜》前集卷三十六《紀夢門下》引此條後半部分，「少游南遷」前增「秦」，「廟」前增「邶亭湖」，無「登岸縱望久之，歸臥舟中，聞風聲」，「繹」作「憶」，「昔」後無「嘗」，「夢美人」前無「遂」，「維摩詰散花」作「我」，「維摩詰像來求」作「維摩像乞」，「愛」前無「極」，「念」前無「默」，無「手」後文。

《苕溪漁隱叢話》前集卷五十《秦少游》引此條後半部分，「少游南遷」前無「秦」，「廟」前增「邶亭湖」，「岸」作「舟」，「繹」作「憶」，「垂」作「乘」，「遂」作「俄」，「自言維摩詰散花天女也」，「像來」前無「詰」，「念」前無「默」，「作此」作「也」，「天女以」作「此美人以」，「眼」作「岸」，「戒」均作「戒香」，「禪師」作「道人」，「示」前無「爲」。

【注】

〔一〕安世高：即安清，字世高，安息國（伊朗）人。東漢後期來華，翻譯小乘佛教經典，生平行迹見於《高僧傳》卷一《漢洛陽安清傳》等。與此條相關者，『安清，字世高，安息國王正后之太子也』，『遂讓國與叔，出家修道』，『以漢桓之初，始到中夏』，『值靈帝之末，關、洛擾亂，乃振錫江南，云：「我當過廬山，度昔同學。」行達邦亭湖廟，此廟舊有靈威，商旅祈禱，乃分風上下，各無留滯』，『高同旅三十餘船，奉牲請福，神乃降祝曰：「船有沙門，可便呼上。」客咸驚愕，請高入廟。神告高曰：「吾昔外國與子俱出家學道，好行布施，而性多嗔怒。今爲邦亭廟神，周回千里，并吾所治，以布施故珍玩甚豐，以嗔恚故墮此神報。今見同學，悲欣可言。壽盡旦夕，而醜形長大，若於此捨命，穢污江湖，當度山西澤中。此身滅後，恐墮地獄，吾有絹千匹，并雜寶物，可爲立法營塔，使生善處也」』，『倏忽之頃，便達豫章，即以廟物造東寺』。安世高傳記意在記録其前世今生，惠洪摘録則在追敘邦亭湖廟來由，兩者著重點頗爲不同。

〔二〕邦亭湖：或爲宫亭湖，即鄱陽湖。樂史《太平寰宇記》卷一百六《江南西道四·南昌縣》：『宫亭湖：在州北水路三百四十三里，湖西有宫亭湖神，能分風上下，是以劉删《泛宫亭湖》詩云：「回乘一派水，舉帆逐分風。孤石蒼波裏，厈山苦霧中。」』《輿地紀勝》卷二十五：『宫亭湖：去軍城五里，有神能分風擘浪，有宫亭廟。《寰宇記》云：「周武王十五年置。」』又云：『彭蠡湖：在城東南，《禹貢》：「彭蠡既瀦」。又曰：「東匯澤爲彭蠡。」《漢志》「武帝浮江，自尋陽出樅陽，過彭蠡」（實爲《史記》卷二十八《封禪書》）是也。又名宫亭湖，又名左里湖。』卷三十：『宫亭湖：《元和郡縣志》云：「在德化縣（有誤，南唐改潯陽縣爲德化縣，見於《宋史》卷八十八《地理志四·江南西路·江州》）東南九十里，《十道四蕃志》云：『宫亭湖神能分風上下。』」』

〔三〕《秦少游年譜長編》卷六：『紹聖三年（一〇九六）秋，過廬山坼亭湖廟下，夢中題《維摩詰像贊》。』

〔四〕垂雲老借竹軒：《咸淳臨安志》卷七十九《寺觀五》：『寶岩院：後唐天成二年（九二九）錢氏建，舊名垂雲，治平二年（一〇六五）改額，元豐中僧清順作垂雲亭，又有借竹軒。』

〔五〕〔六〕此未見於《淮海集箋注》。

〔七〕《宋僧惠洪行履著述編年總案》將之繫於政和三年（一一一三）十二月，『案：惠洪過雷州天寧寺，當在北歸時。蓋流配海南時乃罪人身份，恐難有閑情。』

【箋】

此條前半追敘歷史，後半方是立意所在，意在稱贊秦觀才華無雙。此書開篇第二條雖已敘及秦觀擬蘇軾之作堪以假亂真，得到蘇軾賞識，但并未列出具體作品作爲映證，此條則彌補前述缺憾也。更爲引人注目者，所舉例證并非泛泛之作，而是仙女托夢向秦觀索求，爲畫聖吴道子作品留題，事雖荒誕不經，但足以證明秦觀文壇地位之高。近藤元粹評曰：『又説夢可厭。』惠洪雖屢次説夢，但多意有所托，非爲小説家之言也。

卷之三

諸葛亮、劉伶、陶潛、李令伯文如肺腑中流出[1]

李格非〔一〕善論文章，嘗[2]曰：『諸葛孔明《出師表》、劉伶[3]《酒德頌》、陶淵明《歸去來詞[4]》、李令伯《乞養親表[5]》，皆沛然如肝肺中[6]流出，殊不見有[7]斧鑿痕。是數君子，在後漢之末[8]，兩晉之間，初未嘗以文章名世，而其意超邁如此。吾[9]是以[10]知文章以氣爲主〔二〕，氣以誠爲主。』故[11]老杜謂之詩史[12]者，其大[13]過人在誠實耳。誠實著見，學者多不曉[14]。如玉川子《醉歸[15]》詩曰：『昨夜村飲歸，健倒三四五。摩挲青莓苔，莫嗔驚著汝。』〔三〕王[16]荊公用其意作《扇子》詩曰[17]：『玉斧修成寶月團，月邊仍有女乘鸞。青冥風露非人世，鬢亂釵横特地寒。』〔四〕

【校】

①《類說》標題作『李格非論文』。

②善論文章，嘗：《類說》無。

③劉伶：《類說》作『劉伯倫』。

④詞：《稗海》本、《津逮秘書》本、《四庫全書》本、《學津討原》本、《筆記小說大觀》本、《殷禮在斯堂叢書》本作『辭』，《類說》作『引』。

⑤乞養親表：《稗海》本、《津逮秘書》本、《四庫全書》本、《學津討原》本、《筆記小說大觀》本作『陳情表』，《類說》將『李令伯《陳情表》』置於『《出師表》』之後。

⑥如肝肺：《稗海》本、《津逮秘書》本、《四庫全書》本、《學津討原》本、《筆記小說大觀》本、《殷禮在斯堂叢書》本作『從肺腑』。『中』明刻本、靜嘉堂文庫本、故宮明本無。

⑦有：《稗海》本、《津逮秘書》本、《四庫全書》本、《學津討原》本、《筆記小說大觀》本、《殷禮在斯堂叢書》本、《類說》無。

⑧末：明刻本、靜嘉堂文庫本、故宮明本作『求』。

⑨是數君子，在後漢之末，兩晉之間，初未嘗以文章名世，而其意超邁如此，吾：《類說》無。

⑩以：明刻本、靜嘉堂文庫本、故宮明本作『知』，《稗海》本、《津逮秘書》本、《四庫全書》本、《學津討原》本、《筆記小說大觀》本、《殷禮在斯堂叢書》本、《類說》無。

⑪氣以誠爲主，故：《類說》無。

⑫ 史：寬文本作「吏」。

⑬ 謂之詩史者，其大：《類說》無。

⑭「誠實」二句：《類說》無。

⑮ 醉歸：靜嘉堂文庫本、故宫明本、《稗海》本、《津逮秘書》本、《四庫全書》本、《學津討原》本、《筆記小說大觀》本、《殷禮在斯堂叢書》本作「歸醉」，《類說》無。

⑯ 王：《類說》無。

⑰《扇子》詩曰：《類說》作「《扇》詩」。

《墨客揮犀》卷八《文章以氣爲主》亦有此條，無「劉伶《酒德頌》」，「詞」作「引」，「李令伯《乞養親表》」作「李令伯《陳情表》」，且置於「陶淵明」之前，「而其」後增「詞」，「王荊公」作「舒王」。

《詩話總龜》前集卷九《評論門五》引此條後半部分，「嘗曰」前無「善論文章」，後無「諸葛孔明」至「故」，無「誠實著見，學者多不曉」，「王荊公」作「舒王」，「團」作「圓」。

《苕溪漁隱叢話》前集卷三《五柳先生上》全引此條，「不見」後無「有」，「未嘗」後增「欲」，「而其」後增「詞」，「吾是以知」作「是知」，「老杜」前無「故」，後無「謂之詩史者，其大」，「《醉歸》詩曰」作「《醉》詩」，「王荊公用其意作《扇子》詩曰」作「又荊公《扇》詩云」。

《詩人玉屑》卷十三《靖節·李格非論〈歸去來辭〉》引此條前半部分，『詞』作『辭』，『不見』後無『有』，『兩晉』作『西晉』，『未嘗』後增『欲』，『而其』後增『詞』，無『如此』後文。

【注】

〔一〕李格非：約一〇四五—約一一〇五，字文叔，山東濟南府人，屬舊黨。李清照之父，『蘇門後四學士』之一。生平行迹見於《東都事略》卷一百十六《文藝傳》、《宋史》卷四百四十四《文苑傳六》等。據《宋史》本傳，『嘗言：「文不可以苟作，誠不著焉，則不能工。且晉人能文者多矣，至劉伯倫《酒德頌》、陶淵明《歸去來辭》，字字如肺肝出，遂高步晉人之上，其誠著也。」』

〔二〕此出於曹丕《典論·論文》：『文以氣爲主。』

〔三〕此爲盧仝《村醉》，見於《玉川子詩集》卷二，版本有二：其一爲『村醉黄昏歸，健倒三四五。摩挲莓苔背，嗔我驚爾不』，其二同於《冷齋夜話》。

〔四〕此爲王安石《題扇》，見於《王荆公詩注》卷四十一。《優古堂詩話·玉斧修成寶月團》：『荆公詩：「玉斧修成寶月團，月邊仍有女乘鸞。青冥風露非人世，鬢亂釵横特地寒。」江淹《咏扇》詩：「畫作秦王女，乘鸞向煙霧。」非止用蕭史事也。玉斧事見《酉陽雜俎》。』曾季貍《艇齋詩話》：『荆公《扇》詩云：「鬢亂釵横特地寒。」荆公嘗自書此詩，云「鬢亂釵斜」，不言「釵横」也。蓋釵當横，惟亂則斜爾。』

《苕溪漁隱叢話》前集卷三《五柳先生上》引此條僅將王安石詩與盧仝詩作爲合乎李格非觀點之例證，略去《冷齋夜話》另有指出兩詩淵源關係之本意，有失原旨。《詩林廣記》前集卷八盧仝《醉歸》引此條中間部分，自『文章以氣爲主』至『如玉川子《醉歸》詩是也』，『故老杜謂之詩史者，其大過人在』作『如老杜詩，所以大過人者』。并未明言『文章以氣爲主，氣以誠爲主』出自李格非。

【箋】

自唐代以來，『詩史』漸成杜詩首要標籤。孟棨《本事詩·高逸》：『杜逢祿山之難，流離隴蜀，畢陳於詩，推見至隱，殆無遺事，故當時號爲「詩史」。』側重杜詩記録時事之價值，爲『詩史』之説所本。《新唐書》卷二百一《文藝傳上·杜甫傳》：『甫又善陳時事，律切精深，至千言不少衰，世號「詩史」。』此乃於内容之外，另增杜甫於律詩形式之貢獻，賦予『詩史』之説歷史與藝術雙重價值。宋人沿著前述兩種路數接受這個概念，《砦溪詩話》卷一：『子美世號「詩史」，觀《北征》詩云：「皇帝二載秋，閏八月初吉。」《送李校書》云：「乾元元年春，萬姓始安宅。」又《戲友》二詩：「元年建巳月，郎有焦校書。」「元年建巳月，官有王司直。」史筆森嚴，未易及也。』這是直接對應史書。《庚溪詩話》卷上：『杜少陵子美詩，多紀當時事，皆有據依，古號詩史』。又云：『少陵詩非特紀事，至於都邑所出，土地所生，物之有無貴賤，亦時見於吟咏。如云：「急須相就飲一斗，恰有青銅三百錢。」丁晉公謂以是知唐之酒價也。』這是接續孟棨，重實録。《苕溪漁隱叢話》前集卷十八《韓吏部下》引《蔡寬夫詩話》：『子美詩善敘事，故號詩史。』『善敘事』當是内容與形式并重，故而是接續《新唐書》。《詩林廣記》卷二《杜子美》引孫僅云：『先生以詩鳴於唐。凡出處去就、動息勞佚、悲歡憂樂、忠憤感激、好賢惡惡，一見於詩，讀之可以知其世，學士大夫謂之「詩史」。』雖是接續孟棨，但側重杜詩思想廣度與深度，亦可使讀者反推當時情狀風氣，而非直接再現所處時代。《臨漢隱居詩話》：『李光弼代郭子儀，入其軍，號令不更而旌旗改色。及其亡也，杜甫哀之曰：「三軍晦光彩，烈士痛稠疊。」前人謂杜甫句爲「詩史」，蓋謂是也，非但敘塵迹、摭故實而已。』意謂『詩史』并非重客觀實錄，而是基於個體價值觀所作選擇性陳述，從而給『詩史』之説增添表達情懷之成分。

惠洪將『詩史』核心精神定爲『誠實』，則是宋人闡述思路之升華。『誠』是儒家道德修養境界及方法，《孟子正義·離婁上》：『誠者，天之道也；思誠者，人之道也。』《中庸》亦有類似論述，《大學》則將『誠意』列爲『八綱目』第三位。這説明『誠』是天道人道之要義，亦是本性本心之原點。唐宋理論家於此有深度哲學闡發，而惠洪將其運用於文論并視爲詩文生命，主要包括兩重含義：一是不真則不美，作品當以求真爲前提。於紀實類作品而言，這表現爲忠於『不虚美，不隱惡』（《漢書》卷六十二《司馬遷傳》）之實錄傳統，縱不批判，亦不至於歌功頌德乃至僞飾逢迎，此爲作者良知之底線，亦是作品優劣之紅線。於抒情類作品而言，這表現爲忠於『真情性』之抒發，以天真自然爲旨歸，摒棄矯揉造作，此乃貫穿中國詩學始終之理想。二是因美而求真，作品當以符合天道人性等基準價值觀爲門檻。中國詩學主流不提倡自然主義式描寫，原封不動照搬外部世界原貌，亦不提倡形式主義之方法，將爲藝術而藝術置於首要位置，而是主張通過作者修養有成之内心深度觀照，統攝外部世界，使兩者有機統一，從而鑄就意藴豐富之作品。其實，即使是以實錄著稱之正史，亦會貫以歷史正確加政治正確，儘管這不離集體共識之主導。『詩史』與史書相似之處在於記錄唐朝由盛轉衰之過程，不同之處在於前者創作過程主要受制於詩人個體思想高度。是故惠洪重新闡釋『詩史』，意在說明詩歌『真情性』與天道人性之關係及其表現，因爲不從『真情性』出發則違背詩歌內在本質，不符合天道人性則違背詩歌美學理想，兩者俱爲作品風貌與高下之本也。

近藤元粹評李格非所論曰：『可謂善論文章者矣。』又曰：『千確萬確。』此實千古不刊之論也。然則於惠洪所舉詩例曰：『引盧詩蓋以爲誠實之證乎？』又曰：『引王詩不知其爲何意。』蓋惠洪之意，大抵在於將『誠實』從紀實類作品推廣至抒情類作品，使之成爲詩學通則，盧詩與王詩雖非一流作品，但有『真情性』流露且特色鮮明，故而值得稱許。

池塘生春草

晝①公〔一〕云：『「池塘生春草，園柳變②鳴禽」〔二〕之句，謂有神助，其妙意不可以言傳。』〔三〕而古今文士多從而稱之，謂之確論。獨李元膺曰：『予反覆觀此句，未有過人處，不知晝公何從見其妙？』蓋古今佳句在此一聯之上者尚多。古之人意有所至，則見於情③，詩句蓋其寓也。謝公平生喜見惠連，夢中得之，蓋當論其情意，不當泥④其句也。

如謝東山喜見羊⑤曇，羊叔子喜見鄒湛，王述喜見坦之，皆其情意所至，不可名狀，特無詩句耳。

【校】

① 晝：《稗海》本、《津逮秘書》本、《四庫全書》本、《學津討原》本、《筆記小説大觀》本作『舒』。下同。

② 變：明刻本、故宫明本作『雙』。

③ 情：靜嘉堂文庫本、故宫明本作『青』。

④ 泥：《稗海》本、《津逮秘書》本、《學津討原》本作『尼』。

⑤ 羊：《稗海》本、《津逮秘書》本、《學津討原》本、《筆記小説大觀》本作『華』。

《詩話總龜》前集卷九《評論門五》全引此條，『晝公云』作『謝公有』，『謂有』作『謂之』，前無『之句』，無『其妙意不可以言傳，而』，『稱』前無『從而』，無『謂之確論，獨』，『此句』前無『予反覆觀』，無『不知晝公何從見其妙？蓋古今佳句在此一聯之上者尚多』，『古之人意有』作『古人意』，『寓』前無『其』，『平生喜見』作『喜』，『夢中』後無『得之』，『蓋當論其』作『當論』，『泥其句也』作『泥句』，無後文。

【注】

〔一〕晝公：即皎然（約七二〇—？），字清晝，湖州長城（浙江長興）人。詩僧兼詩論家，生平行迹見於于頔《釋皎然杼山集序》、《宋高僧傳》卷二十九《唐湖州杼山皎然傳》、《唐詩紀事》卷七十三、《唐才子傳》卷四等，《新唐書》卷六十《藝文志四》著錄《皎然詩集》十卷。現有《皎然年譜》《杼山集》《詩式校注》等。

〔二〕此爲謝靈運《登池上樓》，見於《謝靈運集校注》。

〔三〕此出於《詩式》卷二《池塘生春草　明月照積雪》：『情者，如康樂公「池塘生春草」是也。抑由情在言外，故其辭似淡而無味，常手覽之，何異文侯聽古樂哉！《謝氏傳》曰：「吾嘗在永嘉西堂作詩，夢見惠連，因得『池塘生春草』，豈非神助乎？」』

【箋】

《韻語陽秋》卷一：『詩人首二謝，靈運在永嘉，因夢惠連，遂有「池塘生春草」句；玄暉在宣城，因登三山，遂有「澄江靜如練」之句。二公妙處，蓋在於鼻無堊、目無膜爾。鼻無堊，斤將曷運？目無膜，篦將曷施？所謂混然天成，天球不琢者與？』以謝靈運秀句爲自然天成之典範，置諸篇首。

《捫虱新話》下集卷一《詩有格高、有韻勝》：『予每論詩，以陶淵明、韓、杜諸公皆爲韻勝。一日，見林倅於徑山，夜話及此。林倅曰：「詩有格有韻，故自不同。如淵明詩，是其格高；謝靈運『池塘春草』之句，乃其韻勝也。格高似梅花，韻勝似海棠花。」予時聽之，矍然若有所悟，自此讀詩頓進，便覺兩眼如月，盡見古人旨趣，然恐前輩或有所未聞。』

《石林詩話》卷中：『「池塘生春草，園柳變鳴禽。」世多不解此語爲工，蓋欲以奇求之耳。此語之工，正在無所用意，猝然與景相遇，借以成章，不假繩削，故非常情所能到。詩家妙處，當須以此爲根本，而思苦言難者，往往不悟。鍾嶸《詩品》論之最詳，其略云：「『思君如流水』，既是即目；『高臺多悲風』，亦惟所見；『清晨登隴首』，差無故實；『明月照積雪』，非出經史。古今勝語，多非補假，皆由直尋。顔延之、謝莊尤爲繁密，於時化之，故大明、泰始中，文書殆同書抄。近任昉、王元長等，辭不貴奇，競須新事。邇來作者，寖以成俗，遂乃句無虚語，語無虚字，牽攣補衲，蠹文已甚，自然英旨，罕遇其人。」余每愛此言簡切，明白易曉，但觀者未嘗留意耳。自唐以後，既變以律體，固不能無拘窘，然苟大手筆，亦自不妨削鐻於神志之間，斲輪於甘苦之外也。』

當然，亦有不以爲然者。《滹南詩話》卷上：『謝靈運夢見惠連而得「池塘生春草」之句，以爲神助。《石林詩話》云：「世多不解此語爲工，蓋欲以奇求之耳。此語之工，正在無所用意，猝然與景相遇，借以成章，故非常情之所能到。」《冷齋》云：「古人意有所至，則見於情，詩句蓋寓也。謝公平生喜見惠連，而夢中得之，此當論意，不當泥句。」張九成云：「謝靈運平日好雕鐫，此句得之自然，故以爲奇。」田承君云：「蓋是病起忽然見此爲可喜，而能道之，所以爲貴。」予謂天生好語，不待主張，苟爲不然，雖百説何益？李元膺以爲「反覆求之，終不見此句之佳」，正與鄙意暗同。蓋謝氏之誇誕，猶存兩晉之遺風，後世惑於其言而不敢非，則宜其委曲之至是也。』王若虚列舉諸家之説而將是之者悉數歸爲曲意解説，惜乎未及鋪展論證也。

自皎然標舉謝靈運秀句以來，贊成者居多，亦不乏否定意見。皎然將此句妙處歸結爲『情在言外』，惠洪則具體描述爲『情意所至，不可名狀』，兩者指向大體一致，亦即『真情性』爲詩歌根本，語言衹是載體而已，故而判定藝術水準之高下，應超越語言而直觀『真情性』之呈現。這與前文所論一脈相承，亦可謂贊成者共通之立論依據。胡應麟所論或更確當，《詩藪》外編卷二：『「池塘生春草」，不必苦謂佳，亦不必謂不佳。靈運諸佳句，多出深思苦索。如「清暉能娱人」之類，雖非鍛煉而成，要皆真積所致。此却率然信口，故自謂奇。』意謂此句妙處衹在『真情性』噴薄而出，真率自然，非關他事也。

近藤元粹評曰：『余不喜謝詩，已屢論之，李説先獲我心。』又曰：『詩文過人在誠實耳，是千古確論。靈運輕薄豎子，何誠實之有哉！其詩之不足觀，宜矣。』又曰：『謝狂賊安有情意之可論乎！』謝靈運固然品性不佳，若就大節而言，或誠如所論；若就個人際遇及兄弟之情而言，則未必全無『真情性』之存也。

詩説煙波縹緲處

予自并州還故里〔一〕，館延福寺。寺前有小溪，風物①類斜川②〔二〕，予兒童時戲劇處也。嘗春深獨行溪上，作小詩曰：『小溪倚春漲，攘我釣月灣。新晴爲不平，約束晚來③還。銀梭時撥④剌，破碎波中山。整釣⑤背落日⑥，一葉軟紅間。』〔三〕又嘗暮寒歸見白鳥，作詩曰：『剩水殘山慘澹間，白鷗無事釣⑦舟閑。個中著我添圖畫，便似華亭落照灣。』〔四〕魯直謂⑧予曰：『觀君詩說煙波縹緲處，如陸忠⑨州論國政，字字坦夷。前身非篙師、沙戶種類耶⑩？』有詩，其略曰：『吾年六十子方半，槁項頂螺⑪忘⑫歲年。脱却衲衣著簑笠，來佐涪翁剌⑬釣船。』〔五〕予嘗對淵才〔六〕誦之，淵才曰：『此退之《贈澄觀》「我欲收斂加冠巾」〔七〕換骨句也。』

【校】

①物：《稗海》本、《筆記小説大觀》本作『動』。

②川：故宫明本、《稗海》本、《津逮秘書》本、《學津討原》本、《殷禮在斯堂叢書》本作『州』。

③來：元刻本、明刻本、静嘉堂文庫本、故宫明本、《稗海》本、《津逮秘書》本、《四庫全書》本、《學津討原》本、《筆記小説大觀》本作『見』。

④撥：《螢雪軒叢書》本作『掇』。

⑤釣：明刻本、故宫明本、《稗海》本、《津逮秘書》本、《四庫全書》本、《學津討原》本、

《筆記小說大觀》本作『約』。

⑥ 日：明刻本、故宮明本、《稗海》本、《津逮秘書》本、《四庫全書》本、《學津討原》本、《筆記小說大觀》本作『中』。

⑦ 釣：明刻本、靜嘉堂文庫本、故宮明本作『約』。

⑧ 謂：明刻本、故宮明本作『詩』。

⑨ 忠：靜嘉堂文庫本無。

⑩ 耶：明刻本、故宮明本作『眼』。

⑪ 頂螺：明刻本、靜嘉堂文庫本、故宮明本無『頂』，《稗海》本、《津逮秘書》本、《四庫全書》本、《學津討原》本、《筆記小說大觀》本作『螺巔』。

⑫ 忘：明鈔本、靜嘉堂文庫本、故宮明本作『（广更）』，《稗海》本、《津逮秘書》本、《四庫全書》本、《學津討原》本、《筆記小說大觀》本作『度』。

⑬ 刺：元刻本、正保本、寬文本、文化本、《螢雪軒叢書》本作『剝』。

《苕溪漁隱叢話》前集卷五十六《洪覺範》全引此條，『處也』作『之地也』，『釣月』作『夜月』，『來還』作『見還』，『軟』作『嫩』，『釣舟』作『小舟』，『似』作『是』，『魯直』後無『謂予』，『沙門』作『沙戶』，『其略曰』作『其略云』，『佐』作『伴』，『退之』後無『贈』。《詩話總龜》後集卷四十六《釋氏門四》所引與此相近，僅『嘗』前無『予』。

《詩人玉屑》卷二十《禪林·惠洪》全引此條，『處也』作『之地也』，『來還』作『見還』，『軟』作『嫩』，『作詩曰』作『作詩云』，『釣舟』作『小舟』，『魯直』後無『謂予』，『沙門』作『沙戶』，『退之』後無『贈』。

【注】

〔一〕《宋僧惠洪行履著述編年總案》將之繫於政和五年（一一一五）。

〔二〕斜川：見於陶淵明《游斜川并序》與《輿地紀勝》卷一百五十一等，但具體地點有爭議，一說江西九江廬山附近栗里村（即陶淵明故里），一說江西都昌附近湖泊中，一說難以確定。

〔三〕此爲惠洪《筠溪晚望》，見於《石門文字禪》卷八，『鈞』作『鈎』。注云：『《東坡志林》：「魚曰水梭花。」老杜《漫成》詩：「沙頭宿鷺聯拳靜，船尾跳魚撥剌鳴。」《野客叢書》曰：「杜子美詩：『跳魚撥刺鳴。』不曉者讀爲撥次。」案：張衡《思玄賦》曰：「彎威弧之撥剌。」注：「剌，方達反。」太白詩曰：「雙鰓呀呷鬐鬣張，跋剌銀盤欲飛去。」李以撥爲跋。所謂撥剌者，劃烈震激之聲，箭鳴亦然。』

〔四〕此爲惠洪《舟行書所見》，見於《石門文字禪》卷十六，『無』作『共』，『釣舟』作『小舟』。注云：『此詩載在《詩人玉屑》二十卷及《冷齋夜話》，「似」字作「是」（今本兩書均非如是）。』

〔五〕此未見於《黄庭堅詩集注》，而《黄庭堅全集》正集卷七收爲《贈惠洪》：『吾年六十子方半，槁項頂螺忘歲年。韻勝不減秦少觀，氣爽絶類徐師川。不肯低頭拾卿相，又能落筆生雲煙。脱却衲衫著簑笠，來佐涪翁刺釣船。』任淵《山谷詩集注》卷二十亦有《贈惠洪》，然非此詩。後人於此詩頗有疑慮，例如《四庫全書總目》卷一百二十《冷齋夜話》提要：『又引《宋百家詩選》云，《冷齋夜話》中僞作山谷贈洪詩，「韻勝不減秦少觀，氣爽絶類徐師川」云云。』此詩是否僞作祇能存疑，但《冷齋夜話》删去中間四句似更合適，畢竟有過譽之嫌。

〔六〕淵才：即彭几（？—一一一三），一名攀龍，字淵材，筠州新昌（江西宜豐）人，惠洪族叔。生平行迹見於《正德瑞州府志》卷十《人物志·方伎》、《宋詩紀事》卷二十九等。

〔七〕此爲韓愈《送僧澄觀》，見於《韓昌黎詩繫年集釋》卷一。

【箋】

趙蕃《淳熙稿》卷十七《用洪覺範詩爲首作四絶》：『剩水殘山慘澹間，道人名字滿江幹。向疑此語來天上，何意真成朝暮看。』『釣舟無事白鷗閑，自是江湖境界寬。我欲泛然隨所往，竹君誰與報平安。』『個中著我添圖畫，能畫今誰如輞川。但寫一簑仍一笠，不須羽服記蹁躚。』『便似華亭落照灣，要人彈壓愧詩孱。餘霞散盡空無綺，新月初升勢已彎。』他人唱和是原作影響力最直觀之呈現。概而言之，宋人對惠洪詩文評價確實不低。《彦周詩話》：『近時僧洪覺範頗能詩，其《題李愬畫像》云：「淮陰北面師廣武，其氣豈止吞項羽。公得李祐不肯誅，便知元濟在掌股。」此詩當與黔安（黄庭堅）并驅也。頃年僕在長沙，相從彌年。其他詩亦甚佳，如云：「含風廣殿聞棋響，度日長廊轉柳陰。」頗似文章巨公所作，殊不類衲子。又善作小詞，情思婉約，似少游。至如仲殊、參寥，雖名世，皆不能及。』許顗雖與惠洪交游，但所言大致合乎公論。

惠洪引人非議者在於自我拔高，且有作僞之嫌。《冷齋夜話》謂黄庭堅賞識惠洪而作詩稱贊，惠洪甚是自得，對其叔彭淵材誦之，彭淵材將黄庭堅詩與韓愈《送僧澄觀》并列，視爲『換骨法』例證。吴聿《觀林詩話》：『《陳平傳》言：「解衣裸而佐刺船。」涪翁與洪覺範詩云：「脱却衲衣著簑笠，來佐涪翁刺釣船。」似惱之太酷，而覺範自以爲「我欲收斂加冠巾」之意，所謂欲蓋而彰也。』意謂黄庭堅本意是批評惠洪，而惠洪故意曲解以自我掩飾，兩人用意并不相同。吴聿所言是心解，惠洪所言是私語，均難坐實，衹能各備一説。

《捫虱新話》下集卷一《僧惠洪詞》：『予嘗疑山谷小詞中有和僧惠洪《西江月》一首云：「日側金盆（或爲盤）墮影，雁回醉墨當空。君詩秀絶兩園葱，想見衲衣寒擁。　蟻穴夢回人世，楊花蹤迹風中。莫將社燕等秋鴻，處處春山翠重。」意其非山谷作。後人見洪載於《冷齋夜話》，遂編入山谷集中。據《夜話》載，洪與山谷往返語話甚詳，而集中不應不見。此詞亦不類山谷，真贋作也。後讀曾公所編《皇宋百家詩選》，乃云惠洪多誕，《夜話》中數事皆妄。洪嘗詐學山谷作贈洪詩云：「韻勝不減秦少游，氣爽絶類徐師川。」師川見其體制絶似山谷，喜曰：「此真舅氏詩也。」遂收置《豫章集》中。然予觀此詩全篇，亦不似山谷體制，以此益知其妄。』惠洪過度渲染與黄庭堅交游以自我抬舉，反而招致諸多批評。

近藤元粹評惠洪詩曰：『雖稍近纖巧，亦自足誦。』又曰：『一幅活畫。』評黄庭堅之論則曰：

『無乃過譽乎？』蓋文章本天下之公器，好與壞祇能交由時間檢驗，并非取決於名家一時之褒貶。即使黄庭堅本人，亦非每篇作品皆足以傳世。本來，惠洪詩文雄視宋代其他僧人，就算躋身士人之列，亦絲毫不落下風。編寫此類經歷，反倒畫蛇添足，讓人懷疑其品性不端，從而影響作品評價，可謂得不償失。後世作者，豈可不引爲鑒戒歟？

山谷集句貴拙速不貴巧遲

集句詩，山谷謂之百家衣體，其法貴拙①速而不貴巧遲。如前輩曰『晴湖勝鏡碧，衰柳似金黄②』〔一〕，又曰『事治閑景象，摩捋③白髭鬚〔二〕』，又曰『古瓦磨爲硯〔三〕，閑砧坐當床〔四〕』，人以爲巧，然皆疲費精力，積日月而後成，不足貴也。

【校】

① 拙：明刻本、故宫明本作『摇』。

② 金黄：静嘉堂文库本、故宫明本作『黄金』。

③ 捋：《稗海》本、《筆記小説大觀》本作『寽』，《津逮秘書》本、《四庫全書》本、《學津

討原》本、《殷禮在斯堂叢書》本作「娑」。

《詩話總龜》前集卷五十《琢句門》全引此條，「事治」作「坐持」，「然」後無「皆」。

【注】

〔一〕此爲賈島《送人適越》，見於《長江集新校》卷三，「衰」作「寒」。然而兩句出自同一首詩，并非集句，惠洪所記有誤。

〔二〕此句源於張籍《逢故人》「相看摩捋白髭鬚」，見於《張籍集繫年校注》卷六。

〔三〕《詩人玉屑》卷一與《詩林廣記》後集卷二均引「誰將古瓦磨成硯」。

〔四〕此句出於賈島《寄胡遇》，見於《長江集新校》卷七。

【箋】

集句詩多被認爲始於王安石，或者至少認爲王安石集句最具代表性。《王直方詩話》：「荆公始爲集句，多至數十韻，往往對偶親切，蓋以其誦古人詩多，或坐中率然而成，始可爲貴。其後多有人效之者，但取數部詩，集諸家之善耳。故東坡《次韻孔毅夫集句見贈》云：『羡君戲集他人詩，指呼市人如使兒。天邊鴻鵠不易得，便令作對隨家鷄。退之驚笑子美泣，問君久假何時歸。世間好事世人共，明月自滿千家墀。』」周紫芝《竹坡詩話》：「集句近世往往有之，惟王荆公得此三昧。前人所傳，如

「雨荒深院菊，風約半池萍」之句，非不切律，但苦無思耳。』

當然，亦有不同意見。蔡絛《西清詩話》：『集句自國初有之，未盛也。至石曼卿，人物開敏，以文爲戲，然後大著。嘗見手書《下第偶成》：「一生不得文章力，欲上青雲未有因。聖主不勞千里召，嫦娥何惜一枝春。鳳凰詔下雖沾命，豺虎叢中也立身。啼得血流無用處，著朱騎馬是何人？」又云：「年去年來來去忙，爲他人作嫁衣裳。仰天大笑出門去，獨對東風舞一場。」至元豐間，王文公益工於此。人言起自公，非也。』《蔡寬夫詩話》：『荊公晚多喜取前人詩句爲集句詩，世皆言此體自公始。予家有至和中成都人胡歸仁詩，已有此作，自號安定八體。其間如「一第知何日，無端意不移。欲爲青桂主，誰與白雲期？傍架齊書帙，翻瓢作酒卮。文明終有托，休把運行推」，又「白沙溪繞白雲堆，但有何人把酒杯。專慕聖賢知志氣，可憐談笑出塵埃。碧山終日思無盡，清世難群好自猜。風滿老松門畫掩，可憐高尚仰天才」之類，亦自精密，但所取多唐末五代人詩，無復佳語耳。不知公嘗見與否也？』

至於黃庭堅，集句似不及王安石用心用力。陳師道《後山詩話》：『王荊公暮年喜爲集句，唐人號爲四體，黃魯直謂正堪一笑爾。』以是觀之，黃庭堅似以游戲之作對待集句，并不欣賞。《滹南詩話》卷中：『山谷最不愛集句，目爲百家衣，且曰正堪一笑。予謂詞人滑稽，未足深誚也。山谷知惡此等，則藥名之作，建除之體，八音、列宿之類，猶不可一笑耶？』不僅明確黃庭堅否定集句之態度，且進而否定黃庭堅此類作品。

集句以學養深厚爲根柢，若非飽學之士，安能爲之？宋人熱衷集句，無論是否以游戲之事待之，均可見出其學識之淵博。宋人集句以王安石最爲出名，黄庭堅似乎并未特别留心，但惠洪仍捨王取黄，亦可見其立場之一端。此條所言集句之美學原則與創作完全吻合，亦即從思維敏捷度來説，遲不如速；從技法成熟度來説，巧不如拙。

近藤元粹評曰：『百家衣體，奇稱。』黄庭堅以形象化之比喻命名集句，足見其難度與所需功力，因爲裁取百家之衣而爲新製，豈是易事？學力不足則必不可成也。又曰：『「鏡碧」「金黄」，名對。』此非集句，惠洪誤舉爲反例，若單就美學理想而言，論對偶則切，論天真自然則未至，評論似非著眼於此也。

東坡美謫仙句語作贊

『曉披①雲夢澤，笠釣青茫茫。』又曰：『暮騎紫雲去，海氣侵肌②涼。』〔一〕東坡曰：『此語非李太白不能道也。』嘗作贊曰：『天人幾何同一漚，謫仙非謫乃其游。揮斥八極隘九州。化爲兩鳥鳴相酬，一鳴一止三千秋。開元有道爲少留，縻之不可③矧④肯求。東⑤望太白横峨岷，眼高四海空無人。大兒汾陽中令君，小兒天臺坐忘身。生平不識高將軍，手涴⑥吾足乃敢⑦嗔。作詩一⑧笑君應聞。』〔二〕

【校】

①曉：《殷禮在斯堂叢書》本、正保本、寛文本、文化本、《螢雪軒叢書》本作『晚』。『拔』原本作『坡』，據其餘諸本改。

②肌：原本作『飢』，據《稗海》本、《津逮秘書》本、《四庫全書》本、《學津討原》本、《筆記小説大觀》本、《殷禮在斯堂叢書》本、古活字印本、正保本、寛文本、文化本、《螢雪軒叢書》本改。

③可：明刻本、靜嘉堂文庫本、故宫明本、《稗海》本無。

④矧：《稗海》本無。

⑤東：靜嘉堂文庫本、故宫明本作『東』，《四庫全書》本作『西』。

⑥涴：《津逮秘書》本、《四庫全書》本、《學津討原》本、《殷禮在斯堂叢書》本作『污』。

⑦敢：明刻本、靜嘉堂文庫本、故宫明本無。

⑧一：明鈔本、靜嘉堂文庫本、故宫明本、《稗海》本、《津逮秘書》本、《四庫全書》本、《學津討原》本、《筆記小説大觀》本作『大』。

《蘇軾文集》卷六十七《記太白詩二首》『騎』作『跨』，『紫雲』作『紫鱗』。

【注】

〔一〕此兩聯爲李白逸詩《上清寶鼎詩二首》其一，見於《李太白全集》卷三十，『曉』作『朝』，『雲夢澤』作『夢澤雲』。

〔二〕此爲蘇軾《書丹元子所示〈李太白真〉》，見於《蘇軾詩集》卷三十七，『揮』作『麾』，『東』作『西』，『生平』作『平生』，『涴』作『污』。標題下注云：『查注：僧洪覺範所著《禁臠》，謂先生此詩一韻七句方換韻。合注：覺範所云確。《詩人玉屑·平頭換韻法》一條，亦引《禁臠》之言。誥案：此詩施編本作一首，查注據《聲畫集》分作二首，并以洪覺範爲非，此其好異之錮疾，非不知此詩是一首也。合注已復其舊，今并查誤注刪。紀昀曰：「確是一首，洪覺範不誤，《聲畫集》誤耳。若作二首，則一首短促收不住，一首突兀無頭緒，兩不成詩矣。」』由是可知此詩實爲有機整體，且《天廚禁臠》所論無誤。

【箋】

《詩話總龜》前集卷七《評論門三》所引與此條前半部分相關：『予在都下，有傳太白詩者，其略曰「朝披雲夢澤」，又曰「笠澤青茫茫」，此非世人語也，蓋有見太白在酒肆而得此詩者。』《苕溪漁隱叢話》前集卷五《李謫仙》所引與此相近：『東坡云：「予都下見有人攜一紙文書，字則顏魯公也，墨迹如未乾，紙亦新健，其詩曰：『朝披夢澤雲，笠釣青茫茫。』此語非太白不能道也。」』胡仔按語云：『太白此詩中後云：「暮跨紫鱗去，海氣侵肌涼。」亦奇語也。』意在通過蘇軾贊譽，說明李白詩高妙無比。

《苕溪漁隱叢話》前集卷十一《杜少陵六》胡仔按語與此條後半部分相關：『李、杜畫像，古今詩人題咏多矣。若杜子美，其詩高妙，固不待言，要當知其平生用心處，則半山老人（王安石）之詩得之矣。若李太白，其高氣蓋世，千載之下，猶可嘆想，則東坡居士之贊盡之矣。』引詩同於《蘇軾詩集》，與《冷齋夜話》略異，這説明蘇軾詩描繪評價李白最爲確切傳神。《詩人玉屑》卷二《詩體下·平頭換韻法》引《天廚禁臠》分析蘇軾詩用韻原則，兩書觀點并無不同。

另外，有人由蘇軾此詩入手解析韓愈《雙鳥》詩主旨，結果是出發點相同而結論迥異。《珊瑚鈎詩話》卷一：『退之《雙鳥》詩，或云謂佛老，或云謂李杜。東坡《李太白贊》云：「天人幾何同一漚，謫仙非謫乃其游。揮斥八極隘九州，化爲兩鳥鳴相酬，一鳴一止三千秋。開元有道爲少留，縻之不可矧肯求？」乃知謂李杜也。』《韻語陽秋》卷六則曰：『韓退之《雙鳥》詩，多不能曉。或者謂其詩有「不停兩鳥鳴，百物皆生愁。不停兩鳥鳴，大法失九疇。周公不爲公，孔丘不爲丘」之句，遂謂排釋老而作，其實非也。前云「一鳥落城市，一鳥巢岩幽」，後云「天公怪兩鳥，各捉一處囚」，則豈謂釋老邪？余嘗觀東坡作《李白畫像》詩云：「天人幾何同一漚，謫仙非謫乃其游。揮斥八極隘九州，化爲二鳥鳴相酬。一鳴一息三千秋，縻之不得矧肯求。」則知所謂雙鳥者，退之與孟郊輩爾。所謂「不停兩鳥鳴」等語，乃雷公告天公之言，甚其詞以贊二鳥爾。「落城市」，退之自謂；「落岩幽」，謂孟郊輩也。「各捉一處囚」，非囚禁之囚，止言韓孟各居天一方爾。末云：「還當三千秋，更起鳴相酬。」謂賢者不當終否，當有行其言者。』

李白才情獨出，舉世罕有其匹，宋人大概衹有蘇軾堪比，故而蘇軾追慕，亦在情理之中。近藤元粹評曰：『詩格似學太白。』蘇軾詩爲李白而發，風格近於李詩，自是順理成章。然則作爲名家，蘇軾所學非止一途，而是善於熔化諸家之妙以自成一家，是故蘇詩之於李詩，在似與不似之間，方爲得矣。又曰：『揮斥句是單句。』又曰：『單句結甚妙。』此蘇詩之所獨妙者也。

韋蘇州寄全椒道人詩

東坡曰：『羅浮有野人，山中隱者或見之①，相傳葛稚川之隸也。有鄧道士者，嘗見其足迹。予偶讀韋蘇州詩《寄全椒道士》云：「今朝郡齋冷，忽念山中客。澗底束荊薪，歸煮白雲石②。遥持一樽酒，遠慰風雨夕。落葉滿空山，何處尋行迹。」〔一〕迹③其風度，則全椒道士④豈⑤亦鄧君之流乎？因以酒問⑥，依蘇州韻作詩寄之曰：「一杯羅浮春，遠餉采薇客。遥知獨酌罷，醉卧松下石。幽人不可見，清嘯聞月夕。聊戲庵中人，飛空本無迹。」〔二〕』

【校】

①見之：静嘉堂文庫本、故宫明本作「之見」。

②歸煮白雲石：《稗海》本、《津逮秘書》本、《四庫全書》本、《學津討原》本、《筆記小説大觀》本作「歸來煮白石」。

③迹：《津逮秘書》本、《四庫全書》本、《學津討原》本、《殷禮在斯堂叢書》本作「味」。

④士：明刻本無。

⑤豈：《津逮秘書》本、《四庫全書》本、《學津討原》本、《殷禮在斯堂叢書》本無。

⑥問：明刻本、《稗海》本、《筆記小説大觀》本作「間」，《津逮秘書》本、《四庫全書》本、《學津討原》本、《殷禮在斯堂叢書》本前增「往」。

《墨客揮犀》卷十《葛稚川隸》亦有此條，「韋蘇州」後無「詩」，「白雲石」作「煮白石」，「迹其」作「想其」，「依」前增「且」。《詩話總龜》前集卷二十八《寄贈門下》全引此條，無「東坡曰」，「有鄧道士者」作「道士鄧守安，有道者也」，「嘗見其足迹」作「嘗於庵前見其足迹，長二尺許」，「詩寄全椒道士」作「寄全椒山中道士詩」，「白雲石」作「煮白石」，「樽」作「杯」，「迹其」作「味其」，「豈」作「其」，「問」前增「往」，後增「且」，「寄之」前增「以」，後增「詩」。正如所注出處，頗近《蘇軾詩集》而非《冷齋夜話》。

【注】

〔一〕此爲韋應物《寄全椒山中道士》，見於《韋應物集校注》卷三，『歸煮白雲石』作『歸來煮白石』，『樽』作『瓢』。

〔二〕此爲蘇軾《寄鄧道士并引》，見於《蘇軾詩集》卷三十九，『飛空』作『空飛』。小序可補《冷齋夜話》之不足：『羅浮山有野人，相傳葛稚川之隸也。鄧道士守安，山中有道者也，嘗於庵前見其足迹，長二尺許。紹聖二年（一〇九五）正月十日，予偶讀韋蘇州《寄全椒山中道士》詩云：「今朝郡齋冷，忽念山中客。澗底束荊薪，歸來煮白石。遙持一樽酒，遠慰風雨夕。落葉滿空山，何處尋行迹。」乃以酒一壺，依蘇州韻作詩寄之云。』

【箋】

《彥周詩話》：『韋蘇州詩云：「落葉滿空山，何處尋行迹。」東坡用其韻曰：「寄語庵中人，飛空本無迹。」此非才不逮，蓋絕唱不當和也。如東坡《羅漢贊》云：「空山無人，水流花開。」此八字，還許人再道否？』意謂蘇軾和詩不及韋應物原詩，因原詩已是難以企及的高峰了。

《詩林廣記》前集卷四韋應物《寄全椒山中道士》引東坡云：『羅浮山有野人，相傳葛稚川之隸也。鄧道士守安，嘗於庵前見其足迹，長一尺許。以酒一壺，依蘇州韻作詩寄之。』野人足迹大小，《蘇軾詩集》與《詩話總龜》說是『二尺許』，《詩林廣記》說是『一尺許』，宋代一尺約爲三十一韲米，二尺許略顯詩張。

《西清詩話》卷下：『近人有游羅浮，越大小石樓，將歸，迫暮，留宿岩谷間，中夜，風薄月素，一人身無衣而紺毛覆體。因念山空月寂，此必仙也，乃再拜問道。異人由然不顧，但長嘯數聲，響振林谷，乃歌一詩而去：「雲來萬嶺動，雲去天一色。長嘯兩三聲，空山秋月白。」讀之使人脩然有絶俗念，不知身在塵埃中。然東坡在羅浮所敘山積，獨遺此，何耶？』事或近乎志怪。

此條與上條相承，意在說明蘇軾學李白則近李詩，學韋應物則近韋詩，前代名家之所長，兼收并蓄，融會貫通，故能獨步於當世。近藤元粹評曰：『唐人之詩，聲調自別。』唐音宋調之別，歷來論述已多，幾成常識矣。此條言下之意是，盛唐群星璀璨，而韋詩能卓然自立，預與第一流者，在於自有獨特之處也。蘇軾『取法於上』（《帝範》卷四）而又獨出機杼，故得佳作。又曰：『惠（或爲坡）詩亦佳。』此之謂也。又曰：『結少不屬，可惜。』則是和詩略遜於原詩之意，症結在於結句升華不力，與許顗所釋有異也。

棋隱語①

舒王②在鍾山〔一〕，有道士來③謁④，因與⑤棋，輒⑥作數語曰：『彼亦不敢先，此亦不敢先。惟其不敢先⑦，是以無所爭。惟其無所爭⑧，故能入於⑨不死不生⑩。』〔二〕舒王⑪笑曰：『此持⑫棋〔三〕隱語也。』

【校】

①棋隱語：《類説》作『持棋謎』。
②舒王：《類説》作『荊公』。
③來：《稗海》本、《津逮秘書》本、《四庫全書》本、《學津討原》本、《筆記小説大觀》本、《殷禮在斯堂叢書》本作『求』。
④有道士來謁：《類説》無。
⑤與：《類説》作『弈』。
⑥輒：《類説》無。
⑦惟其不敢先：《類説》無。
⑧惟其無所爭：《類説》無。
⑨於：明刻本、靜嘉堂文庫本、故宫明本無。
⑩不死不生：靜嘉堂文庫本、故宫明本作『不生不死』。
⑪舒王：《類説》作『公』。
⑫持：原本作『特』，據《螢雪軒叢書》本、《類説》、《苕溪漁隱叢話》改。

《墨客揮犀》卷四《棋隱語》亦有此條，『持』作『特』。《詩話總龜》前集卷二十一《咏物門下》全引此條，『笑曰』作『曰』，『持』作『特』。注云：『「特」清抄本作「持」。』《苕溪漁隱叢話》前集卷三十三《半山老人一》全引此條，『舒王』均作『荊公』，『道士』前增『一』，『謁』作『訪』。《詩林廣記》後集卷二王安石《圍棋》全引此條，『舒王』均作『荊公』，『道士』前增『一』，『謁』作『訪』，『此亦』作『我亦』，無『惟其無所爭』，『持』作『特』。

【注】

〔一〕《王安石年譜》：『元豐元年（一〇七八），罷使相，爲會靈觀使，居蔣山。公有詩《呈陳和叔》，序云：「元豐元年，某食觀使祿，居鍾山南。」及至元祐元年（一〇八六）夏四月癸巳去世，其間皆在蔣山居住。』

〔二〕此語歸屬權有爭議，曾慥《高齋漫錄》與《類說》卷五十五《冷齋夜話·持棋謎》等歸於王安石，而《王荊公詩注》卷四十一《棋》注引、《類說》卷四十八《墨客揮犀·持棋謎》、祝穆《古今事文類聚》前集卷四十二《伎藝部》、謝維新《古今合璧事類備要》前集卷五十七《技術門》等歸於道士。

〔三〕持棋：即和棋。歐陽詢《藝文類聚》卷七十四《巧藝部》引應瑒《弈勢》：『持棋相守，莫敢先動，由楚漢之兵相距索鞏也。』項世芳《玉局鈎玄》所釋更爲具體：『持，和也，兩棋相圍而皆不死不活曰持。有兩棋皆無眼者，有兩棋各有劫者，有各一眼活者，有彼棋兩段各一眼而我棋一段無眼間其中而俱活者，蓋取其鷸蚌相持之義，故曰持。』

【箋】

政局如棋，互有制衡，善爲者於各方相持之合力因勢利導，易得成功；不善者一意孤行，縱有强力，終難久焉。王安石於國無私而性有偏執，不肯從善如流，被時人戲稱爲『拗相公』。道士所言，或意有所指，足爲王安石之良藥，惜乎其知之而不受之也。惠洪之意，委婉至此，非徒空言也。

李元膺喪妻長短句①

許彥周〔一〕曰②：李元膺作南京〔二〕教官③，喪妻，作長短句曰④：『去年相逢深院宇，海棠下，曾歌《金縷》。歌罷花如雨。翠羅衫上，點點紅無數。今歲重尋攜手處，空⑤物是人非春暮。回首⑥青門路。亂紅飛絮，相逐東風去。』〔三〕李⑦元膺尋亦卒。〔四〕

【校】

①喪妻長短句：《類説》作『詩』。

②許彦周曰：《類説》無。

③作南京教官：《類説》無。

④曰：《類説》無。

⑤空：《稗海》本、《津逮秘書》本、《四庫全書》本、《學津討原》本、《筆記小説大觀》本、《殷禮在斯堂叢書》本無。

⑥首：明刻本、静嘉堂文庫本、故宫明本作『者』。

⑦李：《類説》無。

《苕溪漁隱叢話》前集卷六十《麗人雜記》全引此條，無『許彦周曰』，第一個『李元膺』後無『作南京教官』，第二個『曰』作『云』，第二個『元膺』前無『李』。《詩話總龜》後集卷四十八《麗人門》所引與此相同。

【注】

〔一〕許彦周：即許顗（一〇九二—？），字彦周，號闌提居士，襄邑（河南睢縣）人。著《彦周詩話》，與惠洪交游。

〔二〕南京：《宋史》卷八十五《地理志一·京城》：『大中祥符七年（一〇一四），建應天府爲南京。』今屬河南商丘。

〔三〕此爲李元膺《茶瓶兒·悼亡》，見於《全宋詞》。

〔四〕《宋僧惠洪行履著述編年總案》將之繫於宣和三年（一一二一），『案：《冷齋夜話》此條必作於在長沙與許顗交游時……又《冷齋夜話》卷三《池塘生春草》載李元膺云云，疑此條亦得之於許顗。此可證《冷齋夜話》成書於宣和三年左右，且時有增删。』

【箋】

古人云：『聖人忘情，最下不及情，情之所鍾，正在我輩。』（《世説新語箋疏·傷逝》）以詩詞言之，惟鍾情者有『真情性』，此亦天真自然之所本也。近藤元粹評曰：『使人慘然。』李元膺發深情而爲詩詞，讀者無不感動，由是益知『真情性』上關天道人性，下與衆人所共者也。

秦國大①長公主挽詞

秦國大長公主薨②，神考賜③挽詞三首④曰：『海闊三山路，香輪定不歸。帳深空翡翠，珮冷失珠璣。明月留歌扇，殘霞散舞衣。都門送車返，宿草自春菲⑤。』又曰：『曉發西城⑥道，靈車望更遥。春風空⑦魯館，明月斷秦簫。塵入羅衣暗，香隨玉篆銷。芳魂飛北渚，那復可爲招。』又曰：『慶⑧自天源⑨發，恩從國愛申⑩。鼓⑪鐘雖在館，桃李不成春。水折空還沁，樓高已⑫隔秦。區區會稽市，無復獻珠人⑬。』〔一〕元豐初，臣魏泰⑭載之於詩話中〔二〕。雖穆王《黄竹》〔三〕、漢高《大風》之詞，皆⑮莫可擬其仿佛。噫！豈特前代帝王，蓋古今詞人⑯之工者，無此作也。

【校】

① 秦國大：《類説》無。
② 秦國大長公主薨：《類説》無。
③ 神考賜：《類説》作『神宗作秦國大長公主』。
④ 三首：《類説》無。
⑤ 菲：《類説》作『非』。
⑥ 西城：《稗海》本、《津逮秘書》本、《四庫全書》本、《學津討原》本、《筆記小説大觀》本、《殷禮在斯堂叢書》本、《類説》作『城西』。
⑦ 空：《類説》作『寒』。

⑧ 慶：《類說》作「塵」。
⑨ 源：《類說》作「淵」。
⑩ 申：《類說》作「深」。
⑪ 鼓：明刻本、靜嘉堂文庫本、故宮明本作「叢」，《稗海》本、《津逮秘書》本、《四庫全書》本、《學津討原》本、《筆記小說大觀》本、《類說》作「歌」。
⑫ 已：《稗海》本、《筆記小說大觀》本作「影」。
⑬ 人：《類說》無後文。
⑭ 泰：故宮明本、《津逮秘書》本、《學津討原》本作「秦」。
⑮ 皆：《稗海》本、《津逮秘書》本、《四庫全書》本、《學津討原》本、《筆記小說大觀》本、《殷禮在斯堂叢書》本無。
⑯ 人：《稗海》本、《津逮秘書》本、《四庫全書》本、《學津討原》本、《筆記小說大觀》本、《殷禮在斯堂叢書》本作「章」。

《詩話總龜》前集卷四十五《傷悼門》全引此條，「秦國」後無「大長」，「挽詞」後無「三首」，「空翡翠」作「閑翡翠」，無第一個「又曰」，「西城」作「城西」，「空魯館」作「寒魯館」，「飛」作「無」，「申」作「深」，「鼓」作「歌」，「已」作「亦」，無「人」後文。

【注】

〔一〕此三首爲宋神宗《賜秦國大公主挽詞三首》，見於《全宋詩》卷一千零四十三，『西城』作『城西』，『鼓』作『歌』。

〔二〕此見於《臨漢隱居詩話》卷一：『神宗皇帝以天縱聖智，旁工文章。其於詩，雖穆王《黄竹》、漢武《秋風》之詞，皆莫可擬其彷佛也。秦國大長公主薨，帝賜挽詩三首曰：……噫，豈特帝王，蓋古今詞人無此作也。』

〔三〕此見於《穆天子傳》卷五。

【箋】

『頌聖』是中國文化糟粕之尤，且形式多樣，『文諛』最爲常見。本來，帝王之義，首在修身立德，通曉治道，非以文章翰墨與人較短長也。唐人責難唐玄宗之詩文不少，而宋人『文諛』本朝帝王之筆記尤多，此乃『文章關氣運，非人力』（《詩藪》内編卷四）之故歟？如《後山詩話》：『王師圍金陵，唐使徐鉉來朝。鉉伐其能，欲以口舌解圍，謂太祖不文，盛稱其主博學多藝，有聖人之能。使誦其詩，曰：《秋月》之篇，天下傳誦之，其句云云。太祖大笑曰：「寒士語爾，我不道也！」鉉内不服，謂大言無實，可窮也，遂以請。殿上驚懼相目，太祖曰：「吾微時自秦中歸，道華山下，醉卧田間，覺而月出，有句曰：『未離海底千山黑，纔到天中萬國明。』」鉉大驚，殿上稱壽。』所記頗具戲劇性，通過層層渲染烘托宋太祖詩之氣勢與境界非凡。而《捫虱新話》上集卷二亦録此事，且曰：『帝王文章自有一般富貴氣象。』

荊公鍾山、東坡餘杭詩

山谷云：『天下清景，初不擇賢愚而與之遇，然吾特疑端爲我輩設。荊公在鍾山定林，與客夜對①，偶②作詩曰：「殘生傷性老耽書，年少東來復起予。各③據槁④梧同不寐，偶然聞雨落階除。」〔一〕東坡宿餘杭〔二〕山寺，贈僧曰：「暮鼓朝鐘自擊撞，閉門欹枕對⑤殘缸。白灰旋撥通紅火，臥聽蕭蕭雪打窗。」〔三〕』人以山谷之言爲確論。

【校】

① 對：《稗海》本、《學津討原》本、《筆記小説大觀》本作『坐』。
② 偶：《稗海》本、《筆記小説大觀》本作『對人』。
③ 各：《津逮秘書》本、《四庫全書》本、《學津討原》本作『夜』。
④ 槁：《筆記小説大觀》本作『言』。

⑤ 對：明刻本、静嘉堂文庫本、故宫明本作『在』，《稗海》本、《津逮秘書》本、《四庫全書》本、《學津討原》本、《筆記小説大觀》本、《殷禮在斯堂叢書》本作『有』。《苕溪漁隱叢話》前集卷三十三《半山老人一》全引此條，『云』作『嘗言』，『擇』後增『貴賤』，『與之』後無『遇』，『定林』作『官床』，『夜對』作『夜坐』，『偶作詩曰』作『作詩云』，『贈僧曰』作『詩云』，『聽』作『對』。《詩人玉屑》卷十七《半山老人・清景》所引與此相同。

【注】

〔一〕此爲王安石《示公佐》，見於《王荊公詩注》卷四十三。

〔二〕據《蘇軾年譜》，蘇軾兩次任職杭州，第一次是熙寧四年（一〇七一）至熙寧七年（一〇七四）通判杭州，第二次是元祐四年（一〇八九）至元祐六年（一〇九一）知杭州。

〔三〕此爲苏轼《書雙竹湛師房二首》其二，見於《蘇軾詩集》卷十一，『欹』作『孤』，『雪』作『雨』。標題下注云：『查注：司馬光《詩序》云：「杭州廣嚴寺，有雙竹相比而生，舉林皆然。其尤異者，生枯樹腹中，自其頂出，森然駢聳，樹如龍蛇相縈。余見之，爲詩。」《咸淳臨安志》：「廣嚴院，清泰元年（九三四）錢氏建，舊名瑞隆。治平二年（一〇六五），改賜今額。」按《趙清獻集》，亦有《題杭州雙竹寺》詩。』由是可知此詩所寫爲杭州廣嚴寺，又名雙竹寺，爲吴越王錢元瓘所建，宋英宗改名，可謂天下名寺，是故趙抃、司馬光、蘇軾等人均有詩作，誠如此條所言『天下清景端爲我輩設』

也。

【箋】

《詩林廣記》後集卷二王安石《鍾山官床與客夜作》所引乃縮略此條而成：『山谷嘗言：「天下清景，初不擇貴賤賢愚而與之，然吾特疑端爲我輩設。」觀荆公此詩與東坡《宿餘杭山寺》詩，則山谷之言爲確論也。』所附東坡《宿餘杭山寺》同於《冷齋夜話》。其實，《冷齋夜話》是將王安石詩與蘇軾詩作爲黄庭堅論證自己觀點之詩例，《詩林廣記》則將這部分變成按語，使黄庭堅所言之範圍大爲縮小。從諸家稱引來看，似以《冷齋夜話》爲優。

『感物說』是中國詩學常見主題，這是從政治學『天人感應』之說轉化而來，并使情景交融之意境漸成詩歌美學主流話語。相關理論闡述頗多，例如《文賦》：『佇中區以玄覽，頤情志於典墳。遵四時以嘆逝，瞻萬物而思紛。悲落葉於勁秋，喜柔條於芳春，心懔懔以懷霜，志眇眇而臨雲。』側重主體受客體影響所生變化及結果。《文心雕龍·物色》：『春秋代序，陰陽慘舒，物色之動，心亦搖焉。蓋陽氣萌而玄駒步，陰律凝而丹鳥羞，微蟲猶或入感，四時之動物深矣。若夫珪璋挺其惠心，英華秀其清氣，物色相召，人誰獲安？』側重客體於主體之深刻影響。《詩品序》：『氣之動物，物之感人，故搖蕩性情，形諸舞咏。』簡明闡述『感物』於詩歌發生之作用。

《冷齋夜話》接續并延展上述話題，且重在論述主體主動選擇之必要性及所需條件。簡而言之，才情有主觀能動作用，外部世界祇有觸發并融入詩人才情，方能產生詩意。换言之，惟經詩人之眼與詩人之心，外部世界才被賦予獨特性，從而獲得意義，故可知才情居於『感物説』之中心。況且才情非人人自有，而是『我輩』專有，此乃創作主體所需高標準門檻，亦是詩歌實爲高難度藝術之明證。王安石與蘇軾均爲此中高手，典範意義不言而喻。

近藤元粹評曰：『確論，獲我心。』又曰：『此際況味，俗人不能知。』詩者，雅事也，無真情實意者不可得，無脱俗之念者不可得，無感懷在心者不可得。君子養德，詩人亦莫不如是也。

少游、魯直被謫作詩①

少游②謫③雷④，悽愴，有⑤詩曰：『南土四時都熱，愁人日夜俱⑥長。安得⑦此身如石⑧，一時忘了家鄉。』〔一〕魯直⑨謫宜⑩，殊坦夷，作詩⑪曰⑫：『老色日⑬上面，歡情日去心。今既不如昔，後當不如今。』『輕紗一幅巾，短簟六尺床。無客日自⑭静，有風終夕涼。』〔二〕少游情鍾⑮，故其詩酸楚；魯直學⑯道休歇，故⑰其詩閑暇。至於⑱東坡，《南中⑲》詩曰⑳：『平生萬事足，所欠惟一死。』則㉑英特邁往之氣，不受夢幻折困㉒，可畏㉓而仰哉㉔！

【校】

①《類説》標題作『坡谷秦三公詩』。

②少游：《類説》前增『秦』。

③謫：故宮明本、《稗海》本、《津逮秘書》本、《四庫全書》本、《學津討原》本、《筆記小説大觀》本、《殷禮在斯堂叢書》本作『調』；《類説》作『責』，下同。

④雷：《類説》後增『州』。

⑤悽愴，有：《類説》無。

⑥俱：《類説》無。

⑦得：《類説》無。

⑧石：《類説》後增『不轉』。

⑨魯直：《類説》前增『黄』。

⑩宜：《類説》後增『州』。

⑪殊坦夷，作詩：《類説》無。

⑫曰：明刻本、靜嘉堂文庫本、故宮明本、《稗海》本、《津逮秘書》本、《四庫全書》本、《學津討原》本、《筆記小説大觀》本、《殷禮在斯堂叢書》本作『云』。

⑬日：明刻本、靜嘉堂文庫本、故宮明本作『上』。

⑭日自：《稗海》本、《津逮秘書》本、《四庫全書》本、《學津討原》本、《筆記小説大觀》

本、《殷禮在斯堂叢書》本作「白日」。

⑮ 情鍾：《稗海》本、《津逮秘書》本、《四庫全書》本、《學津討原》本、《筆記小說大觀》本、《殷禮在斯堂叢書》本、《類說》作「鍾情」。

⑯ 學：原本脱，據《稗海》本、《津逮秘書》本、《四庫全書》本、《學津討原》本、《筆記小說大觀》本、《殷禮在斯堂叢書》本補。

⑰ 故：《類說》前無「故其詩酸楚，魯直學道休歇」，後無「其」。

⑱ 於：《類說》無。

⑲ 中：明刻本、故宫明本作「巾」。

⑳ 《南中》詩曰：《類說》作「則云」。

㉑ 則：《筆記小說大觀》本作「有」，《類說》無。

㉒ 困：《筆記小說大觀》本作「田」，「不受夢幻折困」《類說》無。

㉓ 畏：《筆記小說大觀》本作「長」。

㉔ 哉：《類說》作「企」。

《詩話總龜》前集卷三《志氣門》全引此條，「少游謫雷」前增「秦」，後增「州」，「身」作「心」，「魯直謫宜」前增「黄」，後增「州」，後無「殊坦夷」，「學道」後無「休歇」，「情鍾」作「鍾情」，「其詩」均無「其」，「至」後無「於」，「英特」後無「邁往」，「折困」前無「夢幻」，無後文。

《苕溪漁隱叢話》前集卷四十八《山谷中》全引此條，『少游謫雷，悽愴，有』作『秦少游責雷州』，『魯直謫宜，殊坦夷，作』作『黄魯直責宜州』，引詩除『歡情』作『歡悰』外，其餘均同任淵注，『故』均後無『其』，『學道』後無『閑暇』，『至於東坡，南中詩曰』作『至東坡則云』，『英特』前無『則』，無『不受夢幻折困』。

【注】

〔一〕此爲秦觀《寧浦書事六首》其三，見於《淮海集箋注》卷十一，『都』作『盡』，『如』作『作』，『時』作『齊』。

〔二〕此爲黄庭堅《謫居黔南十首》其六、其九，見於任淵《山谷詩集注》卷十二，『短』作『小』，『日自靜』作『盡日靜』，『夕』作『夜』。標題下注云：『摘樂天句。近世曾慥端伯作《詩選》，載潘邠老事云：「張文潛晚喜樂天詩，邠老聞其稱美則不樂，嘗誦山谷十絶句，以爲不可跂及。其一云：『老色日上面，歡悰日去心。今既不如昔，後當不如今。』文潛一日召邠老飯，預設樂天詩一帙，置書室床枕間。邠老少焉假榻翻閲，良久才悟山谷十絶詩，盡用樂天大篇裁爲絶句。蓋樂天長於敷衍，而山谷巧於剪裁。自是不敢復言。」端伯所載如此，必有依據。然敷衍剪裁之説非是。蓋山谷謫居黔南時，取樂天江州、忠州等詩，偶有會於心者，摘其數語，寫置齋閣，或嘗爲人書，世因傳以爲山谷自作，然亦非有意與樂天較工拙也。詩中改易數字，可爲作詩之法，故因附見於此。前五篇，今《豫章集》有之；後五篇，得之《修水集》。』通觀這組詩來龍去脈可知，黄庭堅詩無疑是從白居易詩來，故而任淵於其六後注：『此十一卷中《東城尋春》詩。』其九後注：『此十一卷中《竹窗》詩。』而且任淵認爲，黄詩所改白詩之處，正是詩歌用心關捩所在，故將原詩一并附上，以供參究作詩之法。所引兩首，僅一處涉及改易，任淵注：『「歡悰」元作「歡情」。』以是觀之，惠洪所言有三處瑕疵：一是此詩當改易於黄庭堅貶謫黔南（貴州）而非宜州（廣西）之時。二是此詩不能完全視爲黄庭堅之作，因爲明顯脱胎於白居易詩。三是黄庭堅所改易者是白居易貶謫江州、忠州時詩，創作心態恐非僅因『學道』而致『閑暇』。

【箋】

《苕溪漁隱叢話》前集卷四十八《山谷中》引此條後胡仔按語云：『「老色日上面，歡悰日去心。今既不如昔，後當不如今。」乃白樂天《東城尋春》詩也。「輕紗一幅巾，小簟六尺床，無客盡日静，有風終夜涼。」亦白樂天《竹窗》詩也。二詩既非魯直所作，《冷齋夜話》何爲妄有「學道」「閑暇」之語邪？』明確將黄庭堅詩歸入白居易名下，黄詩固然脱胎於白詩，但其中亦有黄庭堅創造，不能將兩者完全等同。

《詩林廣記》後集卷五黄庭堅《謫居黔南十絶》標題下引任淵注，引詩同於《苕溪漁隱叢話》。關於黄庭堅詩化用白居易詩之緣由，有諸種解釋。《艇齋詩話》：『「老色日上面，歡蹤日去心。今既不如昔，後當不如今。」此白樂天詩也。山谷嘗書此詩，今遂誤入《山谷集》。』這等於完全抹煞黄庭堅之能動創造。

《能改齋漫錄》卷三《辨誤·〈冷齋〉不讀書》：『洪覺範《冷齋夜話》謂：「山谷謫宜州，殊坦夷，作詩曰：『老色日上面，歡悰日去心。今既不如昔，後當不如今。』又云：『輕紗一幅巾，短簟六尺床。無客白日靜，有風終夜涼。』」且曰：「山谷學道休歇，故其閑暇若此。」以上皆《冷齋》語也。予以《冷齋》不讀書之過。上八句皆樂天詩，蓋是編者之誤，致令渠以爲山谷所爲。前四句「老色日上面」，乃樂天《東城尋春》詩，尚餘八句，所謂「今猶未甚衰，每事力可任」是已。後四句「輕紗一幅巾」，乃樂天《竹窗》詩，亦尚餘二十四句，所謂「常愛輞川寺，竹窗東北廊」是已。《山谷外集》更有「嘖嘖雀引雛，梢梢笋成竹」數篇，皆非山谷詩。偶會其意，故記之冊，學者不可不知也。』

若黄庭堅詩亦算有所創造，這番批評則未必立得住。

《韻語陽秋》卷一：『近觀山谷《黔南十絶》，七篇全用樂天《花下對酒》《渭川舊居》《東城尋春》《西樓》《委順》《竹窗》等詩，餘三篇用其詩略點化而已。』此説庶幾合乎情理也。

古人云：『疾風知勁草，《板》《蕩》識誠臣。』（《舊唐書》卷六十三《蕭瑀傳》）平日人人高談，似無差別，倘遇不尋常之事，則百態畢出，高下立辨，於時方可見修身立德之爲要也。秦觀、黄庭堅與蘇軾均爲當世名家，詩詞足以分庭抗禮，修爲則不啻天壤之别也。《蔡寬夫詩話》：『子厚之貶，其憂悲憔悴之嘆，發於詩者，特爲酸楚。閔己傷志，固君子所不免，然亦何至是，卒以憤死，未爲達理也。樂天既退閑，放浪物外，若真能脱屣軒冕者，然榮辱得失之際，銖銖校量，而自矜其達，每詩未嘗不著此意，是豈真能忘之者哉？亦力勝之耳。惟淵明則不然，觀其《貧士》《責子》與其他所作，當憂則憂，遇喜則喜，忽然憂樂兩忘，則隨所遇而皆適，未嘗有擇於其間，所謂超世遺物者，要當如是而後可也。觀三人之詩，以意逆志，人豈難見？以是論賢不肖之實，亦何可欺乎！』《苕溪漁隱叢話》卷四十一《東坡四》引蘇子由云：『東坡居士謫居儋耳，置家羅浮之下，獨與幼子過負檐渡海，葺茅竹而居之，日啖藷芋而華屋玉食之念不存於胸中。平生無所嗜好，以圖史爲園囿，文章爲鼓吹，至是亦皆罷去。猶獨喜爲詩，精深華妙，不見老人衰憊之氣。』胡仔按語云：『凡人能處憂患，蓋在其平日胸中所養。韓退之，唐之文士也，正色立朝，抗疏諫佛骨，疑若殺身成仁者，一經竄謫，則憂愁無聊，概見於詩詞。由此論之，則東坡所養，過退之遠矣。』此堪爲自修之鑒也。

近藤元粹評曰：『少游未免爲俗人柳子厚之流亞。』又曰：『魯直稍有道風。』又曰：『坡翁曠達放縱，俗人固不易及。』以是觀之，秦觀有才子之情而未脱俗，黄庭堅有士人之風而能體道，惟蘇軾臻於聖賢之境也。縱以文學而論，亦是爲人先於爲學也。

活人手段

司馬溫公童稚時，與群兒戲於庭。庭有大甕，一兒登①之，偶墮甕水中。群兒皆棄去，公則以石擊甕，水因②穴而迸，兒得不③死。蓋其活人手段，已見於齠齔中④，至今京洛間多爲《小兒擊甕圖》。

【校】

①登：《筆記小説大觀》本作「蹴」。

②因：《筆記小説大觀》本作「由」。

③得不：明刻本、靜嘉堂文庫本、故宫明本作「不得」。

④中：《筆記小説大觀》本作「時」。

《墨客揮犀補遺·擊甕圖》亦有此條，「戲」後無「於」，「有」前無「庭」，「偶墮甕」作「足跌没」，「棄」前無「皆」，「以」前無「則」，「而迸」作「出」，「其」前無「蓋」，「見」後無「於」，「齠齔中」後增「矣」，後無「至今」。

【箋】

古人云：「小時了了，大未必佳。」（《世説新語箋疏·言語》）司馬光則是反證，少時已成偶像，成年後以德行學術名聞海内，終始如一，誠可貴也。司馬光位列「元祐黨人」之首，惠洪述其「活人手段」，於黨禁未解之際，不能顯言之，但爲司馬光辯護之意確然無疑。近藤元粹評曰：「可以爲作詩資料也。」其實，惠洪寓意鮮明，不在故事，亦不在詩文，惟在表述黨爭立場也。

詩未易識

唐詩有『竹徑通幽處，禪房花木深』〔一〕之句，歐陽文忠公愛之，每以語客曰：『古人工①爲發端，心雖曉之，才②莫逮。欲仿此爲一聯，終莫之能。』以文忠公之才而謂不能，詩蓋未易識也。

【校】

① 工：原本脱，據《稗海》本、《津逮秘書》本、《四庫全書》本、《學津討原》本、《筆記小說大觀》本、《殷禮在斯堂叢書》本補。

② 才：《稗海》本、《津逮秘書》本、《四庫全書》本、《學津討原》本、《筆記小說大觀》本、《殷禮在斯堂叢書》本前增『而』。

【注】

〔一〕此爲常建《題破山寺後禪院》，見於《常建詩歌校注》卷下。

【箋】

《詩話總龜》前集卷七《評論門三》：『「竹徑通幽處，禪房花木深。」常建詩也。文忠公最愛賞，以爲不可及。此語誠可人意，然於公何足道？豈非厭飫芻豢，反思螺蛤耶？』亦見於《苕溪漁隱叢話》前集卷二十《常建》，所注出處爲『東坡云』。此亦見《西清詩話》卷中。這顯然是質疑《冷齋夜話》所論。

《詩人玉屑》卷六《命意·有渾然意思》引朱熹云：『歐公詩自好，所以喜梅聖俞詩，蓋枯淡之中，自有意思。歐公最喜朝士送行兩句云：「曉日都門道，微凉苑樹秋。」又深喜常建兩句云：「曲徑通幽處，禪房花木深。」自言平生要學不得。今人都不識此意，祇是要鬭事、使難字，便謂之好文字。』詳釋歐陽修偏愛常建詩之緣故，即以平淡中有思緻爲佳，可補《冷齋夜話》之不足。

此條敘及歐陽修亦有『意不稱物，文不逮意』（《文賦》）之時，意在説明詩歌是藝術皇冠之明珠，非常人所能窺其藩瀚也。《文心雕龍·神思》：『機敏故造次而成功，慮疑故愈久而致績。難易雖殊，并資博練。若學淺而空遲，才疏而徒速，以斯成器，未之前聞。』换言之，無論才情高低，均需多方訓練，世間大抵并無『生而知之』（《論語正義·述而》）之詩人也。不學無術而賣弄才情，終無可取焉。由是亦知《詩話總龜》所論未切要害也。近藤元粹評曰：『世之易言詩者，讀此宜猛省。』詩非易事，當以修身立德爲本，旁及『積學以儲寶，酌理以富才，研閲以窮照，馴致以懌辭，然後使玄解之宰，尋聲律而定墨；獨照之匠，窺意象而運斤』（《文心雕龍·神思》）而或可略得一二，豈尋常之輩可爲之者乎？

詩一字未易工①

老杜詩云：『身輕一鳥過。』〔一〕文忠公、梅聖俞初得一本而失『過』字，諸公續之曰『一鳥疾』『一鳥落』『一鳥去』，及得善本，乃『過』字。乃知一字之工，才力有短長也。

【校】

①明刻本、静嘉堂文庫本、故宫明本、《稗海》本、《津逮秘書》本、《四庫全書》本、《學津討原》本、《筆記小說大觀》本脱此條。

【注】

〔一〕此爲杜甫《送蔡希魯（一作曾）都尉還隴右，因寄高三十五書記》，見於《杜詩詳注》卷三。注引《六一詩話》：『陳舍人從易，偶得杜集舊本，文多脱誤。《送蔡都尉》詩「身輕一鳥」，其下脱一字。陳公與數客各用一字補之，或云「疾」，或云「落」，或云「下」，莫能定。後得一善本，乃是「過」字，陳嘆服，以爲雖一字，諸君亦不能到也。』此或爲《冷齋夜話》所本，衹是誤將陳從易换爲歐陽修與梅堯臣也。《藏海詩話》所論則異：『歐公稱「身輕一鳥過」，子蒼云：「此非杜佳句。」僕云：「當時補一字者，又不知是何等人。」子蒼云：「極是。」』意謂此句及所用字并不值得推崇若是也。

【箋】

《優古堂詩話·身輕一鳥過》、《潛溪詩眼》、《童蒙詩訓》、《詩話總龜》前集卷十一《苦吟門》、《苕溪漁隱叢話》後集卷九《孟浩然》、《詩人玉屑》卷六《下字·一字之工》均引《六一詩話》而未及此條。

《苕溪漁隱叢話》前集卷三《五柳先生上》引晁補之《鷄肋集》：『詩以一字論工拙，如「身輕一鳥過」「身輕一鳥下」，「過」與「下」，與「疾」與「落」，每變而每不及，易較也。如魯直之言，猶碔砆之於美玉是也。然此猶在工拙精粗之間，其致思未失也。』换言之，這些替字雖不甚佳，但還不至於敗壞全篇，與《六一詩話》和《冷齋夜話》所論有異。

《詩人玉屑》卷二十一《詩餘·宇文元質》引《樹萱録》：『文章一字之難。與前輩論詩，云「身輕一鳥過」「一鳥下」「一鳥疾」，「疾」與「下」終不若「過」字之爲妙也。』

《杜工部草堂詩話》卷二：『東萊吕居仁曰：「詩每句中須有一兩字響，響字乃妙指。」如子美

「身輕一鳥過」，「飛燕受風斜」，「過」字、「受」字皆一句響字也。』

《珊瑚鈎詩話》卷二：『《贈蔡希魯》詩云：「身輕一鳥過」，力在一「過」字。』以此句爲杜詩『用字之精』之範例。

此條意在説明杜詩用字不可替焉，既爲杜詩字句功力之明證，亦爲杜詩經典地位之細節呈現。近藤元粹評曰：『確論。』其實，補詩與改詩之難度并不亞於寫詩，若非才情高於原作者，恐難勝任。既然宋初名家所補均不及原詩，那麽杜詩典範性則毋庸置疑矣。宋人講究字法與句法，論述紛繁，而與杜詩相關者尤多，此乃杜詩爲律詩集大成者，法度圓熟，最可爲楷則故也。

卷之四

詩話妄易句法之字①

司馬②溫公《詩話③》曰：『魏野詩④：「燒葉爐中無宿火，讀書窗下有殘燈。」〔一〕而⑤俗人易「葉」爲「藥」，不止不佳，亦和下句無氣味⑥。』〔二〕魯直曰：『老杜詩⑦：「黄獨無苗山雪盛。」〔三〕「黄獨」者，芋⑧魁小者耳，江南名曰土卵，兩⑨川多⑩食之。而⑪俗人易曰⑫「黄精」，子美流離，亦未有道人劍客食黄精也⑬。』〔四〕如淵明曰⑭：『采菊東籬下，悠然見南山⑮。』其渾成風味，句法如生成。而俗人易曰『望南山⑯』，一字之差，遂失古人情狀，學者⑰不可不知也。

【校】

① 字：《津逮秘書》本、《四庫全書》本、《學津討原》本、《殷禮在斯堂叢書》本作『病』。『詩話妄易句法之字』《類說》作『改易古詩』。

②司馬：《類說》無。

③詩話：《類說》無。

④詩：《稗海》本、《津逮秘書》本、《四庫全書》本、《學津討原》本、《筆記小說大觀》本、《殷禮在斯堂叢書》本、《類說》後增「云」。

⑤而：《類說》無。

⑥「不止」二句：《類說》無。

⑦詩：《稗海》本、《津逮秘書》本、《四庫全書》本、《學津討原》本、《筆記小說大觀》本、《殷禮在斯堂叢書》本、《類說》後增「云」。

⑧芋：明刻本、故宫明本作「羊」。

⑨兩：正保本、寛文本、文化本、《螢雪軒叢書》本作「西」。

⑩多：明刻本、故宫明本作「名」。

⑪江南名曰土卵，兩川多食之，而：《類說》無。

⑫曰：《類說》作「爲」。

⑬「子美」二句：《類說》無。

⑭曰：《類說》作「詩」。

⑮悠然見南山：《類說》前無「采菊東籬下」，後無「其渾成風味，句法如生成，而」。

⑯山：《類說》無後文。

⑰ 者：《稗海》本無。《墨客揮犀》卷一《司馬溫公詩話》亦有此條，『魏野詩』後增『曰』，『老杜詩』後增『曰』，『兩川』作『南州』，『未有』作『未至作』，『淵明』後增『詩』，『不知』後無『也』。

【注】

〔一〕此爲魏野《晨興》，見於《全宋詩》卷八十一。

〔二〕此見於司馬光《温公續詩話》：『仲先詩有「燒葉爐中無宿火，讀書窗下有殘燈」，仲先既沒，集其詩者嫌「燒葉」貧寒太甚，故改「葉」爲「藥」。不惟壞此一字，乃并一句亦無氣味，所謂求益反損也。』此亦爲《詩林廣記》後集卷九魏野《晨興》所引，然所注出處爲《六一詩話》，非是。

〔三〕此爲杜甫《乾元中寓居同谷縣作歌七首》其二，見於《杜詩詳注》卷八，『黃獨』下注『山谷作獨，東坡作精。』注云：『又曰：「黃獨，狀如芋子，肉白皮黃，蔓延生，葉似蘿摩，梁漢人蒸食之，江東謂之土芋。」陳藏器《本草》：「黃獨，遇霜雪，枯無苗，蓋蹲鴟之類。」蔡夢弼引別注云：「黃獨，歲饑，土人掘以充糧，根惟一顆而色黃，故謂之黃獨。」其說是也。按：公詩有別用黃精者，如《太平寺》云：「三春濕黃精，一食生羽毛。」《丈人山》云：「掃除白髮黃精在，君看他時冰雪容。」皆托爲引年而發，若此歌則專爲救饑而言，當主黃獨爲是。』『黃精』之說出自蘇軾，黃庭堅以『俗人』代之。近藤元粹評曰：『土卵奇名，可與黃獨并稱。』又曰：『是東坡之論。』

〔四〕此見於《山谷題跋》卷七《雜書》：『山谷云：「『長鑱長鑱白木柄，我生托子以爲命，黄獨無苗山雪盛，短衣數挽不揜脛。』往時儒者不解『黄獨』義，改爲『黄精』，學者承之。以予考之，蓋黄獨是也。《本草》赭魁注：『黄獨，肉白皮黄，巴漢人蒸食之，江東謂之土芋。』予求之江西，謂之土卵，蒸煮食之，類芋魁。」』亦見於《後山詩話》、《王直方詩話》、《詩話總龜》前集卷三十一《正訛門》、《苕溪漁隱叢話》前集卷六《杜少陵一》等，胡仔按語云：『無己《後山詩話》論「黄獨無苗山雪盛」及「過時如發口，君側有讒人」、韋蘇州「書後欲題三百顆」，評李白詩「如黄帝張樂於洞庭之野」，此四事皆見魯直《豫章集》中。今《後山詩話》亦有之，不差一字，疑後人誤編入也。』《冷齋夜話》敘述口吻及文字表述均與諸家有異，諸家稱引亦未言及引自《冷齋夜話》。近藤元粹評曰：『山谷《杜詩箋》與此文少異，《後山詩話》稍詳，俱可參看。』

【箋】

王觀國《學林》卷八《改字》：『杜子美《寓居同谷縣》詩曰：「黄獨無苗山雪盛，短衣數挽不掩脛。」或改黄獨爲黄精。案：黄獨即《神農本草》所謂赭魁是也，赭魁亦名黄獨，江南人謂之土卵，形如芋，蒸食之，甘美，可充饑。子美《太平寺泉眼》詩曰：「三春濕黄精，一食生羽毛。」又《丈人山》詩曰：「掃除白髮黄精在，君看他時冰雪容。」此子美所用「黄精」字也，後之淺見者，遂改黄獨爲黄精耳。又「江蓮摇白羽，天棘蔓青絲」，今改「蔓」爲「夢」，蓋天門冬亦名天棘，其苗蔓生，好纏竹木上，葉細如青絲，寺院亭檻中多植之，可觀。後人既改「蔓」爲「夢」，又釋天棘以爲柳，皆非也。

子美詩集少善本，良以妄庸輩改之爾。如淵明之「采菊東籬下，悠然見南山」，而或改「見」爲「望」，杜荀鶴之「燒葉爐中無宿火，讀書窗下有殘鐙」，而或改「葉」爲「藥」。王平甫（實爲王安石）之「春殘葉密花枝少，睡起茶親酒盞疎」，而或改「親」爲「多」。一字之改而清濁遼隔，前賢詩文爲人所改，如此類多矣。』所述可與《冷齋夜話》此條、卷四《天棘夢青絲》、卷二《洪駒父評詩之誤》等互參。

《藝苑雌黄》：『張文潛《明道雜誌》云：「讀書有義未通而輒改字，最學者大病也。杜詩『黄精無苗』，後人所改也。舊乃黄獨，讀者不知其義，因改爲『精』。其實黄獨是一物也，本處謂之土芋，根惟一顆而色黄，故名黄獨。饑歲，土人掘以充糧食，故老杜云耳。」僧惠洪則曰：「黄獨，芋魁之小者，俗人易曰黄精。子美流離，亦未至作道人劍客食黄精也。」此語殊謬。惠洪徒見黄獨一名土芋，遂謂芋魁之小者，殊不知與芋魁懸别。觀子美詩有「三春濕黄精，一食生毛羽」「掃除白髮黄精在，君看他時冰雪容」之句，安得云「未至作道人劍客食黄精」乎？東坡云：「詩人空腹待黄精，生事祇看長柄械。」則坡讀杜詩，亦以黄獨爲黄精矣。』亦見於《苕溪漁隱叢話》後集卷五《杜子美一》。既否定惠洪所論，又指出蘇軾有誤。《觀林詩話》亦有類似觀點：『涪翁論黄獨爲土芋，而云「或以爲黄精，非也」，蓋謂東坡云：「詩人空腹待黄精，生事祇看長柄械。」不欲顯名之耳。』

至於『如淵明曰』以下，諸家多有論述，且往往是另與《冷齋夜話》卷四《詩誤字》所舉杜詩并置。《詩話總龜》前集卷七《評論門三》：『淵明詩：「采菊東籬下，悠然見南山。」采菊之次偶見南山，初不用意而景與意會，故可喜也。今皆作「望南山」。子美云：「白鷗沒浩蕩，萬里誰能馴！」

蓋滅沒於波間耳。而宋敏求謂予曰「鷗不解沒」，改作「波」字，改此覺一篇神氣索然。』這是以陶詩與杜詩爲例，說明後人妄改之誤，與《冷齋夜話》字句不同而觀點相近。《詩話總龜》雖未注明出處，從文字表述與敘述口吻來看，兩書似乎未有直接關係，但詩學觀念高度相契，仍有蛛絲馬迹可尋。《苕溪漁隱叢話》前集卷三《五柳先生上》所引與《冷齋夜話》原文實有較大出入，胡仔按語却據此云：『《禽經》云：「鳧善浮，鷗善沒。」以「沒」字易「波」字，則東坡之言益有理。《冷齋》以「沒」字易「浩」字，其理全不通。浩蕩謂煙波也，今云「波沒蕩」，亦不成語，此言無足取。』由於所據引文有誤，這番批評完全立不住。

大抵爲進一步說明問題，胡仔另引兩種文獻：一是《鷄肋集》：『記在廣陵日，見東坡云：「陶淵明意不在詩，詩以寄其意耳。『采菊東籬下，悠然望南山』，則既采菊又望山，意盡於此，無餘蘊矣，非淵明意也。『采菊東籬下，悠然見南山』，則本自采菊，無意望山，適舉首而見之，故悠然忘情，趣閑而景遠，此未可於文字精粗間求之，以比碔砆美玉不類。」』二是《蔡寬夫詩話》：『「采菊東籬下，悠然見南山。」此其閑遠自得之意，直若超然邈出宇宙之外。俗本多以「見」字爲「望」字，若爾，便有褰裳濡足之態矣。乃知一字之誤，害理有如是者。《淵明集》世既多本，校之不勝其異，有一字而數十字不同者，不可概舉，若「隻鷄招近局」，或以「局」爲「屬」，雖於理似不通，然恐是當時語。「我土日以廣」，或以「土」爲「志」，於義亦兩通，未甚相遠。若此等類，縱誤，不過一字之失，如「見」與「望」，則并其全篇佳意敗之，此校書者不可不謹也。』兩書論述角度不同而主旨相當一致。《苕溪漁隱叢話》後集卷三《陶靖節》則引《復齋漫錄》：『東坡以淵明「采菊東籬下，悠然見南山」，而無識者以「見」爲「望」，不啻碔砆之與美玉。然予觀樂天效淵明詩，有云：「時傾一樽酒，坐望東南山。」然則流俗之失久矣。惟韋蘇州《答長安丞裴税》詩，有云：「采菊露未晞，舉頭見秋山。」乃知真得淵明詩意，而東坡之説爲可信。』亦見於《詩人玉屑》卷十三《靖節・悠然見南山》。所述又有不同，以白居易詩與韋應物詩作爲正反兩方面例證，反證蘇軾之説爲是。

當然，也有不同見解，或認爲韋應物詩實難比肩陶詩，《韻語陽秋》卷四：『韋應物詩擬陶淵明而作者甚多，然終不近也。《答長安丞裴税》詩云：「臨流意已淒，采菊露未晞。舉頭見秋山，萬事都若遺。」蓋效淵明「采菊東籬下，悠然見南山」。此懷有真意，欲辨已忘言」之句也。然淵明落世紛，深入理窟，但見萬象森羅，莫非真境，故因見南山而真意具焉。應物乃因意淒而采菊，因見秋山而遺萬事，其與陶所得異矣。』或認爲杜詩則可與陶詩并駕齊驅，《捫虱新話》下集卷三《杜詩意度閑雅不減淵明》：『陶淵明詩：「采菊東籬下，悠然見南山。」采菊之際，無意於山，而景與意會，此淵明得意處也。而老杜亦曰：「夜闌接軟語，落月如金盆。」予愛其意度閑雅不減淵明，而語句雄健過之。每詠此二詩，便覺當時清景盡在目前，而二公寫之筆端，殆若天成，兹爲可貴。』

『見南山』或『望南山』，宋人多取蘇軾説，以『見』爲優，黄侃《文選平點》則有不同看法：『「望」字不誤，不望南山，何由知其佳耶？無故改古以伸其謬見，此宋人之病也。本何焯。』其説可爲參考。

前文言補字之難，此條言改字之難，例異而義同也。若非詩文功底超群，改詩恐適得其反。當然，并不是説凡詩皆不可改，而是説改詩者應先有高品位藝術鑒賞力，儘管這極爲難得，《文心雕龍・知音》：『凡操千曲而後曉聲，觀千劍而後識器；故圓照之象，務先博觀。閲喬岳以形培塿，酌滄波以喻畎澮。無私於輕重，不偏於憎愛，然後能平理若衡，照辭如鏡矣。』換言之，祇有以『博觀』爲先，提升學養見識，讀者才有可能成爲作者之知音。於改詩者而言，又有過於此者。近藤元粹評所舉陶詩之例曰：『至言要論，後學金丹。』意謂此可爲改詩者之鑒戒，亦足證作者煉字之必要也。

五言四句詩得於天①趣

吾弟超然〔一〕善②論詩，其爲人純至有風味，嘗曰：『陳叔寶絕無肺腸，然詩語有警絕者，如曰：「午醉醒來③晚，無人夢自驚。夕陽如有意，偏傍小窗明。」〔二〕王維摩詰④《山中⑤》詩曰：「溪清白石出，天寒紅葉稀。山路元無雨，空⑥翠濕人衣。」〔三〕舒王百家衣⑦體曰：「相看⑧不忍發，慘澹⑨暮潮平。欲別更攜手，月明洲渚生。」〔四〕此皆得於天趣。』予問之曰：『句法固佳，然何以識其天趣？』超然曰：『能知⑩蕭何所以識韓信，則天趣可言。』予竟不能詰，嘆曰：『溟涬然弟之哉⑪！』〔五〕

【校】

①天：故宫明本作『矢』。

②善：《稗海》本、《津逮秘書》本、《四庫全書》本、《學津討原》本、《筆記小說大觀》本、《殷禮在斯堂叢書》本作『喜』。

③來：《稗海》本、《津逮秘書》本、《學津討原》本、《筆記小說大觀》本、《殷禮在斯堂叢書》本作『未』。

④詰：故宫明本作『語』。

⑤山中：静嘉堂文庫本、故宫明本、《稗海》本、《津逮秘書》本、《學津討原》本、《筆記小說大觀》本、《殷禮在斯堂叢書》本作『中山』。

⑥空：故宫明本作『望』。

⑦衣：明刻本、故宫明本、《稗海》本、《津逮秘書》本、《四庫全書》本、《學津討原》本、《筆記小說大觀》本作『夜』。

⑧看：明刻本、故宫明本作『省』。

⑨澮：《稗海》本、《筆記小說大觀》本作『泊』。

⑩知：元刻本、明刻本、静嘉堂文庫本、故宫明本、《稗海》本、《津逮秘書》本、《四庫全書》本、《學津討原》本、《筆記小說大觀》本、《殷禮在斯堂叢書》本作『言』。

⑪溟涬然弟之哉：《稗海》本、《津逮秘書》本、《四庫全書》本、《學津討原》本、《筆記小

說大觀》本、《殷禮在斯堂叢書》本作『微超然，誰知之』。

《詩話總龜》前集卷九《評論門五》全引此條，『吾弟超然』後無『善論詩，其爲人純至有風味，嘗』，『詩語』前無『然』，『午醉』前無『曰』，『偏』作『長』，『摩詰』前無『維』，『詩曰』前增『小』，『溪清』作『荊溪』，『皆得於』作『得』，『予問之曰』作『問曰』，無『句法固佳，然』，無第二個『超然』，『言』作『解』，無『嘆曰：溟涬然弟之哉』。《詩人玉屑》卷十《詩趣・天趣》所引始於『王摩詰《山中》詩曰』，同於《詩話總龜》。由於略去『超然曰』而變成《冷齋夜話》所述，結尾問答顯得十分突兀。

【注】

〔一〕超然：裘君弘《西江詩話》卷三：『由此推之，淵材自是詩流，但志乘未載，我疑亦屬沙彌。與覺範稱呼，乃其法門宗派，未必是俗家，猶子行也。連超然吾亦疑其是僧，覺範數稱吾弟超然，意亦禪門之派。即超然爲義，亦似方外名字，俗家如此命名者頗少。通志或不察，因覺範弟蓄之，遂曰彭超然，乃蒙覺範俗家之姓爲言耳。然通志方伎類又有彭攀龍者，字淵材，新昌人，工樂律，獻樂書於朝，爲協律郎，飦粥不給，乃歸。與覺範《冷齋夜話》所稱淵材二則相類似，即此人。是淵材實係方內，非僧也。但《夜話》前云吾叔淵材，後二則云劉淵材，則淵材姓劉，非姓彭矣。即覺範一人，一以爲俗姓彭，一以爲俗姓喻，此而忽又自以姓劉者爲叔，何也？然則淵材僧乎，俗乎？彭與劉，一人乎，二人乎？俱不可知，姑闕之，以俟博覽之君子。』《宋僧惠洪行履著述編年總案》：『希祖，字超然，《續傳燈録》卷二十二真淨克文禪師法嗣有谷山希祖禪師，即此僧，後住持袁州仰山。據本集（《石門文字禪》）卷二五《題黄龍南和尚手抄後三首》之一「修水祖超然出雲庵所蓄此書」句，可知希祖爲修水人……《正德瑞州府志》卷一〇《人物志・遺逸》：「彭超然，覺範之弟，爲人純厚，善論詩，極有風味。」乃誤讀《冷齋夜話》，不明宋僧稱呼慣例。所謂「吾弟」者，指法弟，非世俗同胞之弟，「彭超然」之名無據。』

〔二〕此爲陳後主《小窗詩》，見於《陳後主集》，標題下注云：『煬帝昏酒，嘗游吴公宅雞臺，忽與陳後主相遇，後主復書數十篇，帝止記《小窗》及《寄侍兒碧玉》詩。』然則未見於《先秦漢魏晉南北朝詩・陳詩》，而《全唐詩》卷七百七十五收爲方棫失題詩，附注一作陳叔寶詩，『偏』作『長』。《詩話總龜》前集卷二《博識門》：『《南部烟花録》文理極俗，又載陳叔寶詩云：「夕陽如有意，偏傍小窗明。」此乃唐人方棫詩，非叔寶作，兼六朝人大抵不如此。唐《藝文志》載《烟花録》乃記廣陵行幸事，此本已無，唐末人僞作此書爾。又《大業拾遺記》載「夕陽如有意，偏傍小窗明」是叔寶作，兼有全篇。』

〔三〕此爲王維《山中》，見於《王右丞集箋注》卷十五，『溪清』作『荆溪』。注云：『「荆溪」一作「藍田」，「天寒」一作「玉關」』。又云：『蘇東坡《書摩詰〈藍田煙雨圖〉》云：「味摩詰之詩，詩中有畫；觀摩詰之畫，畫中有詩。詩曰：『藍溪白石出，玉川紅葉稀。山路元無雨，空翠濕人衣。』此摩詰之詩也，或曰非也，好事者以補摩詰之遺。」』

〔四〕此爲王安石《離升州作》其一，見於《王荊公詩注》卷四十，『欲別』作『語罷』。注云：『建康，舊名升州。』然則《全唐詩》卷一百二十八收爲王維《闕題二首》其二，此處存疑。

〔五〕此出於《莊子·天地》：『若然者，豈兄堯舜之教民，溟涬然弟之哉？欲同乎德而心居矣。』郭象注：『溟涬，甚貴之謂。』宣云：『言不肯讓堯舜居先而已後之。』

【箋】

所謂天趣，《天廚禁臠》卷上《詩分三種趣》釋之爲：『其詞語如水流花開，不假工力，此謂之天趣。天趣者，自然之趣耳。』簡而言之，天趣即天真自然之意，與人工雕琢相對。此爲中國詩學主流理想，頻見於諸書，《詩品序》：『自然英旨，罕值其人。』此爲批評時人過於重視用典而忽視情性之傾向。《詩式》卷一《文章宗旨》：『曩者嘗與諸公論康樂，爲文真於情性，尚於作用，不顧詞彩而風流自然。』以是觀之，自然源於『真情性』，經過『作用』之功，亦即神思之創造，終而形諸語言，是故品詩以自然爲藝術準則也。《詩有六至》：『至麗而自然。』意謂自然雖是終極結果，但從過程來看，經歷苦思與修飾亦在所難免。《對句不對句》：『夫對者，如天尊地卑、君臣父子，蓋天地自然之數。若斤斧迹存，不合自然，則非作者之意。』以對偶等形式法則爲例，說明諸種藝術標準終究以自然爲旨歸。舊題司空圖《二十四詩品·自然》：『俯拾即是，不取諸鄰。俱道適往，著手成春。如逢花開，如瞻歲新。真與不奪，强得易貧。幽人空山，過雨采蘋。薄言情悟，悠悠天均。』此爲詩性闡述，意謂合乎天道人性則是自然。諸家所述雖各有側重，但可見這個概念生命力與延展性極强。宋人同樣重視自然，以其契合宋詩立個性而求卓越之精神故也。

近藤元粹評王維詩曰：『王詩最妙，天趣超然。』評王安石詩曰：『又佳。』希祖所舉『天趣』三例，惠洪均不印可，兩人論辯實亦未達成共識。從宋代詩話宏觀視野觀之，除陶淵明外，山水田園派詩人僅居中流而遠非前列或核心，近藤元粹則有輕重各異之詩學拔擢。評希祖之語曰：『妙語解頤，不能領此中況味則未足以談詩也。』『真情性』可外化爲自然之境，然其本身祇可意會不可言傳，識之者以心會心，不識者隔之千里，惟有心性高階共振方能體道，此乃蕭何識韓信之奧義，亦是談詩有高下之密鑰也。

夢中作詩

崇寧〔一〕元年元日，粥罷昏睡，夢中忽作一詩。既覺，輒①能記之，曰：『無賴東風試怒號，共乘一葉傲②驚濤。不知兩岸人皆愕，但覺中流笑語高。』〔二〕三月七日，偶與瑩中渡③湘江。是日大風，當斷渡，而瑩中必欲宿道林，小舟掀舞白④浪中⑤，兩岸聚觀膽落，而瑩中笑聲愈高。予細⑥繹夢中詩以語瑩中，瑩中曰⑦：『此段公案，三十年後大行叢林也。』

【校】

①輒：《四庫全書》本作「尚」。

②傚：明刻本、静嘉堂文庫本、故宫明本作「做」。

③渡：明刻本無，《稗海》本、《津逮秘書》本、《四庫全書》本、《學津討原》本、《筆記小説大觀》本、《殷禮在斯堂叢書》本作「濟」。

④白：明刻本、故宫明本作「句」，静嘉堂文庫本、《稗海》本、《津逮秘書》本、《四庫全書》本、《學津討原》本、《殷禮在斯堂叢書》本作「向」。

⑤中：明刻本、故宫明本作「申」。

⑥細：元刻本、明刻本、静嘉堂文庫本、故宫明本、《稗海》本、《津逮秘書》本、《四庫全書》本、《學津討原》本、《筆記小説大觀》本、古活字印本作「紬」。

⑦曰：元刻本作「瑩中」，明刻本、静嘉堂文庫本、故宫明本無，《稗海》本、《津逮秘書》本、《四庫全書》本、《學津討原》本、《筆記小説大觀》本、《殷禮在斯堂叢書》本作「云」。《詩話總龜》前集卷三十六《紀夢門下》全引此條，「昏睡」作「昏眠」，無「粥罷」「忽」「既覺輒能記之」，「曰」作「云」，「三月」後無「七日」，「偶與瑩中」作「與陳瑩中」，無「而瑩中必欲宿道林」，「而瑩中笑聲」作「瑩中笑」，「予細繹夢中詩以語」作「余以詩語」，「云」作「曰」，

『此』後無『段』，『後』前無『三十年』，『叢林』後無『也』。

【注】

〔一〕《宋僧惠洪行履著述編年總案》：『據《陳了翁年譜》，陳瓘於崇寧二年（一一〇三）正月除名編管廉州。三月至湖南。故《冷齋夜話》所言「崇寧元年」當爲「崇寧二年」之誤。蓋崇寧元年五月前，陳瓘尚在泰州任上。』『陳瓘移送廉州編管，相見於湘陰縣興化寺。三月七日，同渡湘江，宿道林寺，夜論華嚴宗。』

〔二〕此爲惠洪《梦中作》，見於《石门文字禅》卷十六，『東』作『春』。

【箋】

此條以夢爲名而行自誇之實，亦惠洪之痼習，非止炫耀交游黄庭堅一端而已。近藤元粹評曰：『不似夢中之作，大妙。』又曰：『暗合更奇妙。』孟子曰：『盡信書則不如無書。』（《孟子正義・盡心下》）此條當以此法待之，惠洪詩差强人意，夢讖則既非詩家事，亦與禪門無涉，惟可原惠洪之本心也。

西①昆體

詩到李義山，謂之文章一厄。以其用事僻澀，時稱②西昆體。然荆公晚年亦或喜之，而字字有根蒂③。如作《雪》詩④曰⑤：『借問火城將策探，何如雲屋聽窗知⑥。』〔一〕又曰：『未愛京師傳谷口，但知鄉里勝壺頭。』〔二〕其用事琢句，前輩無相犯者。昔李師中作送唐介謫官詩⑦曰『去國一身輕似葉，高名千古重於山。并游英俊顔何厚⑧，已⑨死奸諛骨尚⑩寒』〔三〕云云，已而聞介赴月首上官〔四〕，乃⑪大悔⑫，以書索其詩，唐公笑曰：『吾正不用此無對屬⑬落韻⑭詩。』遂以還之。李大驚，久之乃悟『一身』『千古』非挾對，與荆公措意異矣。

【校】

① 西：《類說》無。

② 稱：《類說》作『號』，後無『西』。

③ 而字字有根蒂：《類說》無。

④《雪》詩：《類說》作『雲詩』，前無『作』，《學津討原》本作『雲記』。

⑤曰：《類說》作『云』。

⑥知：《類說》無後文。

⑦詩：明刻本、故宮明本作『禱』。

⑧厚：明刻本、故宮明本作『原』。

⑨已：《稗海》本、《津逮秘書》本、《四庫全書》本、《學津討原》本、《筆記小說大觀》本、《殷禮在斯堂叢書》本作『未』。

⑩尚：《稗海》本、《津逮秘書》本、《四庫全書》本、《學津討原》本、《筆記小說大觀》本、《殷禮在斯堂叢書》本作『已』。

⑪乃：《稗海》本、《津逮秘書》本、《四庫全書》本、《學津討原》本、《筆記小說大觀》本、《殷禮在斯堂叢書》本作『李』。

⑫悔：明刻本、故宮明本作『梅』，《稗海》本、《津逮秘書》本、《四庫全書》本、《學津討原》本、《筆記小說大觀》本作『驚』。

⑬對屬：明刻本、靜嘉堂文庫本、故宮明本、《稗海》本、《津逮秘書》本、《四庫全書》本、《學津討原》本、《筆記小說大觀》本作『寸馬』。

⑭韻：《稗海》本、《津逮秘書》本、《四庫全書》本、《學津討原》本、《筆記小說大觀》本作『顏』。

《詩話總龜》前集卷五十《琢句門》將其一分爲二，無『時稱西昆體』，『然荊公晚年亦或』作『荊公或』，『作雪詩曰』作『雪詩』，『但』作『便』，『犯』前無『相』。『李師中』前無『昔』，後無『作』，『寒』後無『云云』，『赴』作『趁』，『上官』作『上任』，後無『乃』，『以書』前增『乃』，『索』後無『其』，『遂以還之』作『送還』，『乃悟』前無『大驚，久之』，『挾』作『協』。《苕溪漁隱叢話》前集卷二十二《西昆體》引此條前半部分，『義山』前無『李』，無『作雪詩曰』，『借問』作『試問』，無『又曰』。《詩林廣記》有兩處涉及此條，一是前集卷六李義山下引此條首句至『喜之』，『義山』前無『李』。二是後集卷八韓駒《進退韻近體》所附李師中《送唐介》，『已死』作『未死』，『尚』作『已』，下引《緗素雜記》《倦游錄》及胡仔按語，近於《苕溪漁隱叢話》。

【注】

〔一〕此爲王安石《次韻酬府推仲通學士雪中見寄》，見於《王荊公詩注》卷二十九，『借』作『爲』，『探』作『試』。注云：『退之《上裴尚書喜雪》詩：「喜深將策試，驚密仰簷窺。」又云：「氣嚴當酒暖，灑急聽窗知。」《班婕妤傳》：「仰視兮雲屋，雙涕兮橫流。」』《優古堂詩話》：『韓退之《喜雪獻裴尚書》詩云：「喜深將策試，驚密仰簷窺。」又云：「氣嚴當酒煖，灑密聽窗知。」荊公全用以爲一聯云：「借問火城將策試，何如雪屋聽窗知？」』《苕溪漁隱叢話》後集卷二十三《六一居士》亦引此，但所注出處爲《復齋漫錄》。

〔二〕此爲王安石《次韻酬朱昌叔五首》其一，見於《王荊公詩注》卷二十六。注云：『《揚子》：「谷口鄭子真耕於巖石之下，名震於京師。」壺頭，見《馬援傳》，山名，在辰州沅陵東。馬援云：「吾從弟少游嘗言云云，鄉里稱善人則可矣。」以「鄉里」對「京師」，本此。』《石林詩話》卷上：『嘗與葉致遠諸人和頭字韻詩，往返數四，其末篇有云：「名譽子真矜谷口，事功新息困壺頭。」以「谷口」對「壺頭」，其精切如此。後數日，復取本追改云：「豈愛京師傳谷口，但知鄉里勝壺頭。」至今集中兩本并存。』

〔三〕此爲李師中《送唐介》，見於《全宋詩》卷三百九十六，『已』作『未』，『尚』作『已』。《〈冷齋夜話〉考》：『落韻詩：《詩林廣記》後八（廿二丈）。予《正宗贊》二下（五十三丈）箋辨之。李承（實爲誠）之《送唐介》詩，事本出《邵氏聞見前錄》十三（十三丈）。《菊坡》廿三（四丈）。』邵伯溫《邵氏聞見錄》卷十三：『唐介參政爲臺官時，言文潞公燈籠錦獻張貴妃事，上怒甚，謫介春州，承之送以詩，有「去國一身輕似葉，高名千古重如山。并游英俊顔何厚，已死英雄骨尚寒」之句。後介用潞公薦，官於朝廷，無所言，承之以故從介索所送詩，介無以報，取詩還之曰：「我固不用落韻詩也。」以「山」「寒」二字韻不同，故云。可見承之剛正也。』意在贊揚李師中剛直，『落韻詩』似是唐介自我掩飾之托詞而已，但《冷齋夜話》略去中間曲折，著眼點換成李詩格律問題，已大異其趣矣。

〔四〕赴月首上官：《宋史》卷三百十六《唐介傳》：『貶春州別駕，王舉正言以爲太重，帝旋悟，明日取其疏入，改置英州，而罷彦博相，吴奎亦出。又慮介或道死，有殺直臣名，命中使護之……數月，起監郴州稅，通判潭州，知復州，召爲殿中侍御史。遣使賜告，趣詣闕下……换工部員外郎、直集賢院，爲開封府判官。』

【箋】

《彦周詩話》：『洪覺範在潭州水西小南臺寺。覺範作《冷齋夜話》，有曰：「詩至李義山，爲文章一厄。」僕至此蹙額無語，渠再三窮詰，僕不得已，曰：「夕陽無限好，祇是近黃昏。」覺範曰：「我解子意矣。」即時删去。今印本猶存之，蓋已前傳出者。』由是可見詩話成書特點及版本複雜性。《〈冷齋夜話〉考》『李義山文章一厄』條引此。

諸家稱引，均視此條爲互不相涉之兩部分。《詩話總龜》卷四十三《送别門》引張師正《倦游録》：『唐子方以言事謫宜春監酒，待制李師中作詩贈别曰：「孤忠自許衆不與，獨立敢言人所難。去國一身輕似葉，高名千古重於山。并游英俊顔何厚，已死奸諛骨尚寒。天意若爲宗社計，肯教夫子不生還？」』僅述唐介被貶而李師中作詩送别，并無後文，與《冷齋夜話》著眼於李詩『與荆公措意異矣』不同。

《苕溪漁隱叢話》前集卷二十二《西昆體》先引《蔡寬夫詩話》：『王荆公晚年亦喜稱義山詩，以爲唐人知學老杜而得其藩籬，惟義山一人而已。每誦其「雪嶺未歸天外使，松州猶駐殿前軍」，「永憶江湖歸白髮，欲回天地入扁舟」，與「池光不受月，暮氣欲沉山」，「江海三年客，乾坤百戰場」之類，雖老杜亡以過也。義山詩合處，信有過人，若其用事深僻，語工而意不及，自是其短，世人反以爲奇而效之，故昆體之弊，適重其失，義山本不至是云。』由是可知王安石是從學杜有成之角度贊賞李詩，與西昆體無關。前集卷三十一《梅聖俞》引《緗素雜記》：『鄭谷與僧齊己、黄損等共定今體詩格云：「凡詩用韻有數格：一曰葫蘆，一曰轆轤，一曰進退。葫蘆韻者，先二後四；轆轤韻者，雙出雙入；進退韻者，一進一退。失此則繆矣。」余按《倦游雜録》載唐介爲臺官，廷疏宰相之失，仁廟怒，謫英州别駕。朝中士大夫以詩送行者頗衆，獨李師中待制一篇爲人傳誦，詩曰：「孤忠自許衆不與，獨立敢言人所難。去國一身輕似葉，高名千古重於山。并游英俊顔何厚，未死奸諛骨已寒。天爲吾君扶社稷，肯教夫子不生還。」此正所謂進退韻格也。按《韻略》難字第二十五，山字第二十七，寒字又在二十五，而還字又在二十七，一進一退，誠合體格，豈率爾而爲之哉。近閲《冷齋夜話》載當時唐、李對答語言，乃以此詩爲落韻詩。蓋渠伊不見鄭谷所定詩格有進退之説，而妄爲云云也。』又引《東軒筆録》：『唐介始彈張堯佐，諫官皆上疏，及彈文彦博，則吴奎畏縮不前，當時謂拽動陣脚。及唐爭論於上前，遂并及奎之背約，執政又黜奎，而文潞公益不安，遂罷政事。時李師中詩送唐，有「并游英俊顔何厚，未死奸諛骨已寒」之句，爲奎發也。』《詩人玉屑》卷十七《西昆體·荆公晚年喜稱義山》引《蔡寬夫詩話》及此條前半部分，卷二《詩體下·進退格》引《湘（緗）素雜記》，均同於《苕溪漁隱叢話》。

《溽南詩話》卷下：『李師中《送唐介》詩，雜壓「寒」「删」二韻，《冷齋夜話》謂其落韻，而《緗素雜記》云「此用鄭谷等進退格」，《藝苑雌黄》則疑而兩存之。予謂皆不然，謂之落韻者，固失之太拘；而以爲有格者，亦私立名字而不足據，古人何嘗有此哉？意到即用，初不必校，古律皆然，胡乃妄爲云云也？但律詩比古稍嚴，必親鄰之韻乃可耳。』王若虛折中而論，理由是當以詩意爲主，格律爲輔，鄰近之韻可寬，以辭害意斯爲下矣。

此條實爲兩條相合而成，前半批評西昆體用典生僻艱澀，以其刻意模仿李商隱，大量堆砌典故，以冷僻而求新故也。西昆體屬於宋詩仿造階段，直至歐陽修與梅堯臣才有所改觀，確立了宋詩真正面貌，但偏愛用典之習得以延續，并發展成宋詩顯著特征。作爲宋詩典範詩人，王安石亦不例外，祇是不以用典生僻取勝，而是熟練運用『換骨奪胎法』，『點鐵成金』，熔鑄新意，此亦宋詩力求創新之主要出路也。

後半批評李師中詩對偶與用韻有誤，其實，就内容而言，李詩雖不够含蓄藴藉，但有感而發，切題切事，忠義之氣與批判意識誠不可掩也。當然，若嚴格比照律詩形式，『去國』與『高名』，『一身』與『千古』對仗不工，『難』與『寒』屬『寒』韻，『山』與『還』屬『删』韻，非同韻而祇是鄰韻。孟子曰：『不以文害辭，不以辭害志。』（《孟子正義·萬章上》）雖有上述瑕疵，但此詩文氣縱横，仍不失爲佳作也。近藤元粹評曰：『「去國一身」「高名千古」無對屬，「山」「寒」落韻。』若祇是注解原文，則準確無誤；若是附和惠洪，則未若王若虛所論之通達也。

詩比美女美丈夫①

前輩作花詩，多用美女比其狀。如曰：『若教解語應傾國，任是無情也動人。』〔一〕陳俗②哉。山谷作《酴醾③》詩曰：『露濕何郎試湯餅，日烘荀④令炷爐香。』〔二〕乃用美丈夫比之，特若出類。而吾叔淵才作《海棠⑤》又不然，曰：『雨過溫泉浴⑥妃子，露濃湯餅試何郎。』〔三〕意尤工⑦也。

【校】

① 丈夫：明刻本、故宮明本作『文去』。
② 陳俗：《稗海》本、《津逮秘書》本、《四庫全書》本、《學津討原》本、《筆記小說大觀》本作『誠然』。
③ 醾：《螢雪軒叢書》本作『釀』。
④ 荀：明刻本、故宮明本作『苟』。
⑤ 海棠：《稗海》本、《津逮秘書》本、《四庫全書》本、《學津討原》本、《筆記小說大觀》

本、《殷禮在斯堂叢書》本後增「詩」。

⑥ 浴：明刻本、故宫明本作「試」。

⑦ 工：《學津討原》本作「王」。

《墨客揮犀》卷十《作花詩用美女比其狀》亦有此條，「特若」作「若將」。《詩話總龜》前集卷二十一《咏物門下》全引此條，「前輩」後無「作」，「狀」前無「其」，「如曰」作「如云」，「俗」前無「陳」，「山谷」後無「作」，「用美丈夫」作「是以丈夫」，「若出類」前無「特」，「淵才」前增「彭」，「《海棠》」後增「詩」，「尤」前無「意」。《苕溪漁隱叢話》前集卷四十七《山谷上》全引此條，「特若出類」作「特出類也」。

【注】

〔一〕此爲羅隱《牡丹花》，見於《羅隱集繫年校箋》卷一，「也」作「亦」。

〔二〕此爲黄庭堅《觀王主簿家酴醾》，而非其另一首以《酴醾》爲題之詩，見於史容《山谷外集詩注》卷十二，「露濕何郎試湯餅」句下注云：「《語林》曰：『何平叔美姿儀，面絶白，魏文帝疑其著粉。夏月與熱湯餅，既啖，大汗出，隨以朱衣自拭，色轉皎然。』平叔，何晏也，魏初尚主。」「日烘荀令炷爐香」句下注云：「《襄陽記》：『劉季和性愛香，常如廁，還輒過香爐上，主簿張坦曰：「人名公作俗人，不虚也。」季和曰：「荀令君至人家，坐席三日，香與我如何？」坦曰：「醜婦效顰，見者必走，公欲遁走耶？』」季和大笑。」詩人咏花多比美女，山谷賦酴醾獨比美丈夫，見《冷齋夜話》。李義山詩：「謝郎衣袖初翻雪，荀令熏爐更換香。」』明言論黄庭堅以美丈夫比花出自《冷齋夜話》，似屬惠洪新見。

〔三〕此未見於《全宋詩》。

【箋】

《苕溪漁隱叢話》前集卷四十七《山谷上》引此條，又引《吕氏童蒙訓》云：『義山《雨》詩：「摵摵度瓜園，依依傍水軒。」此不待説雨，自然知是雨也。後來魯直、無己諸人多用此體，作詠物詩，不待分明説盡，只仿佛形容，便見妙處。如魯直《酴醾》詩云：「露濕何郎試湯餅，日烘荀令炷爐香。」』胡仔按語云：『詩人詠物形容之妙，近世爲最……羅隱《詠牡丹》詩云：「若教解語應傾國，任是無情也動人。」非不形容，但不能臻其妙處耳。蘇、黄又有詠花詩，皆托物以寓意，此格尤新奇，前人未之有也。東坡《謝杜沂游武昌以酴醾見惠》詩云：「淒涼吴宫闕，紅粉埋故苑。至今微月夜，笙簫來絶巘。餘妍入此花，千載尚清婉。」』

《猗覺寮雜記》卷上：『詩人論魯直《酴醾》云：「『露濕何郎試湯餅，日烘荀令炷爐香。』不以婦人比花，乃用美丈夫事。」不知魯直此格，亦有來歷。李義山《早梅》云：「謝郎衣袖多翻雪，荀令熏爐更換香。」亦以美丈夫比花，魯直爲工。』指明黄詩與李詩有承繼關係。

《誠齋詩話》：『白樂天《女道士》詩云：「姑山半峰雪，瑶水一枝蓮。」此以花比美婦人也。東坡《海棠》云：「朱唇得酒暈生臉，翠袖卷紗紅映肉。」此以美婦人比花也。山谷《酴醿》云：「露濕何郎試湯餅，日烘荀令炷爐香。」此以美丈夫比花也。山谷此詩出奇，古人所未有，然亦是用「荷花似六郎」之意。』既贊賞黄詩高妙，又指出其傳承。然則楊萬里（一一二七—一二〇六）晚於惠洪，似是借鑒《冷齋夜話》而來。

《滹南詩話》卷下：『《冷齋夜話》云：「前輩作花詩，多用美女比其狀，如曰：『若教解語應傾國，任是無情也動人。』塵俗哉。山谷作《酴醿》詩曰：『露濕何郎試湯餅，日烘荀令炷爐香。』乃用美丈夫比之，特爲出類。而吾叔淵材《咏海棠》則又曰：『雨過溫泉浴妃子，露濃湯餅試何郎。』意尤佳也。」慵夫（王若虛）曰：「花比婦人，尚矣。蓋其於類爲宜，不獨在顏色之間。山谷易以男子，有以見其好異之僻。淵材又雜而用之，益不倫可笑。此固甚紕繆者，而惠洪乃節節嘆賞，以爲愈奇，不求當而求新，吾恐他日復有以白皙武夫比之者矣，此花無乃太粗鄙乎？魏帝疑何郎傳粉，止謂其白耳，施於酴醿尚可，比海棠則不類矣。且夫『雨過』『露濃』，同於言濕而已，果何所異而別之爲對耶？」』於黄詩與惠洪所論均不認同。

此條意在説明創新求變是宋詩理念與方法，亦可謂務去陳言已成宋人共識。例如《蘇軾文集》卷六十七《題柳子厚詩二首》其二：『詩須要有爲而作，用事當以故爲新，以俗爲雅。好奇務新，乃詩之病。柳子厚晚年詩極似陶淵明，知詩病者也。』蘇軾雖主要著眼於用典，但化故爲新與化俗爲雅之原則并不僅限於此。當然，蘇軾亦批評好奇務新傾向，認爲不能過度追逐新奇而違背天真自然法則。黄庭堅《再次韵（楊明叔）并引》序：『蓋以俗爲雅，以故爲新，百戰百勝，如孫、吴之兵，棘端可以破鏃，如甘蠅飛衛之射，此詩人之奇也。』化俗爲雅與化故爲新堪稱詩人獨門武器，較蘇軾所論有過之而無不及也。《題意可詩後》：『寧律不諧，而不使句弱；用字不工，不使語俗，此庾開府之所長也。』換言之，祇要不落俗套，任何形式法則均可被打破。是故黄庭堅以美男子喻花，彭淵材以美男美女同時作比，目的在於避俗與弱之弊，以期至於摒棄凡俗而孑然挺立之境界。然而以故爲新易成好奇務新，王若虛所論雖失之嚴苛，實爲糾正此類偏頗之良藥。

近藤元粹評黄庭堅詩曰：『黄詩有斧痕。』看似是品評作品的標準有異，實乃唐宋詩史觀之别，惠洪旨在申明宋詩創變精神，近藤元粹則以尊唐爲先而不黜宋而已。評彭詩曰：『男女雙比甚巧。』此乃彭詩用心之處，但王若虛之質疑亦不無道理。

道潛作詩追法淵明乃①十四字師號

道潛作詩，追法淵明，其語逼真處：『數聲柔櫓蒼茫外，何處江村人夜歸。』〔一〕又曰：『隔林仿佛聞機杼，知有人家住翠微。』〔二〕時從東坡在黄州〔三〕，京師士大夫以書抵坡曰：『聞公與詩僧相從，真東山勝游〔四〕也。』坡以書示潛，誦前句，笑曰：『此吾師十四字師號耳。』②

【校】

①道潛作詩追法淵明乃：《類説》無。

②此條《類説》作「道潛有句云：『隔林仿佛聞機杼，知有人家住翠微。』東坡曰：『此吾師十四字師號。』」

《詩話總龜》前集卷三十二《道僧門》引此條首句，「道潛」作「其」，「其語」作「有」，「數」前增「如曰」，「蒼茫」作「滄浪」，「夜歸」後增「是也」。

《苕溪漁隱叢話》前集卷五十六《參寥》全引此條，「逼真處」前增「有」，後增「曰」，「士大夫」前無「京師」，「公」作「日」，「相從」後增「豈非『隔林仿佛聞機杼』者乎」，「十四」作「七」，「師號」後無「耳」。《詩話總龜》後集卷四十四《釋氏門二》所引與此相同。

《苕溪漁隱叢話》後集卷三十七《參寥》引此條前半部分，「語」作「詩有」，「數」前增「曰」。

【注】

〔一〕此爲道潛《秋江》，見於《參寥子詩集校注》卷一。

〔二〕此爲道潛《東園三首》其二，見於《參寥子詩集校注》卷二，「知」作「應」，「住」作

『在』。

〔三〕《蘇軾年譜》：『元豐二年（一〇七九）八月十八日赴臺。』『因「烏臺詩案」入獄，十二月出獄，二十六日責授黄州團練副使，本州安置。』『元豐七年（一〇八四）四月，受命移汝州。』

〔四〕此出於《晉書》卷七十九《謝安傳》：『寓居會稽，與王羲之及高陽許詢、桑門支遁游處，出則漁弋山水，入則言咏屬文，無處世意。』

【箋】

《詩話總龜》前集有兩處涉及此條，一是卷三十二《道僧門》引首句；二是卷十四《警句下》引《王直方詩話》：『東坡云：「參寥善絶句，有云：『隔林仿佛聞機杼，知有人家在翠微。』每爲人誦。後來黄州，相聚半年。京師故人以書相遺曰：『知有僧在彼，非「隔林仿佛聞機杼」和尚耶？』僕謂參寥曰：『此吾師七字師號也。』」』從論述重心來看，《冷齋夜話》意在説明道潛詩風近於陶淵明，《詩話總龜》意在説明道潛擅長作詩。從蘇軾所言來看，以常理推之，既是名句，則無需繁引，當以《詩話總龜》所記第二首前半句爲是，故而『七字師號』或優於『十四字師號』。

《苕溪漁隱叢話》後集卷三十七《參寥》引此條，有胡仔按語云：『余細細味之，句格固佳，但不類淵明語，豈得謂之逼真處！若東坡《和陶詩》：「前山正可數，後騎且勿驅。」此方是逼真處。惠洪不善評詩，其言豈足憑哉！』《詩話總龜》後集卷四十三《釋氏門一》所引與此相同。批評惠洪可謂相當嚴厲。

《詩人玉屑》卷二十《禪林·道潛》所引近於《苕溪漁隱叢話》前集，又於『知有人家在翠微』後引《苕溪漁隱叢話》後集胡仔評論。

類似於杜甫，陶淵明地位隆升大致亦是宋人弘揚之結果，故而宋代學陶之風頗盛，蘇軾遍和陶詩最爲典型。其實，對於前代經典，主要是學習其獨特藝術精神，而非邯鄲學步，以面目相近爲優也。況且杜詩與陶詩，祇能產生於各自所處時代，宋人焉能寫出晉詩或唐詩？若精神已存，則又何必論似與否也。何況於後人而言，陶詩與李白詩，均難有模仿路徑，更非可依葫蘆畫瓢者也。楊時《龜山先生語錄》：『陶淵明詩所不可及者，沖澹深粹，出於自然。若曾用力學，然後知淵明詩非著力之所能成。』意謂陶詩沖澹自然，非學力可致，此其所以高妙出衆也。是故道潛學陶，頗有幾分相似，已屬難得。胡仔全然否定惠洪所論，未免有失偏頗。

近藤元粹評曰：『名句喜人。』又曰：『佳譴衝吻出，直爲詩家之典，古來惟有一坡翁耳，可謂奇才。』既肯定道潛之詩，亦贊賞蘇軾之才，可謂深得此條之意也。

米元章①有瀑布詩

米芾元章豪放，戲噱有味，士大夫多能言其作止。有書名，嘗大字書曰：『君②有

《瀑布》詩，古今賽不得，最好是「一條界破青山色」〔一〕。』人固以怪之，其後題云：『蘇子瞻曰：「此是白樂天奴子詩。」』見者莫不大笑。

【校】

①元章：《津逮秘書》本、《四庫全書》本、《學津討原》本、《殷禮在斯堂叢書》本前無「米」，後無「有」。

②君：《稗海》本、《津逮秘書》本、《四庫全書》本、《學津討原》本、《筆記小說大觀》本、《殷禮在斯堂叢書》本作「吾」。

【注】

〔一〕此爲徐凝《廬山瀑布》，見於《全唐詩》卷四百七十四，「界」下注「一作解」。

【箋】

《北山詩話》：「徐凝《瀑布》云：『千古常如白練飛，一條界破青山色。』樂天稱之，殊不知凝已用太白句云：『萬里野雲白，一條江練明。』聊爲張祜雪恥。」

王定保《唐摭言》卷二詳敘張祜與徐凝賽詩而「一條界破青山色」擅場之事，亦見於《詩話總龜》前集卷三《志氣門》。范攄《雲溪友議》卷中《錢塘論》再添杜牧爲張祜叫屈之事，亦見於

《詩話總龜》前集卷六《評論門二》。

《蘇軾詩集》卷二十三《世傳徐凝〈瀑布〉詩云『一條界破青山色』，至爲塵陋。又僞作樂天詩稱美此句，有『賽不得』之語。樂天雖涉淺易，然豈至是哉，乃戲作一絶》：『帝遣銀河一派垂，古來惟有謫仙詞。飛流濺沫知多少，不與徐凝洗惡詩。』亦見於《詩話總龜》前集卷九《評論門五》、《詩林廣記》前集卷三李太白《望廬山瀑布》。蘇軾嚴厲批評徐詩，幾乎成爲後續接受者之主調。

《東坡志林》卷一《記游・游廬山》：『是日有以陳令舉《廬山記》見寄者，且行且讀，見其中云徐凝、李白之詩，不覺失笑。旋入開元寺，主僧求詩，因作一絶云：「帝遣銀河一派垂，古來惟有謫仙辭。飛流濺沫知多少，不與徐凝洗惡詩。」……最後與總老同游西林，又作一絶云：「横看成嶺側成峰，到處看山了不同。不識廬山真面目，祇緣身在此山中。」僕廬山詩盡於此矣。』亦見於《苕溪漁隱叢話》前集卷三十九《東坡二》、《詩林廣記》前集卷三李太白《望廬山瀑布》。

洪邁《容齋隨筆》卷十《徐凝詩》：『徐凝以瀑布「界破青山」之句，東坡指爲惡詩，故不爲詩人所稱説。』

《觀林詩話》：『孫興公《天臺山賦》有「赤城霞起而建標，瀑布飛流而界道」之語，爲當時所推。後庾信數用其語，作《瑋禪師碑》云：「游極箕張，建標霞起。」又《襄州鳳林寺碑》云：「干霄秀出，建霞起□。」至徐凝作《廬山瀑布》詩云：「一條界破青山色。」蓋亦用瀑布界道之語，乃爾鄙惡。』批評徐詩遠遜於所化用之原作。

《韻語陽秋》卷十三：『徐凝《瀑布》詩云：「千古猶疑白練飛，一條界破青山色。」或謂樂天有

「賽不得」之語，獨未見李白詩耳。李白《望廬山瀑布》詩云：「飛流直下三千尺，疑是銀河落九天。」故東坡云：「帝遣銀河一派垂，古來惟有謫仙詞。」以余觀之，銀河一派，猶涉比類，未若白前篇云：「海風吹不斷，江月照還空。」鑿空道出，爲可喜也。』亦見於《苕溪漁隱叢話》後集卷四《李太白》、《詩人玉屑》卷十四《謫仙・瀑布詩》、《詩林廣記》前集卷三李太白《望廬山瀑布》。批評徐詩獨創性不足。

《陳輔之詩話》：『徐凝《瀑布》：「一條界破青山色。」誠不如范文正「自虹下澗飲，長劍倚天立」。有僧議徐詩不見布，輒自吟：「□軸卷不盡，天機長放來。」此得形而不得勢，何異三韓使人云：「金山不見金。」意外過求之敝也。』批評徐詩有違自然天成。

宋人否定徐凝詩，蘇軾最力，著眼點并非此詩寫景狀物不佳，而在於徐凝以此求譽，大失詩人應有氣節，有違自由獨立之藝術精神。因爲『獨立之精神，自由之思想』（陳寅恪《海寧王靜安先生紀念碑碑文》）實乃詩人安身立命之本，無此則其作不足道也。宋詩若要挺然自立，與唐詩分庭抗禮，全賴宋代詩人之自由意志，否則創新何從談起？此實古今藝術創作之通則，宋人立意高遠，不輸唐人也。

近藤元粹評曰：『以爲徐凝婢子詩亦可。』此意雖近，但不若『白樂天奴子詩』更爲切當也。

詩句含蓄

詩有句含①蓄者，如老杜曰『勳業頻看鏡，行藏獨倚樓』〔一〕，鄭雲叟〔二〕曰『相看臨遠水，獨自上孤②舟』〔三〕是也。有意含蓄者，如③《宮詞》曰『銀燭④秋光冷畫⑤屏，輕羅小扇撲流螢。天街夜色涼於水，臥看牽牛織⑥女星』〔四〕，又《嘲人》詩曰『怪來妝閣閉，朝下不相迎。總向春園裏，花間語笑⑦聲』〔五〕是也。有句、意俱含⑧蓄者，如《九日》詩曰⑨『明年此會知誰健，醉把茱萸子細看』〔六〕，《宮怨⑩》詩曰『玉容不及寒鴉色，猶帶朝陽日影來⑪』〔七〕是也。

【校】

①含：故宮明本作『合』。
②孤：明刻本、故宮明本無。
③如：《殷禮在斯堂叢書》本作『故』。
④燭：故宮明本作『獨』，古活字印本、正保本、寬文本、文化本、《螢雪軒叢書》本作『色』。
⑤畫：故宮明本作『盡』。
⑥織：故宮明本作『識』。
⑦語笑：《稗海》本、《津逮秘書》本、《四庫全書》本、《學津討原》本、《筆記小說大觀》本、《殷禮在斯堂叢書》本、《螢雪軒叢書》本作『笑語』。
⑧含：明刻本、故宮明本作『合』。

⑨ 曰：《稗海》本、《筆記小説大觀》本無。

⑩ 怨：《稗海》本、《筆記小説大觀》本作「苑」。

⑪ 來：《稗海》本、《筆記小説大觀》本後增「者」。

《詩話總龜》前集卷九《評論門五》全引此條，「老杜」前無「如」，「《宫怨》」後無「詩」，「朝陽」作「昭陽」。

《苕溪漁隱叢話》前集卷十二《杜少陵七》全引此條，「有句含蓄」作「句有含蓄」，「老杜」後無「曰」，「笑語」作「語笑」。

《詩人玉屑》卷十《含蓄·句含蓄、意含蓄》全引此條，「老杜」前無「如」，「醉」作「更」，「《宫怨》詩曰」作「又《宫怨》曰」，後增「寶仗平明宫殿開，暫將紈扇共徘徊」，「朝陽」作「昭陽」，末增「又白樂天云：淚滿羅巾夢不成，夜深前殿按歌聲。紅顔未老恩先斷，斜倚薰籠坐到明」。

【注】

〔一〕此爲杜甫《江上》，見於《杜詩詳注》卷十五，注云：「陳師道《後山》曰：「真宗嘗觀子美詩『勛業頻看鏡，行藏獨倚樓』，謂甫之詩皆不逮此。」」

〔二〕鄭雲叟：即鄭遨（八六六—九三九），字雲叟，滑州（河南滑縣）人，隱士。生平行迹見於

《舊五代史》卷九十三《晉書·鄭雲叟傳》、《新五代史》卷三十四《一行傳·鄭遨傳》等，《新唐書》卷六十《藝文志四》著録《鄭雲叟詩集》三卷（《舊五代史》本傳著録『文集二十卷』）。

〔三〕此實爲鄭谷《别同志》，見於《全唐詩》卷六百七十四。

〔四〕此爲杜牧《秋夕》，見於《杜牧集繫年校注》外集，『銀』作『紅』，『天』作『瑤』，『於』作『如』，『臥』作『坐』。

〔五〕此爲王維《班婕妤三首》其三，見於《王右丞集箋注》卷十三，『語笑』作『笑語』。注云：『「向」，《國秀集》作「在」。「笑語」，顧可久本《國秀集》《萬首唐人絶句》《樂府詩集》《唐詩品匯》俱作「語笑」。』又云：『《國秀集》選此一首，題作《扶南曲》。』

〔六〕此爲杜甫《九日藍田崔氏莊》，見於《杜詩詳注》卷六，『健』下注『一作在』，『醉』下注『芥隱作再』。

〔七〕此爲王昌齡《長信秋詞五首》其三，見於《王昌齡集編年校注》卷五，『容』作『顔』，『朝』作『昭』。

【箋】

《詩林廣記》前集卷二杜甫《九日》除引楊萬里與陳師道之語外，又引劉夢得云：『詩中用「茱萸」字者凡三人，杜甫云「醉把茱萸仔細看」，王維云「遍插茱萸少一人」，朱放云「學它年少插茱萸」。三君所用，杜爲優。』

若以文化性格論，含蓄可謂漢字文化圈顯性特征，這種因子亦滲透至詩學領域，且與自然天成高度關聯而俱成要旨。例如《文心雕龍·隱秀》：『是以文之英蕤，有秀有隱。隱也者，文外之重旨者也；秀也者，篇中之獨拔者也。隱以複意爲工，秀以卓絶爲巧。斯乃舊章之懿績，才情之嘉會也。』『隱』所藴含之『重旨』是指作品内在精神之張力，關乎詩學闡釋之多重維度。《詩品序》：『文已盡而意有餘。』漢字個體獨立性造就組詞靈活性，使得言與意能自如相離又相合，意境之含蓄由是可能，并漸成中國詩學主流理想也。

經過盛唐詩成功實踐，含蓄亦是唐人理論總結熱門話題。皎然所述堪稱典型，有些是從創作角度而言，《詩式序》：『至如天真挺拔之句，與造化爭衡，可以意會，難以言狀，非作者不能知也。』意謂含蓄本於天道，與自然相通，爲創作之本。《詩式》卷一《詩有四不》：『氣高而不怒，怒則失於風流；力勁而不露，露則傷於斤斧。』此乃從反面論證背離含蓄之害。有些是從批評角度而言，《詩式》卷一《重意詩例》：『兩重意以上，皆文外之旨。若遇高手如康樂公，覽而察之，但見情性，不睹文字，蓋詣道之極也。』又以詩例分别説明二重意、三重意、四重意諸種情況。此謂『重意』方能超越文字，深契詩歌『吟咏情性』之本質也。皎然以此闡釋謝靈運詩，樹立其詩學典範。《詩式》卷二：『宫闕之句，或壯觀可嘉，雖有功而情少，謂無含蓄之情也。宜入直用事中，不入第二格，無作用故也。』此乃以反例説明若不含蓄，則品格自低也。

唐五代僧人詩格大抵承繼皎然之論，齊己《風騷旨格·詩有六斷》有『不盡意』之説。神彧《詩格·論破題》有『入玄』之説：『取其意句綿密，祇可以意會，不可以言宣也。』《論詩尾》主張

『須含蓄旨趣』。景淳《詩評》化用『但見情性，不睹文字』之説：『使天下人不知詩者，視至灰劫，但見其言，不見其意，斯爲妙也。』又化用《詩式》卷一《辯體有一十九字》『意中之靜』與『意中之遠』之説，提出實現含蓄有四種辦法：『一曰高不言高，意中含其高。二曰遠不言遠，意中含其遠。三曰閑不言閑，意中含其閑。四曰靜不言靜，意中含其靜。』以是觀之，含蓄所指相對穩定，但這些論述足以見出其生命力與延展度極强。

惠洪將詩分爲『句含蓄、意含蓄、句意俱含蓄』三類，似是化用《詩格·論頷聯》所論『意有四到』：『句到意不到、意到句不到、意句俱到、意句俱不到』，及《論詩尾》所論『含蓄旨趣』：『句意俱未盡、句盡意未盡、意句俱盡』。此條將詩之結構分爲句與意兩個層面，前者側重内在含義，後者側重弦外之音，但均以含蓄爲美學標準。縱觀歷史，『言意之辨』這個哲學論題主要著眼於言意之間能量實現問題，亦即言如何才能達意，得意何以又需忘言等。惠洪將其落實爲句法分析，主要著眼於詩歌物理結構之拆分以及各微觀層面美學實現途徑。雖可稱細緻入微，但於句與意之間相互作用仍有所忽略。然而惠洪所建構詩歌分析模型意在突出句子之核心地位，顯然帶有宋人重句法之痕迹。或可謂此乃宋人創新基本發力點，亦是尤爲用心之處。近藤元粹評曰：『分析甚細。』放眼於宋代詩學宏觀背景，則可知其由來有自。

滿城風雨近重陽

黄州①潘大臨〔一〕工詩，多佳句，然②甚貧③，東坡、山谷尤喜之。臨川④謝無⑤逸以書問：『有新作否？』潘答⑥書曰：『秋來景物，件件是⑦佳句，恨爲俗氛⑧所蔽翳。昨日清⑨臥，聞攪林風雨聲，欣然起，題其壁曰⑩：「滿城風雨近重陽。」忽催租人至，遂敗意。止此一句奉寄。』聞者笑其迂闊。

【校】

① 黄州：《類説》無。
② 多佳句，然：《類説》無。
③ 甚貧：《類説》作『貧甚』。
④ 東坡、山谷尤喜之，臨川：《類説》無。
⑤ 無：《類説》作『元』。
⑥ 答：《類説》前無『潘』，後無『書』。

⑦ 是：《類說》前增「都」。

⑧ 氛：《類說》作「氣」，後無「所」。

⑨ 清：《稗海》本、《津逮秘書》本、《四庫全書》本、《學津討原》本、《筆記小說大觀》本作「閑」。

⑩ 「清臥」至「壁曰」：《類說》作「得句云」。

《墨客揮犀》卷十《潘大臨工詩》亦有此條，「甚貧」作「貧甚」，「氛」作「氣」。《詩話總龜》前集卷十六《留題門下》全引此條，「潘大臨」前無「黃州」，無「多佳句，然甚貧，東坡」，「謝無逸」前無「臨川」，「潘答書曰」作「答曰」，「氛」作「氣」，「蔽」後無「翳」，「清臥，聞攪林風雨聲」作「滿林風雨」，「起」前無「欣然」，「壁」前無「其」。《苕溪漁隱叢話》前集卷五十二《潘邠老》全引此條，「多」作「有」，「甚貧」作「貧甚」，「有新作」作「近新作詩」，「是佳句」作「是詩思」，「氛」作「氣」，「欣然」作「遂」，「題」後無「其」，「租」作「稅」，「笑」前增「莫不」。

【注】

〔一〕潘大臨：字邠老，黃州（湖北黃岡）人，約活動於北宋後期，屬江西詩派。生平行迹見於《張耒集》卷四十八《潘大臨文集序》、《兩宋名賢小集》卷七十七《潘邠老小集》等。

【箋】

《苕溪漁隱叢話》前集卷五十二《潘邠老》引此條，有胡仔引呂居仁云：『潘邠老嘗得詩：「滿城風雨近重陽。」文章之妙，至此極矣。後有詩托謝無逸綴成云：「病思王子同傾酒，愁憶潘郎共賦詩。」爲此語也。』又引謝逸《溪堂集》云：『亡友潘邠老有「滿城風雨近重陽」之句，今去重陽四日，而風雨大作，遂用邠老之句，廣爲三絕。其一云：「滿城風雨近重陽，無奈黄花惱意香。雪浪翻天迷赤壁，令人西望憶潘郎。」其二云：「滿城風雨近重陽，不見修文地下郎。想得武昌門外柳，垂垂老葉半青黄。」其三云：「滿城風雨近重陽，安得斯人共一觴。欲問小馮公健否，雲中孤雁不成行。」』《詩林廣記》後集卷十謝逸《續潘邠老句》近於《苕溪漁隱叢話》，僅『公』作『今』。下引《苕溪漁隱叢話》所引三種文獻，其中《冷齋夜話》僅『攬』作『境』，『租』不變，『遂敗意』作『令人敗思』。

《韻語陽秋》卷二：『小説載謝無逸問潘大臨云：「近日曾作詩否？」潘云：「秋來日日是詩思，昨日捉筆得『滿城風雨近重陽』之句，忽催租人至，令人意敗，輒以此一句奉寄。」亦可見思難而敗易也。』視《冷齋夜話》爲小説，重心在詩思難得而易敗。

潘大臨詩雖爲斷章，但摹寫秋景極佳，故而廣爲流傳，除謝逸外，宋人以詩詞續作者甚衆。如韓淲《澗泉集》卷十四《風雨中誦潘邠老詩》：『滿城風雨近重陽，獨上吴山看大江。』方岳《秋崖詩詞校注》卷七《九日道中淒然憶潘邠老句》：『滿城風雨近重陽，城脚誰家菊自黄。』姚述堯《簫臺公餘詞·朝中措》：『滿城風雨近重陽，小院更淒涼。』又如李處全《浣溪沙（兒輩欲九日詞而尚遠，用『滿城風雨近得陽』填成浣溪沙）》：『宋玉應當久斷腸，滿城風雨近重陽，年年戲馬憶吾鄉。』吴文英《夢窗詞集校箋》卷三《玉蝴蝶》：『兩凝望，滿城風雨，催送重陽。』劉辰翁《劉辰翁詞校注》卷三《金縷曲·壽李公瑾同知》：『我誤留公住。看人間、猶是重陽，滿城風雨。』

關於作家處境與作品成就之矛盾，前人所述備矣，司馬遷《報任少卿書》將諸多經典之作全部歸結爲『發憤著書』之結果，幾可謂此乃由來已久之文化傳統。《杜詩詳注》卷七《天末懷李白》將其精闢概括爲『文章憎命達』，是突出文章與命運之間不可調和之對立。

韓愈將『不平則鳴』視作詩人常態及優秀篇章之本源（《韓昌黎文集校注》卷四《送孟東野序》）。歐陽修進而道出個中緣由，《歐陽修詩文集校箋》卷四十二《梅聖俞詩集序》：『予聞世謂詩人少達而多窮，夫豈然哉？蓋世所傳詩者，多出於古窮人之辭也。凡士之蘊其所有而不得施於世者，多喜自放於山巔水涯。外見蟲魚、草木、風雲、鳥獸之狀類，往往探其奇怪。内有憂思感憤之鬱積，其興於怨刺，以道羈臣、寡婦之所嘆，而寫人情之難言，蓋愈窮則愈工。然則非詩之能窮人，殆窮者而後工也。』意謂『窮』爲『工』之前提，意在贊美純粹文人之節操，亦隱有爲其正名之意。

近藤元粹評曰：『自是一場佳話。』又曰：『其迂不可及。』斯言可謂自相矛盾，潘大臨是純粹詩人，故而殘句亦極優秀，足以傳世，且得諸家續補唱和。以俗眼觀之，其言行或近於迂闊；以詩眼觀之，則純而又純，何迂之有哉？

天棘夢青絲[1]

王仲至[2]〔一〕言：『老杜詩：「江蓮搖白羽，天棘夢[3]青絲。」〔二〕天棘，非煙非[4]雨，自是一種物，曾見於一小說，今忘之。』高秀實曰：『天棘，天門冬也，一名顛棘，非天棘也。』王元之詩曰：『水芝臥玉腕，天棘舞金絲。』〔三〕則天棘蓋柳也。

【校】

①夢：古活字印本、正保本、寬文本、文化本、《螢雪軒叢書》本作『蔓』。『夢青絲』《津逮秘書》本、《四庫全書》本、《學津討原》本、《殷禮在斯堂叢書》本無。

②至：原本作『正』，據《詩話總龜》《苕溪漁隱叢話》改。

③夢：《稗海》本、《津逮秘書》本、《四庫全書》本、《學津討原》本、《筆記小說大觀》本、《殷禮在斯堂叢書》本、古活字印本、正保本、寬文本、文化本、《螢雪軒叢書》本作『蔓』。

④非：故宮明本、《稗海》本、《津逮秘書》本、《四庫全書》本、《學津討原》本、《筆記小說大觀》本無。

《詩話總龜》前集卷十九《紀實門下》全引此條，『老杜詩』後增『曰』，無『非煙非雨』，無『曾見於一小説，今忘之』，『天門冬』前無『天棘』，『名』作『曰』。《苕溪漁隱叢話》前集卷八《杜少陵三》全引此條，『言』後無『老杜詩』，『雨』作『霧』，『見』後無『於』，『忘之』後增『矣』，『高秀實曰』作『高秀實云』，『一名顛棘，非天棘也』作『見《本草》，其枝蔓延，疑蔓字也，非夢青絲也。然《本草》：天門冬，一名巔棘』，『王元之詩』後無『曰』，『舞』作『蔓』。又引《學林新編》：『「天棘蔓青絲」，今改「蔓」爲「夢」，蓋天門冬，亦名天棘，其苗蔓生，好纏竹木上，葉細如青絲，寺院庭檻中多植之，可觀。後人既改蔓爲夢，又釋天棘爲柳，皆非也。』

【注】

〔一〕王仲至：即王欽臣（約一〇三四—約一一〇一），字仲至，應天宋城（河南商丘）人。富於藏書，精於校勘，生平行迹見於《宋史》卷二百九十四《王洙傳》附《王欽臣傳》等。

〔二〕此爲杜甫《巳上人茅齋》，見於《杜詩詳注》卷一，『夢』作『蔓（徐鉉家本作蔓，舊作夢，非）』。注云：『鮑照詩：「留我一白羽。」注：白羽，扇也。朱注：《華嚴會玄記》：「青松爲麈尾，白蓮爲羽扇。」董斯張云：「白羽如『值其鷺羽』之羽，狀蓮之迎風而舞。舊解作扇，非。」』又云：『鄭侯升《秕言》曰：「《冷齋夜話》以天棘爲楊柳，蔡夢弼注以天棘爲天門冬，羅大經《鶴林玉露》則引佛書云：『終南長老入定，夢天帝賜以青棘之絲，故云「天棘夢青絲」。』其說牽合難從。考鄭漁仲《通志》：『柳名天棘，南人謂之楊柳。庾信詩：「岸柳被青絲。」亦一證也。』楊慎《升庵》曰：『鄭樵之說無據。柳可言絲，衹在初春。若荼瓜留客之日，江蓮白羽之辰，必是深夏，柳已老葉陰濃，不可言絲矣。若夫蔓云者，可言兔絲、王瓜，不可言柳。天棘非柳明矣。』按《本草索隱》云：『天門冬，在東岳名淫羊藿，在南岳名百部，在西岳名管松，在北岳名顛棘。』顛與天，聲相近而互名也。此解近之。」朱注：杜田《正謬》：「夢當作蔓。」《抱樸子》及《博物志》皆云：「天門冬一名顛棘，以其刺故也。」然不載天棘之名，疑是方言。《本草圖經》：「天門冬生奉高山谷，今處處有之。春生藤蔓，大如釵股，高至丈餘，亦有澀而無刺者，其葉如絲而細散。」以此考之，天棘爲天冬明矣。』

〔三〕此未見於《王黃州小畜集》。

【箋】

《苕溪漁隱叢話》前集卷八《杜少陵三》引此條，有胡仔按語云：『余按《本草》載《抱樸子》云：「天門冬或名巔棘。」即不云或名天棘，《冷齋》《學林》二說，遂以天棘爲天門冬，何也？其引王元之詩云：「天棘蔓金絲」，又以天棘爲柳，不知亦何所據邪？《少陵詩總目》云：「『天棘夢青絲』之句，最疑學者。」或曰梵語名柳爲天棘。又近傳號東坡《杜詩事實》一篇，更以王逸少詩云「湖上春風舞天棘」爲證，因悟「夢」字乃由「舞」字之訛缺，況以上句考之，正應用一草木爲對偶，非有奧義也。』

《猗覺寮雜記》上引《洪駒父詩話》：『天棘事了不可解，問魯直，魯直亦不解。問王仲至，仲至云：「非煙非霧，自一種物，出異書。然『夢青絲』何謂也？疑『夢』乃『蔓』字傳寫誤。」』朱翌按語云：『余按《本草》，天門冬亦名顛棘，春生藤蔓，如絲杉而細，正與詩合。天門冬名顛棘，故有天棘之稱。藤蔓細於絲杉，故有蔓青絲之語。子美以對「江蓮搖白羽」，決是當時所見，頗肯以「非煙非霧」爲對耶？改蔓爲夢，尤穿鑿。』郭紹虞按語云：『又王觀國《學林》八所言亦與朱翌同。考羅大經《鶴林玉露》十謂：「譚浚明嘗爲余言，此出佛書，終南長老入定，夢天帝贈青棘之香，蓋言江蓮之香，如所夢天棘之香爾。此詩爲僧齊己賦，故引此事。余甚喜其說，然終未知果出何經，近閲葉石林《過庭録》，亦言此句出佛書，則浚明之言宜可信。」然許彥周云：「江南徐鉉家本云：『天棘蔓青絲。』」改蔓爲夢，終涉牽强。』

其實，《彥周詩話》於《冷齋夜話》『改蔓爲夢』與『天棘爲柳』之説均予反駁：『「天棘蔓青絲」，洪覺範硬差「天棘」作「顛柳」，高秀實云：「天棘，天門冬也。」當以秀實之言爲正。顛、天聲相近，又酷似青絲。又江南徐鉉家本云：「天棘蔓青絲。」若蔓生如青絲，尤見是天門冬。』《〈冷齋夜話〉考》『「天棘是柳」條引此。

《觀林詩話》亦有類似觀點：『杜詩云：「江蓮搖白羽，天棘夢青絲。」世不曉其用夢字，余考之，蓋蔓字訛而爲夢耳。何遜《王孫游》「日碧草蔓絲」是也。天棘，天門冬也，如蘹香而蔓生。或以爲柳，誤矣。』

《藏海詩話》則近於《冷齋夜話》：『徐師川云：「工部有『江蓮搖白羽，天棘夢青絲』之句，於江蓮而言搖白羽，乃見蓮而思扇也。蓋古有以白羽爲扇者。是詩之作，以時考之，乃夏日故也。於天棘言夢青絲，乃見柳而思馬也。蓋古有以青絲絡馬者。庚信《柳枝詞》云：『空餘白雪鵝毛下，無復青絲馬尾垂。』又子美《驄馬行》云：『青絲絡頭爲君老。』此詩後復用支遁事，則見柳思馬，形於夢寐，審矣。東坡欲易夢爲弄，恐未然也。」』以是觀之，『天棘』疑義，衆說紛紜，尚未有定論。《宋僧惠洪行履著述編年總案》將之繫於大觀二年（一一〇八），『案：惠洪與高茂華辨「天棘」之事，當在江寧時。《彦周詩話》云云，據上條許顗從李之儀、高茂華游蔣山之事，或其時亦嘗見惠洪，故有二人辨「天棘」之記載。』

『稚子』與『天棘』堪稱杜詩名物考辨難以確解之典型。近藤元粹評曰：『《許彦周詩話》以高說爲正，可參看。』又曰：『是又一說，若以爲天門冬，則王詩舞字覺難解，故王元之似以爲柳。』又引《鶴林玉露》附於正文之後，評曰：『一云「蔓」，一云「夢」，一云「弄」，未知孰是。』又曰：『又一奇說也，似可從。』又曰：『《丹鉛總錄》引《本草》，從天門冬說，可參看。』諸家各引經籍，難駁其非，亦難證其是，故數條評論游移不定。

琥珀

韋應物作《琥珀》詩曰：『曾爲老茯苓，元是寒松液。蚊蚋落其中，千年猶可覿。』〔一〕舊說松液入地千年所化，今燒之尚作松氣。嘗見琥珀中有物如蜂，然此物自外國來，地有茯苓處皆無琥珀，不知韋公何以知之。

【注】

〔一〕此爲韋應物《咏琥珀》，見於《韋應物集校注》卷八，『茯苓』作『茯神』，『元』作『本』。

《詩話總龜》前集卷十九《紀實門下》全引此條，『韋應物』後無『作』，『猶』作『從』，無『舊說松液入地千年所化，今燒之尚作松氣』，『如蜂』前增『形』，後無『然』。

《苕溪漁隱叢話》前集卷十五《韋蘇州》全引此條，『《琥珀》詩』前無『韋應物作』，『入』前增『淪』，『嘗見』作『其』，『有物』作『有形』，『地有』前增『今』。

【箋】

此條意在探究韋應物詩之本事，因爲琥珀是舶來品，而傳說又與見聞有異，故不知韋詩基於寫實抑或虛構歟？近藤元粹評曰：『是物世間往往有焉，不足怪。』無論琥珀在唐宋時期是否易見，惠洪之意不在獵奇，而在梳理本事以助解詩，斯論未得此條之旨也。

詩誤字①

老杜詩曰②：『白鷗沒浩蕩，萬里誰能馴③。』〔一〕今誤作『波浩蕩』，非惟無氣味，亦分外閑置『波』字④。舒王⑤曰：『道人北山來，問松我東⑥岡。舉手指⑦屋脊，云今如⑧許長。』〔二〕今誤作『問松栽東岡』，與『波浩蕩』當并按也。

【校】

① 詩誤字：《類說》作『沒浩蕩』。

② 詩曰：明刻本、靜嘉堂文庫本、故宮明本作『曰詩』。

③ 萬里誰能馴：《類說》無。

④ 『浩蕩』至『波字』：《類說》無。

⑤ 舒王：《類說》作『荊公』。

⑥ 東：原本作『南』，據《稗海》本、《津逮秘書》本、《四庫全書》本、《學津討原》本、《筆記小說大觀》本、《殷禮在斯堂叢書》本、《類說》改。

⑦指：明刻本、静嘉堂文庫本、故宫明本作『拍』。

⑧如：《類説》作『時』。《詩話總龜》前集卷五十《琢句門》全引此條，『亦』後無『分外』，『脊』作『角』，『誤作問松』作『誤曰問松』，『按』後無『也』。

【注】

〔一〕此爲杜甫《奉贈（〈杜臆〉作呈）韋左丞丈二十二韻》，見於《杜詩詳注》卷一，『没』下注『一作波』。注云：『《東坡志林》：「子美『白鷗没浩蕩』，言滅没於煙波間耳。宋敏求謂鷗不解没，改作『波』字，便覺神氣索然。」今按《易林》：「鳧游江海，没行千里。」此「没」字所本。』

〔二〕此爲王安石《道人北山來》，見於《王荆公詩注》卷十一，『許』作『此』。注云：『「我」字，别本作「栽」，此俗人誤改。』

【箋】

《苕溪漁隱叢話》前集有兩處涉及此條，一是卷三《五柳先生上》引此條前半部分，已見《冷齋夜話》①卷四《詩話妄易句法字》，祇是《冷齋夜話》原文爲『白鷗没浩蕩』，而《苕溪漁隱叢話》誤引爲②『白鷗波没蕩』，故而結論立不住。一是卷三十四《半山老人二》將此條後半部分與卷二《洪駒父評詩之誤》王禹偁詩合二爲一，『舒王』作『荆公詩』。《藏海詩話》疑似引此條前半部分：『「白鷗沒浩蕩，萬里誰能馴？」「沒」若作「波」字，則失一篇之意。如鷗之出沒萬里，浩蕩而去，其氣可知。又「沒」字當是一篇暗關鎖也，蓋此詩祇論浮沉耳。今人詩不及古人處，惟是做不成。』

誤字與改字相類，同屬弄巧成拙之例，由是愈可反證杜詩與王詩之經典。是故通小學，重版本，此乃學問門徑，論詩亦不例外也。近藤元粹評曰：『杜詩，坡翁亦辯其改竄之妄。』意謂惠洪所論本於《東坡志林》，斯亦考據之一端也。

王荆公、東坡詩之妙

對句法，詩人窮盡其變，不過以事、以意、以出處具備謂之妙。如荆公曰：『平昔離愁寬帶眼，迄今歸思滿琴心。』〔一〕又曰：『欲寄歲①寒無善畫，賴傳悲壯②有能琴。』〔二〕乃③不若東坡微④意特奇，如曰：『見說騎鯨游汗漫，亦曾捫虱⑤話辛酸。』〔三〕又曰：『蠶市風光思故國，馬行燈火記當年。』〔四〕又曰：『龍驤萬斛不敢過，漁舟一葉縱掀舞。』〔五〕以『鯨』爲『虱』對，以『龍驤』爲『漁舟』對，小大氣焰之不等，其意若玩世。謂之秀傑之氣終不可沒者，此類是也。

【校】

①歲：《四庫全書》本作「荒」。

②壯：故宮明本作「莊」。

③乃：明刻本、靜嘉堂文庫本作「刀」，故宮明本作「力」。

④微：明刻本、靜嘉堂文庫本、《津逮秘書》本、《四庫全書》本、《學津討原》本作「徵」。

⑤虱：明刻本、故宮明本作「風」。下同。

《詩話總龜》前集卷九《評論門五》全引此條，「詩人窮盡其變」作「人」，「以出處具備」作「出處備具」，「荊公」前無「如」，「歲」作「荒」，「乃不若東坡微意」作「不若東坡」，「辛酸」作「酸辛」，無「又曰：鬻市風光思故國，馬行燈火記當年」，「虱對」後無「以」，「小大」作「大小」，「沒」後無「者」，無後文。《詩人玉屑》卷七《屬對·奇對》所引同於《詩話總龜》。《苕溪漁隱叢話》前集卷四十《東坡三》全引此條，「昔」作「日」，「歲」作「荒」，「亦」作「也」，「辛酸」作「酸辛」，無「又曰：鬻市風光思故國，馬行燈火記當年」，「小大」作「大小」，「沒」前無「可」。

【注】

〔一〕此爲王安石《寄余溫卿》，見於《王荊公詩注》卷三十三，『昔』作『日』，『今』作『春』。

〔二〕此爲王安石《秋雲》，見於《王荊公詩注》卷四十一，『寄』作『記』，『歲』作『荒』。

〔三〕此爲蘇軾《和王斿二首》其一，見於《蘇軾詩集》卷二十四，『見說』作『聞道』，『亦曾』作『憶嘗』，『辛酸』作『悲辛』。

〔四〕此爲蘇軾《正月三日點燈會客》，見於《蘇軾詩集》卷二十二，『風光』作『光陰』。

〔五〕此爲蘇軾《大風留金山兩日》，見於《蘇軾詩集》卷十八。

【箋】

諸家稱引均略去『蠶市光陰非故國，馬行燈火記當年』一聯，《蘇軾詩集》卷二十二於前句下注云：『王注：蜀中春月，村市聚爲歡樂，謂之蠶市。施注：《成都記》：「蠶叢氏每春，勸民農桑，但鬻蠶具，謂之蠶市云。」』詰案：《欒城集》題有《記歲首鄉俗寄子瞻二首》，其一《蠶市》。《九域志》云：「梓州有蠶絲山，每歲上春七日，士女游此以祈蠶絲。」據此，則蜀中風俗，皆以人日作蠶市也。此詩作於正月三日，故云「蠶市光陰」。』於後句下注云：『王注：馬行者，東京繁華之處，夜市燈火最盛。施注：馬行，在汴京舊城之東北隅，蓋鬻馬之區，百賈之所會也。』由是可知蠶市爲四川正月初七廟會活動，馬行爲宋代首都開封商賈雲集之所，均以繁華熱鬧著稱，與《冷齋夜話》所言『小大氣焰之不等」不符，故此例可删。《庚溪詩話》卷下：「宋景文有詩曰：『捫虱須逢英俊主，釣鰲豈在牛蹄灣。』以小物與大爲對，而語壯氣勁可嘉也。而東坡一聯曰：『聞說騎鯨游汗漫，亦嘗捫虱話悲辛。』則律切而語益奇矣。」《冷齋夜話》卷一《的對》將對偶視爲世間萬事萬物普遍規律，與之相應，自然天成亦爲詩歌內在準則，人工匠氣無與焉。換言之，若有斧鑿之痕，則非對偶作爲形式要素之過，而係詩人功力不足之故。此條接續前文所論，認爲對偶應同時兼顧三者：故實、詩意、出處，亦即故實切題、詩意流暢、出處不僻。然則此爲概言，惠洪更爲重視「出奇」與「秀傑之氣」，因爲宋人視創新爲宋詩生命所繫，具體到對偶這類細節亦不例外，若無「奇」與「秀」，則唐詩之後皆不必作也。當然，倘若深究，這仍是承續劉勰話語而來，《文心雕龍·麗辭》：「故麗辭之體，凡有四對：言對爲易，事對爲難，反對爲優，正對爲劣。言對者，雙比空辭者也；事對者，并舉人驗者也；反對者，理殊趣合者也；正對者，事異義同者也。」四對之中，當數「理殊趣合」之「反對」爲佳，張力與合力相互作用，「奇」與「秀」方可得也。

近藤元粹評曰：「妙詩細評。」其實，惠洪意在理論建構，所舉詩例祇是爲此服務，品評尚在其次。

詩忌

衆[1]人之詩，例無精彩，其氣奪也。夫氣之奪人，百種禁忌，詩亦如之。曰[2]富貴中不得言貧賤事，少壯中不得言衰老③事，康强中不得言疾病、死亡事。脫或犯之④，謂之詩讖，謂之無氣，是大不然。詩者，妙觀逸想之所寓也，豈可限以繩墨哉！如王維作畫雪中芭蕉〔一〕，詩⑤眼見⑥之，知其神情寄寓於物，俗論則譏以爲不知寒暑。荊公方大拜〔二〕，賀客盈門，忽點墨書其壁曰：『霜筠雪竹鍾山寺，投老歸歟寄此生。』〔三〕坡在儋耳，作詩曰：『平生萬事足，所欠惟一死。』豈可⑦與世俗論哉！予嘗與客論至此，而客不然吾⑧論。予作詩自志其略曰：『東坡醉墨浩琳琅，千首空餘萬丈光。雪裏芭蕉失寒暑，眼中騏驥略玄黃⑨。』〔四〕

【校】

① 衆：《稗海》本、《津逮秘書》本、《四庫全書》本、《學津討原》本、《筆記小說大觀》本、《殷禮在斯堂叢書》本作『今』。

② 曰：元刻本、明刻本、靜嘉堂文庫本、故宮明本、《稗海》本、《津逮秘書》本、《四庫全書》本、《學津討原》本、《筆記小說大觀》本無。

③ 衰：古活字印本作『褰』，明刻本、靜嘉堂文庫本、故宮明本無『老』。

④ 之：明刻本、靜嘉堂文庫本、故宮明本無，明刻本、靜嘉堂文庫本、故宮明本、《稗海》本、《津逮秘書》本、《四庫全書》本、《學津討原》本、《筆記小說大觀》本、《殷禮在斯堂叢書》本後增

『人』。

⑤詩：《稗海》本、《津逮秘書》本、《學津討原》本、《筆記小説大觀》本作『法』，《四庫全書》本作『自法』。

⑥見：《稗海》本、《津逮秘書》本、《四庫全書》本、《學津討原》本、《筆記小説大觀》本、《殷禮在斯堂叢書》本作『觀』。

⑦可：《螢雪軒叢書》本無。

⑧吾：《稗海》本、《津逮秘書》本、《四庫全書》本、《學津討原》本、《筆記小説大觀》本、《殷禮在斯堂叢書》本作『予』。

⑨玄：明刻本、故宮明本作『女』。黄：元刻本、明刻本、故宮明本、《稗海》本、《津逮秘書》本、《四庫全書》本、《學津討原》本、《筆記小説大觀》本後增『云云』。

《詩話總龜》前集卷九《評論門五》全引此條，無『衆人之詩，例無精彩，其氣奪也，夫氣之奪人，百種禁忌，詩亦如之』，第一個『曰』作『夫』，『衰老』後無『事』，『康强』後無『中』，『死亡』後無『事、脱』，無『謂之無氣』，『逸想』後無『之所寓也』，『豈可限以』作『豈限』，『如王維作畫雪中芭蕉』作『王維作雪中畫芭蕉』，『見之』作『見已』，『寄寓』作『意寓』，『俗論則譏以爲』作『俗則譏其』，無『賀客盈門』，『忽』後無『點墨』，『坡在儋耳作詩』作『東坡詩』，『與世俗論哉』作『與俗論』，無『予嘗與客論至此，而客不然吾論』，『予作詩』後無『自志其略』。

《苕溪漁隱叢話》前集卷四十《東坡三》全引此條，「衆人」作「世人」，無「例無精彩，其氣奪也，夫氣之奪人」，「百種」作「例多」，無「詩亦如之，曰」，「畫」前無「作」，「寄寓」作「暫寓」，「譏」作「誠」，「點墨書其壁曰」作「點筆題其壁云」，「坡在」前增「東」，「琳琅」作「淋浪」。

【注】

〔一〕此見於《夢溪筆談·書畫》：「如彥遠《畫評》言：『王維畫物，多不問四時，如畫花，往往以桃、杏、芙蓉、蓮花同畫一景。』余家所藏摩詰畫《袁安臥雪圖》，有雪中芭蕉，此乃得心應手，意到便成，故造理入神，迥得天意，此難可與俗人論也。」

〔二〕《王安石年譜》：「熙寧三年（一〇七〇）十月，自參知政事拜同中書門下平章事、史館大學士。」

〔三〕此未見於《王荊公詩注》。

〔四〕此爲惠洪《與客論東坡作此》前半部分，見於《石門文字禪》卷十一。注云：「陳簡齋詩：『雪裏芭蕉摩詰畫，炎天梅蕊簡齋詩。』注：《類苑》，摩詰畫《袁安臥雪圖》，有雪中芭蕉。」

【箋】

《苕溪漁隱叢話》前集卷四十《東坡三》引此條，有胡仔按語云：「人之得失生死，自有定數，豈容前逃，烏得以讖言之，何不達理如此，乃庸俗之論也。如東坡自黄移汝，別雪堂鄰里，有詞云：「百年强半少，來日苦無多。」蓋用退之詩「年皆過半百，來日苦無多」之語。然東坡自此脱謫籍，登禁從，累帥方面，晚雖南遷，亦幾二十年乃薨，則「來日苦無多」之語，何爲不成讖邪？』《臨漢隱居詩話》：『熙寧庚戌（一〇七〇）冬，王荊公安石自參知政事拜相。是日，官僚造門奔賀者相屬於路，公以未謝，皆不見之，獨與余坐於西廡之小閣。荊公語次，忽顰蹙久之，取筆書窗曰：「霜筠雪竹鍾山寺，投老歸歟寄此生。」放筆揖余而入。』亦見於《詩話總龜》前集卷十七《紀實門上》，但所注出處爲《東軒筆録》。

傳統詩論詩讖之説頗爲流行，或是讖緯之學流入詩學之故也。宋代詩話亦未能免俗，《詩話總龜》前集卷三十三與卷三十四專列《詩讖門》，足見體量之大。

其實，『文以氣爲主』（《典論·論文》）既指文氣所藴之作品境界，亦是作者自由意志之呈現。這個理論雖早已流行，但從詩讖之説接受度觀之，『文氣』適用範圍常被局限於作品維度，作者維度則被有意無意忽視。此條駁斥世俗之見，闡明優秀詩人當以自由意志爲主導，不受固有範式約束，此乃作品富含價值之先決條件。换言之，詩人若無自由意志，則詩作或成觀念之載體，或成形式之木偶，縱有可取之處，亦不足觀。反之，爲貫徹自由意志，有時需打破常規，這類出格不是詩病，而是實現詩人個性之獨特手法。是故惠洪所論『妙觀逸想』與『反常合道』可謂互爲表裏，均爲通往獨創之正途也。

近藤元粹評曰：『中肯綮之論，不圖方外人發之也。』又曰：『千古鐵案。』又曰：『余常持是論而俗論往往以繩墨相譏謗，恨不使播是書細讀之也。』又曰：『王摩詰之作畫，九方皋之相馬，王、蘇之題詩，其旨一也。』惠洪是詩僧，王維、王安石與蘇軾則是儒釋雙修，或許正是游走於儒門與佛界之雙重身份，使得他們能勘破詩讖之荒誕。或亦可謂佛教爲詩學注入新視角與新方法，以助其觀照自身不足以『更上一層樓』。此乃儒釋交融之切入點，亦是援引佛學入詩學之原初動力也。

詩言①其用不言其名

用事琢句，妙在言其用不言其名耳。此法惟荊公、東坡、山谷三老知之。荊公曰：『含風鴨綠鱗鱗起，弄日鵝黄裊裊垂。』〔一〕此言水、柳之用而不言水、柳之名也。東坡《别子由》詩：『猶勝相逢不相識，形容變盡語音存。』〔二〕此用事而不言其名也。山谷曰：『管城子②無食肉③相，孔方兄有絕交書。』〔三〕又曰：『語言少味無阿堵，冰雪相看有此君。』〔四〕又曰④：『眼看⑤人情如格五，心知世事等朝三。』〔五〕『格五』，今之蹙融〔六〕是也。《後漢書》注云：『常置人於險惡處耳。』〔七〕然句中『眼』者，世尤不能解。語言者，蓋其德之候也，故曰：『有德者必有言。』〔八〕王荊公欲革歷世因循之弊，以新政⑥化，作《雪》詩，其略曰：『勢合便疑包地盡，功成終欲放春回。農家不念⑦豐年瑞，祇欲

青天萬里開。』〔九〕

【校】

①言：古活字印本、正保本、寬文本、文化本、《螢雪軒叢書》本作『曰』。
②子：明刻本、故宮明本作『不』。
③肉：明刻本、靜嘉堂文庫本、故宮明本作『内』。
④又曰：《稗海》本、《筆記小説大觀》本無。
⑤看：明刻本、靜嘉堂文庫本、故宮明本、《稗海》本、《津逮秘書》本、《學津討原》本、《筆記小説大觀》本作『有』，《四庫全書》本作『見』。
⑥政：《稗海》本、《津逮秘書》本、《四庫全書》本、《學津討原》本、《筆記小説大觀》本、《殷禮在斯堂叢書》本作『王』。
⑦不：明刻本、靜嘉堂文庫本、故宮明本作『下』。念：《稗海》本、《津逮秘書》本、《四庫全書》本、《學津討原》本、《筆記小説大觀》本、《殷禮在斯堂叢書》本作『驗』。

蔡居厚《詩史》引此條首句及首例，『其用』後增『而』，『荊公、東坡、山谷三老』作『荊公、山谷、東坡』，『荊公曰』作『荊公詩』，『之名』後無『也』。《詩話總龜》前集卷五十《琢句門》全引此條，『其用』後增『而』，『荊公、東坡、山谷三老』

作『荆公、山谷、東坡』，『之名』後無『也』，『東坡《别子由》詩』作『坡别子由曰』，『山谷曰』前無『也』，『味』作『異』，『今之蹙融是也』作『是蹙融法也』，『《後漢書》』無『書』，無『語言者，蓋其德之候也，故曰：有德者必有言』，『革歷世因循之弊，以新政化』作『新政』，『《雪》詩』後無『其略』，『天』作『雲』。

《苕溪漁隱叢話》前集卷三十六《半山老人四》引此條前半部分，『不言其名耳』作『而不言其名』，『此言』後無『水柳之用，而不言』，『别』作『答』，『山谷曰』前無『也』，『世事』作『外物』，無『險惡處耳』後文。此處將《冷齋夜話》關鍵句『此言水柳之用，而不言水柳之名也』誤引作『此言水柳之名也』，意思恰好相反，當以《冷齋夜話》爲是。

【注】

〔一〕此爲王安石《南浦》，見於《王荆公詩注》卷四十一，而非卷四十同名詩，『鱗鱗』作『粼粼』。注云：『評曰：若無如許句法，匿名何用？看它流麗，如景外景。』又云：『公每自哦「鴨緑」「鵝黄」之句，云：「此幾淩轢春物。」』又云：『鴨緑，指水色。《急就篇》二：「春草鷄翹鳧翁濯。」顔師古注：「春草、鷄翹、鳧翁，皆謂染彩而色似之，若今染家言鴨頭緑、翠毛碧云。」』又引此條首句及王安石詩例：『用事琢句，妙在言其用而不言其名，此法惟荆公、東坡、山谷三老知之。荆公「鴨緑」「鵝黄」之句，此本言水、柳之名。』所引《冷齋夜話》解析王詩似與原意相反。《臨漢隱居詩話》卷二：『元豐癸亥（一〇八三）春，予謁王荆公於鍾山，因從容問公：「比作詩否？」公曰：

「久不作矣，蓋賦咏之言亦近口業。然近日復不能忍，亦時有之。」予曰：「近詩自何始，可得聞乎？」公笑而口占一絕云：「南圃東岡二月時，物華撩我有新詩。含風鴨緑鱗鱗起，弄日鵝黄裊裊垂。」真佳句也。』魏泰所述此詩緣起，或可備一説。

〔二〕此爲蘇軾《子由將赴南都，與余會宿於逍遥堂，作兩絕句，讀之殆不可爲懷，因和其詩以自解。余觀子由，自少曠達，天資近道，又得至人養生長年之訣，而余亦竊聞其一二。以爲今者宦游相别之日淺，而異時退休相從之日長，既以自解，且以慰子由云》其一，見於《蘇軾詩集》卷十五。『猶勝相逢不相識』句下注云：『王注：《後漢·黨錮傳》：「夏馥爲黨魁，及張儉等亡命，皆被收考，辭所連引，布遍天下。馥乃自翦須變形，隱匿姓名，爲冶家傭。親突煙炭，形貌毀瘁，人無知者。弟靜，遇馥不識，聞其言聲，乃覺而拜之。」』『形容變盡語音存』句下注云：『施注：《戰國策》：「趙襄子將知伯頭爲飲器，豫讓曰：『吾其報知氏之仇矣。』乃漆身爲厲，滅鬚去眉，自刑以變其容。爲乞人而往乞，其妻不識，曰：『狀貌不似吾夫，其音何類吾夫之甚也。』又吞炭爲啞，變其音。」』由是可知蘇軾詩用典確如《冷齋夜話》所言也。

〔三〕此爲黄庭堅《戲呈孔毅父》，見於任淵《山谷詩集注》卷六。

〔四〕此爲黄庭堅《次韻外舅喜王正仲三丈奉詔相南兵，回至襄陽舍，驛馬就舟見過三首》其三，見於史容《山谷外集詩注》卷二。標題下注云：『「正仲三丈」謂王存，字正仲，元豐間修起居注，元祐初自右丞遷左丞。按《實録》，熙寧九年（一〇七六）十一月奉詔，安南行營將士病疾者衆，遣同知太常禮院王存禱南岳。自京師十一月被命至衡山，回程必在次年。按陳無己《詩話》云：「謝師厚廢居於鄧，王右丞存，其妹婿也，奉使荊湖，枉道過之，夜至其家。師厚有詩云：『倒著衣裳迎戶外，盡呼兒女拜燈前。』」」詳述寫作時間、背景及相關事項，有助於深知此詩也。

〔五〕此爲黄庭堅《漫書呈仲謀》，見於謝啟昆《山谷詩外集補》卷三，『有』作『見』，『世事』作『外物』。標題下注云：『熙寧二年（一〇六九）葉縣作。』詩中無注，惠洪自引《後漢書》注。

〔六〕蹙融：即蹙戎，古代弈戲，被認爲源自漢代『格五』。《漢書》卷六十四上《吾丘壽王傳》：『以善格五召待詔。』顔師古注：蘇林曰：『博之類，不用箭，但行梟散。』孟康曰：『格音各，行伍相各，故言各。』劉德曰：『格五，棋行。』《簺法》曰：『簺、白、乘、五，至五，格不得行，故云格五。』師古曰：『即今戲之簺也，音先代反。』段成式《酉陽雜俎》續集卷四《貶誤》：『小戲中，於弈局一枰，各布五子，角遲速，名蹙融。予因讀《坐右方》，謂之蹙戎。』李匡乂《資暇集》卷中：『今有弈局，取一道人行五棋，謂之蹙融。「融」宜作「戎」，此戲生於黄帝蹙鞠，意在軍戎也，殊非圓融之義。』《夢溪筆談·技藝》：『蹙融，或謂之蹙戎，《漢書》謂之格五。雖止用數棋，共行一道，亦有能否。徐德占善移，遂至無敵。其法以己常欲有餘裕，而致敵人於險。雖知其術止如是，然卒莫能勝之。』《靖康緗素雜記》卷九《格五》：『世俗有蹙融之戲，謂以弈局取一道，人各行五棋，即所謂格五也。』《珊瑚鈎詩話》卷二：『弈棋取一道，人行五子，謂之「蹙融」。「融」者，戎也，生於黄帝蹙鞠戎旅之間爲戲耳。庾元規曰：「蹙戎者，今之蹙融也。漢謂之『格五』，取五子相格之義以名之耳。」樗蒱起自老子，今謂之「呼盧」，取純色而勝之之義以名之耳。』《韻語陽秋》卷十七：『魯直詩云：「眼見人情如格五，心知外物等朝三。」又云：「肉食傾人如出九，藜羹飯我等朝三。」兩聯之意雖不相遠，然似不若前句之無斧鑿痕也。《漢書》，吾邱壽王以善格五待詔。劉德謂格五棋，行以塞法。《齊書》沈文季善塞，其法用五子。沈存中《筆談》云：「格五即今之蹙融，其法以已常有餘，而致敵人於險。」《酉陽雜俎》亦云：「於棋局中各用五子，共行一道，以角遲速。」則格五也，塞也，蹙融也，名雖不同，其制一而已。彼蘇林以爲五博之類，不用箭，但行梟散，未知所據。出九亦賭博之法，詳見《刑統》。」

〔七〕此未見於《後漢書》。

〔八〕此出於《論語·憲問》：『子曰：「有德者必有言，有言者不必有德。」』

〔九〕此爲王安石《次韻和甫咏雪》，見於《王荊公詩注》卷三十一，『農家』作『寒鄉』，『欲』作『憶』。

【箋】

《苕溪漁隱叢話》前集卷三十六《半山老人四》引此條前半部分，胡仔按語舉王安石及自己詩作爲『詩言其用不言其名』之例證：『荊公詩云：「繰成白雪桑重綠，割盡黃雲稻正青。」白雪則絲，黃雲則麥，亦不言其名也。余嘗效之云：「爲官兩部喧朝夢，在野千機促婦功。」蛙與促織，二蟲也。』有助於加深理解此詩法。

《詩人玉屑》有兩處涉及此條，一是卷十《體用·言其用而不言其名》引此條前半部分，同於《苕溪漁隱叢話》，連誤引之處亦從之，惟胡仔按語『則』作『即』。二是卷三《句法·句中有眼》引此條後半部分，近於《詩話總龜》，僅『便疑包地盡』作『便宜包地勢』。《詩林廣記》後集卷二王安石《南浦》所引則是由《苕溪漁隱叢話》所引《冷齋夜話》主題句與王安石部分，以及胡仔按語王安石部分揉合而成，惟胡仔按語『荊公詩云』作『又《夏》詩云』，『則』後均增『言』。然則謬誤之處有三：一是將胡仔按語歸入《冷齋夜話》，二是沿襲《苕溪漁隱叢話》誤引，三是將王安石《木末》詩稱作《夏》詩。惠洪所言甚是，但後人稱引因《苕溪漁隱叢話》之誤而相襲。

對於用典，爭議頗大且難有共識，《文心雕龍》專列《事類》，又以『綜學在博，取事貴約，校練務精，捃理須覈，衆美輻輳，表裏發揮』作爲用典通則，認爲學識與才力相配方能運用自如。《詩品序》則相反，認爲用典祇適用於應用文而非詩歌：『若乃經國文符，應資博古，撰德駁奏，宜窮往烈。至乎吟咏情性，亦何貴於用事？』後世論述大抵不出這兩條理路，然則論爭始終未能平息，而正反雙方均有相應詩例可爲證據，例如盛唐詩不以用典取勝，李商隱詩用典晦澀而不妨礙意境渾成。

當然，唐人所述更爲細緻，例如《詩式》卷一《用事》與《語似用事義非用事》以內容區分用事與比興，但所劃界限仍不十分明晰。《詩議·詩有十五例》雖有三條涉及用事：『重疊用事之例；上句用事，下句以事成之例；上句用事，下句以意成之例』，但其意祇在一聯構造之法及用事對句法之作用。《風騷旨格·詩有三格》：『上格用意，中格用氣，下格用事。』雖將用事納入品詩標準，似是提升其地位，但置於下格，有明褒實貶之嫌。保暹《處囊訣》所論『詩有四合題格』包括『語常用事密』與『莫與古人用事同』兩條，則從造語與創新兩方面論及用典作用。

惠洪并未接續上述話頭，而是主要著眼於實際應用，此條述評當世名家用典得失，并將王安石、蘇軾與黄庭堅用典訣窍歸結爲『言其用而不言其名』，或許是因爲這樣更利於構造『語盡而意有餘』之境界，進而確立宋詩獨特風格。除此之外，《冷齋夜話》卷四《西昆體》論述王安石喜好西昆體而能超越用事僻澀之弊，使字句平實而有來歷。當然，亦有反面例證，《冷齋夜話》卷五《王荊公詩用事》以『横陳』爲例，説明無論典出何處，若不妥帖，則無助於境界升華。以是觀之，此條所論用典訣窍可謂惠洪之創見。

近藤元粹評曰：『咏物之妙，宜用是法。』這是因爲此法易得含蓄深遠之意境，深契中國詩學理想故也。詩人早已用之，惠洪予以理論揭示，反過來亦有助於創作實際。

賈島詩

賈島詩有影略句，韓退之喜之。其《渡桑乾》詩曰：『客舍并州三十霜，歸心日夜憶咸陽。如今更渡桑乾水，却望并州是故鄉。』〔一〕又《赴長江道中》詩曰：『策杖馳山驛，逢人問梓州。長江那①可到，行客替生愁。』〔二〕

【校】

①那：原本作『郡』，據元刻本、明刻本、靜嘉堂文庫本、故宮明本、《稗海》本、《津逮秘書》本、《四庫全書》本、《學津討原》本、《筆記小説大觀》本、《殷禮在斯堂叢書》本、古活字印本、正保本、寬文本、文化本、《螢雪軒叢書》本改。

《詩話總龜》前集卷十一《雅什門下》全引此條，『《渡桑乾》』前無『其』，『三十』作『已十』，『更』作『又』，『《赴長江道中》』前無『又』。

《苕溪漁隱叢話》前集卷十九《賈浪（閬）仙》全引此條，『如』作『而』，『馳』作『離』。

《詩話總龜》後集卷二十《苦吟門》所引與此相同。

《詩人玉屑》卷十五《孟東野、賈浪（閬）仙·〈桑乾〉〈長江〉二詩》全引此條，第一個『詩曰』作『詩云』，『如今』作『無端』，『馳』作『離』。

《詩林廣記》前集卷七賈浪（閬）仙《渡桑乾》所引此條，『三十』作『已十』，『如今』作『無端』，『望』作『指』，『又《赴長江道中》詩曰：策杖馳山驛，逢人問梓州。長江那可到，行客替生愁』作『島又有《赴長江道中》詩，亦是此意』。

【注】

〔一〕此爲賈島《渡桑乾》，見於《長江集新校》卷九，『三十』作『已十』，『如今』作『無端』。

〔二〕此爲賈島《寄令狐相公》，見於《長江集新校》卷三。

【箋】

此條僅有例證而未有理論闡釋以明確『影略句』具體内涵，幸而這個概念亦見於《天廚禁臠》卷上《影略句法》：『《落葉》：「返蟻難尋穴，歸禽易見窠。滿廊僧不厭，一個俗嫌多。」《柳》：「半煙半雨村橋畔，間杏間桃山路中。會得離人無限意，千絲萬絮惹春風。」前詩劉義作，後詩鄭谷作。賦落葉而未嘗及凋零飄墜之意，賦柳而未嘗及裊裊弄日垂風之意，然自然知是落葉，知是柳也。』以是觀之，『影略句』似是指通過相關内容烘托主題，而非直接描寫，如同以影觀物，影備而物在其中矣。

近藤元粹評曰：『影略字甚奇。』其實，中國詩學傾向於詩人自心靈發聲，直擊事物本質，以至自然天成之境界，這大抵亦是《詩品序》主張『直尋』之主因。『影略』所示方法與此相反，固然有新奇之效，但未必可爲常法也。

詩用方言①

句法欲老健有英氣，當間用方俗言爲妙。如奇男子行人群中，自然有穎脱不可干之②韻。老杜③《八仙》詩④，序李太⑤白曰『天子呼來不上船⑥』〔一〕，『船⑦』，方俗⑧言也，所謂⑨襟纽⑩是也⑪。『家家養烏鬼，頓頓食黄魚⑫』〔二〕，川峽⑬路人家⑭多供事⑮烏蠻鬼，以臨江故頓頓食黄魚耳⑯。俗人不解，便作養畜字讀，遂使⑰沈存中自⑱差烏鬼爲鸕鷀也⑲。『夜闌更秉燭，相對疑⑳夢寐』〔三〕，更互秉燭㉑照㉒之，恐尚是夢也㉓。作『更』字㉔讀，則失其意㉕甚矣。山谷每笑之，如所謂『一霎社公雨，數番花信風』〔四〕之類是也。江左風流，久已零落，士大夫人品不高，故奇韻滅絶。東晉韻㉖人勝士最多，皆無出謝安石之右，煙飛空翠之間，乃攜娉㉗婷登臨之〔五〕。與夫雪夜訪山陰故人，興盡而返〔六〕；下馬據胡床，作㉘三弄而去〔七〕者異矣㉙。

【校】

① 詩用方言：《類説》作『老杜詩』。

②之：古活字印本、正保本、寬文本、文化本、《螢雪軒叢書》本作『是』。

③老杜：《類說》無前文。

④詩：前無『八仙』，後無『序李太白』。

⑤太：明刻本、靜嘉堂文庫本、故宫明本作『子』，《稗海》本、《津逮秘書》本、《四庫全書》本、《學津討原》本、《筆記小說大觀》本、《殷禮在斯堂叢書》本無。

⑥船：明刻本、故宫明本作『般』。

⑦船：明刻本、《稗海》本、《津逮秘書》本、《四庫全書》本、《學津討原》本、《筆記小說大觀》本、《殷禮在斯堂叢書》本無。

⑧俗：《類說》無。

⑨所謂：《類說》作『乃』。

⑩紐：《稗海》本、《津逮秘書》本、《四庫全書》本、《學津討原》本、《筆記小說大觀》本作『紉』。

⑪也：《類說》作『已』。

⑫頓頓食黄魚：《類說》無。

⑬峽：《類說》作『陜』。

⑭人家：《類說》作『民』。

⑮事：《稗海》本、《津逮秘書》本、《四庫全書》本、《學津討原》本、《筆記小說大觀》

本、《殷禮在斯堂叢書》本作『祀』。

⑯ 以臨江故頓頓食黄魚耳：《類説》無。

⑰ 讀，遂使：《類説》無。

⑱ 自：《類説》作『遂認』。

⑲ 也：《類説》無。

⑳ 疑：《稗海》本、《津逮秘書》本、《四庫全書》本、《學津討原》本、《筆記小説大觀》本、《殷禮在斯堂叢書》本作『如』。

㉑ 燭：明刻本無。

㉒ 照：《類説》前無『相對疑夢寐，更互秉燭』，後無『之』。

㉓ 也：《類説》無。

㉔ 更字：《類説》作『去聲』。

㉕ 意：《類説》無後文。

㉖ 韻：《津逮秘書》本、《四庫全書》本、《學津討原》本、《殷禮在斯堂叢書》本作『騒』。

㉗ 娉：明刻本、故宫明本作『嫂』。

㉘ 作：《稗海》本、《津逮秘書》本、《四庫全書》本、《學津討原》本、《筆記小説大觀》本、《殷禮在斯堂叢書》本無。

㉙ 《殷禮在斯堂叢書》本注云：『江左以下當另爲一條，舊本亦誤合。』

《詩話總龜》前集卷九《評論門五》全引此條，『方俗言』均作『方言』，『奇男子』前無『如』，『幹』後增『犯』，『人家』作『民』，『自差』後增『以』，『夜闌』前增『詩云』，『疑』作『如』，『恐』後無『尚』，『失其意』作『失意』，『笑之』作『用之』，後無『如』，『花信風』後無『之類』，『奇韻滅絶』作『音韻絶滅』，『勝士』後無『最多，皆』，『飛』作『霏』，『空翠』後無『之』，『登』後無『臨』，『三弄』前無『作』。

《詩林廣記》前集卷二杜甫《羌村》『疑』作『如』，所引此條自『夜闌』至『甚矣』，『更互』作『言更相』，『作更字讀』作『更字當作平聲讀，若作側聲讀』，『其意』後無『甚』。

【注】

〔一〕此爲杜甫《飲中八仙歌》，見於《杜詩詳注》卷二。注云：『錢箋：被酒不能上船，故須扶掖登舟，非竟不上船也。舊注以船爲衣領，不上船是披襟見帝，大謬。』《珊瑚鈎詩話》卷三所引與此相近而與《冷齋夜話》相反。

〔二〕此爲杜甫《戲作俳諧體遣悶二首》其一，見於《杜詩詳注》卷二十。注云：『《蔡寬夫詩話》：「元微之《江陵》詩：『病賽烏稱鬼，巫占瓦代龜。』自注云：『南人染病，競賽烏鬼，楚巫列肆，悉賣龜卜。』烏鬼之名見於此。巴、楚間，常有殺人祭鬼者，曰烏野七神頭，則烏鬼乃所事神名耳。或云養字乃賽字之誤，理或然也。」邵伯溫《聞見録》：「夔峽之人，歲正月，十百爲曹，設牲酒於田間，已而衆操兵大噪，謂之養烏鬼。長老言地近烏蠻戰場，多與人爲厲，用以禳之。」《藝苑雌黄》謂烏蠻鬼。按：「烏鬼」別有三説：《漫叟詩話》以猪爲烏鬼，《夢溪筆談》以鸕鷀爲烏鬼，《山谷別集》以烏鴉獻神爲烏鬼。今以蔡、邵二説爲正。」

〔三〕此爲杜甫《羌村三首》其一，見於《杜詩詳注》卷五，『疑』作『如』。注云：『陸放翁云：夜深宜睡而復秉燭，見久客喜歸之意。《冷齋》讀平聲，謂更换執燭，未然。』兩書所解不同，均可備一説。《〈冷齋夜話〉考》：『夜闌更秉燭：《老學筆記》六（九丈）云：「德洪妄云『更』當平聲云云。」』

〔四〕《全唐詩》卷六百三十收録陸龜蒙『幾點社翁雨，一番花信風』，謝啟昆《山谷詩外集補·次韻春游別説道二首》其一有『燕濕社翁雨，鶯啼花信風』，未知惠洪所本。

〔五〕此出於《晉書》卷七十九《謝安傳》：『安雖放情丘壑，然每游賞，必以妓女從。』

〔六〕此出於《世説新語·任誕》：『王子猷居山陰，夜大雪，眠覺，開室命酌酒，四望皎然，因起彷徨，咏左思《招隱詩》。忽憶戴安道，時戴在剡，即便夜乘小船就之。經宿方至，造門不前而返。人問其故，王曰：「吾本乘興而行，興盡而返，何必見戴？」』

〔七〕此出於《晉書》卷八十一《桓宣傳》附《桓伊傳》：『伊性謙素，雖有大功而始終不替。善音樂，盡一時之妙，爲江左第一。有蔡邕柯亭笛，常自吹之。王徽之赴召京師，泊舟清溪側。素不與徽之相識，伊於岸上過，船中客稱伊小字曰：「此桓野王也。」徽之便令人謂伊曰：「聞君善吹笛，試爲我一奏。」伊是時已顯貴，素聞徽之名，便下車，踞胡床，爲作三調，弄畢，便上車去，客主不交一言。』

亦見於《世說新語·任誕》。

【箋】

《詩話總龜》前集有兩處涉及此條，一是卷九《評論門五》全引此條，二是卷三十一《正訛門》：『杜少陵詩云：「家家養烏鬼，頓頓食黄魚。」說者謂夔、峽間有鬼户，乃夷人也，不聞有烏鬼。蓋蜀人臨水居者皆養鸕鷀，繩繫其頸使捕魚，得魚則倒持出之。至今如此。』

《苕溪漁隱叢話》前集共有三處涉及此條，一是卷十一《杜少陵六》論述『天子呼來不上船』，兩說并存，既引范傳正《李太白墓碑》，『恐少陵用此事』，又『或云蜀人呼衣襟紉爲船，有以見太白醉甚，雖見天子，披襟自若，其真率之至也』。二是卷十二《杜少陵七》論述『家家養烏鬼』，胡仔按語云：『余觀諸公詩話，其說蓋有四焉。《漫叟詩話》以猪爲烏鬼，《蔡寬夫詩話》以烏野神爲烏鬼，《冷齋夜話》以烏蠻鬼爲烏鬼，沈存中《筆談》、《緗素雜記》以鸕鷀爲烏鬼，今具載其說焉。』所引《漫叟詩話》：『予崇寧間往興國軍，太守楊鼎臣字漢傑，一日約飯鄉味，作蒸猪頭肉，因謂予曰：「川人嗜此肉，家家養猪，杜詩所謂家家養烏鬼是也。每呼猪則作烏鬼聲，故號猪爲烏鬼。」』所引《蔡寬夫詩話》近於《杜詩詳注》。所引《冷齋夜話》自『川峽』至『鸕鷀也』，『人家』作『民』，『自差』作『白差』。所引沈括《夢溪筆談》：『士人劉克博觀異書，杜詩有「家家養烏鬼，頓頓食黄魚」，世之說者，皆謂夔、峽間至今有鬼户，乃夷人也，其主謂之鬼，然不聞有烏鬼之說。又鬼户者，夷人所稱，又非人家所養。克乃按《夔州圖經》，稱峽中人以鸕鷀繩系其頸，使之捕魚，得魚則倒提出之，至今如此。予在蜀中見人家養鸕鷀，使捕魚，信然，但不知謂之烏鬼耳。』《緗素雜記》重申此論。《東齋記事》雖詳述鸕鷀情狀，『然范蜀公亦不知鸕鷀乃杜詩所謂烏鬼也。』胡仔結論是：『余嘗細考四説，謂鸕鷀爲烏鬼是也，其謂猪與烏野神、烏蠻鬼爲烏鬼者，非也。余官建安，因事至北苑焙茶，扁舟而歸，中途見數漁舟，每舟用鸕鷀五六，以繩系其足，放入水底捕魚，徐引出，取其魚。目睹其事，益可驗矣。』諸家均以親歷見聞爲證，各持己見，莫衷一是。三是卷六《杜少陵一》論述『夜闌更秉燭』，『疑』作『如』，『更字』中增『側聲』。

《能改齋漫録》有三處涉及此條，一是卷五《辨誤·天子呼來不上船》：『唐范傳正作《李白墓碑》云：「明皇泛白蓮池，公不在宴。皇情既洽，召公作序。時公已被酒於翰苑中，乃命高將軍扶以登舟，優寵如是。」杜子美《八仙歌》云，「天子呼來不上船，自稱臣是酒中仙」，蓋謂此也。《王立之（直方）詩話》以夏彦剛云，「蜀人以襟領爲船」，不知何所據也。謝逸作逸軒詩云：「太白列仙人，名綴雲房籍。」又云：「朝衫不上船，拜舞墮巾幘。」皆承彦剛之誤也。』二是卷六《事實·烏鬼》：『元微之《酬樂天》詩：「病賽烏稱鬼，巫占瓦代龜。」注云：「南人染病，并賽烏鬼。」因悟杜子美詩「家家養烏鬼，頓頓食黄魚」之意。沈存中以烏鬼爲鸕鷀，不知又何所據也？』三是卷六《事實·一頓食》：『杜詩：「頓頓食黄魚。」「頓頓」字亦有所本。晉謝僕射、陶太常同詣吴領軍，坐久，吴留客作食。日已中，使婢賣狗供客。客比得一頓食，殆無氣可語。』

《滹南詩話》卷上：『杜詩稱李白云：「天子呼來不上船。」吴虎臣《（能改齋）漫録》以爲，范傳正《太白墓碑》云：「明皇泛白蓮池，召公作引，時公已被酒於翰苑中，乃命高將軍扶以登舟。」杜詩蓋用此事。而夏彦剛謂「蜀人以襟領爲船」，不知何所據？《苕溪叢話》亦兩存之。予謂「襟領」之説，定是謬妄，正使有據，亦豈詞人通用之語！此特以船字生疑，故爾委曲。然范氏所記，白被酒於翰苑，而少陵之稱，乃「市上酒家」，則又不同矣。大抵一時之事，不盡可考，不知太白凡幾醉，明皇凡幾召，而千載之後，必於傳記求其證邪？且此等不知，亦何害也。』

《砦溪詩話》卷八：『「家家養烏鬼」，沈存中以爲鸕鷀，説者謂非也。元微之詩云：「病賽烏稱鬼，巫占瓦作龜。」自注云：「南人染病，競賽烏鬼。楚巫列肆，悉賣瓦卜。」此乃《戲效俳體二首》，其二亦云：「瓦卜傳神語。」皆是處方言。則烏鬼非鸕鷀明矣。』

《杜工部草堂詩話》卷二：『諸儒詩話，子美戲作俳諧體。《遣悶》云：「家家養烏鬼，頓頓食黄魚。」「養」或讀爲上聲，或讀爲去聲。沈存中《夢溪筆談》以烏鬼爲烏猪，謂其俗呼猪作烏鬼之聲也。《蔡寬夫詩話》以烏鬼爲巴俗所事神名也。《冷齋夜話》謂巴俗多事烏蠻鬼，以臨江故頓頓食黄魚耳。《湘（緗）素雜記》以鸕鷀爲烏鬼，謂養之以捕魚也。然《詩辭事略》又謂楚、峽之間事烏爲神，所謂神鴉也。故元微之有詩云：「病寒烏稱鬼，巫占瓦代龜。」夢弼謂當以此《事略》之言爲是也。蓋養烏鬼、食黄魚，自是兩義，皆記巴中之風俗也。峽中黄魚極大者至數百斤，小者亦數十斤，按集中有詩云「日見巴東峽，黄魚出浪新。脂膏兼飼犬，長大不容身」是也。然是魚豈鸕鷀之所能捕哉？彼以烏鬼爲鸕鷀，其謬尤甚矣。或又曰烏鬼謂猪也，巴峽人家多事鬼，家養一猪，非祭鬼不用，故於群猪中特呼烏鬼以别之也。今并存之。』

《〈冷齋夜話〉考》：『烏鬼：《野客叢書》第十一（實爲二十六）卷：「老杜詩『家家養烏鬼』，

說者不一。《嬾真子》以爲豬，蔡寬夫以爲烏野七神，《冷齋夜話》以爲烏蠻鬼，沈存中《筆談》、《緗素雜記》、《漁隱叢話》、陸農師《埤雅》以爲鸕鷀，四説不同，惟《冷齋》之説爲有據。觀《唐書·南蠻傳》：俗尚烏鬼，大部落有大鬼主，百家則置小鬼主，一姓白蠻，五姓烏蠻。所謂烏蠻，則婦人衣黑繒；白蠻，則婦人衣白繒，又以驗《冷齋》之説。劉禹錫《南中》詩亦曰：『淫祀多青鬼，居人少白頭。』又有所謂青鬼之説，蓋廣南川峽諸蠻之流風，故當時有青鬼、烏鬼等名。杜詩以黄魚對烏鬼，不知其爲烏蠻鬼也審矣。然觀元微之詩曰：『鄉味尤珍蛤，家神悉事烏。』又曰：『病賽烏稱鬼，巫占瓦代龜。』注：『南人染病，競賽烏鬼。』此説又似不同，據《南蠻傳》，烏即烏黑之烏，而元詩以蛤對烏，則以爲烏鴉之烏。」」

此條意在説明方言俗語亦是句法創新之手段，但句法終究爲意境服務，創新目的在於獲得『奇男子之韻』而不僅是奇句，因爲奇韻是宋人創作門徑，亦可謂宋詩區别於唐詩之要點，奇句則等而下矣。當然，宋代主流美學是蒼勁内斂，『老健』與此大體一致，而『英氣』指英武豪邁之氣，或更契合盛唐英雄主義精神，由是可知此條亦有融合唐宋美學主潮之傾向。舉杜詩爲例，其意在於杜詩是盛唐詩巔峰，况且杜甫善於吸取民歌長處，善用方言，常有意想不到之奇效，所引『黑暗通蠻貨』、《飲中八仙歌》、《戲作俳諧體遣悶二首》其一、《羌村三首》其一即爲明證。其實，唐詩高峰在前，可供宋詩選擇之創新路徑并不多，而杜詩既於此途有成，又未成常態，有堪宋詩借鑒者也。此條指明句法創新方向之餘，亦敘及具體辦法，即學習杜詩，繼承杜甫之眼光與理念，活用他山之石。

近藤元粹評曰：『諸解未知是乎否。』惠洪所言確未足以成定論，但至少示學人以治學正途：音聲與意義關聯甚切，若不通音韻及諸小學，恐易誤解文意也。換言之，若要準確解析使用方言俗語這類創新，讀者亦當有深厚學養與人文底蘊。

舒王女能詩①

舒王②女，吴安持之妻蓬萊縣君③，工詩多佳句。有④詩寄舒王曰：『西風不入小⑤窗紗，秋氣應憐我憶家。極目江山千里恨⑥，依前⑦和淚看黄花。』〔一〕舒王以《楞嚴經新釋⑧》〔二〕付之，又⑨和其詩⑩曰：『青燈一點映窗紗，好讀《楞嚴》莫憶家。能了諸緣如幻夢⑪，其間⑫惟有妙蓮花。』〔三〕

【校】

① 《稗海》本無此條。舒王女能詩：《類説》作『謝無逸詩』。
② 舒王：《類説》作『荊公』。下同。
③ 蓬萊縣君：《類説》無。
④ 多佳句，有：《類説》無，後增『嘗』。

⑤ 小：古活字印本、正保本、寛文本、文化本作『少』。

⑥ 恨：明刻本、靜嘉堂文庫本、故宮明本作『帳』。

⑦ 前：《津逮秘書》本、《四庫全書》本、《學津討原》本、《筆記小說大觀》本、《殷禮在斯堂叢書》本、《螢雪軒叢書》本、《類說》作『然』。

⑧ 釋：正保本、寛文本、文化本、《螢雪軒叢書》本作『譯』。

⑨ 又：明刻本、靜嘉堂文庫本、故宮明本、《津逮秘書》本、《四庫全書》本、《學津討原》本、《筆記小說大觀》本、《殷禮在斯堂叢書》本作『有』。『舒王以《楞嚴經新釋》付之，又』《類說》無。

⑩ 其：《津逮秘書》本、《四庫全書》本、《學津討原》本、《筆記小說大觀》本、《殷禮在斯堂叢書》本無。『其詩』《類說》無。

⑪ 夢：《類說》作『事』。

⑫ 其：《津逮秘書》本、《四庫全書》本、《學津討原》本、《筆記小說大觀》本、《殷禮在斯堂叢書》本、《類說》作『世』。『問』故宮明本作『問』。

《詩話總龜》前集卷二十八《寄贈門下》全引此條，無『工詩多佳句』，『前』作『然』，『付』作『寄』，『又和詩』作『和之』，『憶』作『念』，『其』作『世』。

《詩人玉屑》卷二十《閨秀・荊公女》引此條前半部分，『舒王』均作『荊公』，無『蓬萊縣君』『多佳句』，『有詩』作『嘗』，『氣』作『意』，『里』作『萬』，『前』作『然』。

【注】

〔一〕此爲王安石女《寄父》，見於《王荆公詩注》卷四十五，『憐』作『鄰』，『山』作『南』，『前』作『然』，『和』作『如』。

〔二〕《楞嚴經新釋》：已佚，現有《王安石〈楞嚴經解〉十卷輯佚》。惠洪《林間錄》卷下：『王文公罷相，歸老鍾山，見納子必探其道學，尤通《首楞嚴》。嘗自疏其義，其文簡而肆，略諸師之詳，而詳諸師之略。非識妙者，莫能窺也。』

〔三〕此爲王安石《次吴氏女子韻二首》其二，見於《王荆公詩注》卷四十五，『青』作『秋』，『窗』作『籠』，『憶』作『念』，『幻夢』作『夢事』，『其』作『世』。自注云：『吴氏女，即蓬萊君。』所引詩，『山』作『南』，『前』作『然』。

【箋】

《臨漢隱居詩話》卷四：『近世婦人多能詩，往往有臻古人者。王荆公家最衆，張奎妻長安縣君，荆公之妹也，佳句最爲多，著者「草草杯盤供語笑，昏昏燈火話平生」。吴安持妻蓬萊縣君，荆公之女也，有句曰……（「氣」作「意」，「里」作「萬」。）劉天保妻，平甫女也，句有「不緣燕子穿簾幕，春去春來那得知」。荆公妻吴國夫人，亦能文，嘗有小詞《約諸親游西池》，句云：「待得明年重把酒，攜手，那知無雨又無風。」皆脱灑可喜也。』

此條記録王安石女之詩，著眼點或在於父女兩人唱和，這有助於管窺宋代女性創作，亦能呈現王安石富有人情味之一面。相形之下，《臨漢隱居詩話》不僅摘録王安石夫人、妹妹、女兒、侄女代表作各一首，且評價爲『脱灑可喜』『往往有臻古人者』，似有因黨争立場而愛屋及烏之嫌。

近藤元粋評王安石詩曰：『達悟者之言，不似紅粉之口吻。』王安石精研佛理，或可謂達悟者，但因誤讀原文而將王安石詩歸入其女名下。

卷之五

賭①梅詩輸②、罰松聲詩

王文公居鍾山，嘗與薛處士棋，賭梅詩，輸一首，曰：『華髮尋香始見梅，一枝臨路雪培堆。鳳城南陌③它年憶，杳杳難隨驛④使來。』〔一〕又嘗與俞秀老至報寧，公方假寐，秀老私跨公⑤驢，入法雲謁寶覺禪師〔二〕，公知之。有頃，秀老至，公佯睡⑥，睡起，遣秀老下階曰：『爲僧子乃敢盜跨吾驢。』秀老叩頭，願有以自贖其罪，寺僧亦爲⑦解勸。公徐曰：『罰松聲詩一首。』秀老立就，其詞極佳，山中之⑧人忘之，予爲補之⑨曰：『萬壑搖蒼⑩煙，百灘渡流水。下有跨驢人，蕭蕭吹醉耳。』〔三〕

【校】

① 賭：靜嘉堂文庫本作『宿』。

② 梅詩輸：《津逮秘書》本、《四庫全書》本、《學津討原》本、《殷禮在斯堂叢書》本作『輸

梅詩』。

③ 階：元刻本、明刻本、靜嘉堂文庫本、故宫明本、《稗海》本、《津逮秘書》本、《四庫全書》本、《學津討原》本、《筆記小說大觀》本、《殷禮在斯堂叢書》本、古活字印本、正保本、寛文本、文化本、《螢雪軒叢書》本作『陌』。

④ 驛：明刻本、靜嘉堂文庫本、故宫明本作『驲』。

⑤ 公：明刻本、靜嘉堂文庫本、故宫明本、《稗海》本、《津逮秘書》本、《四庫全書》本、《學津討原》本、《筆記小說大觀》本、《殷禮在斯堂叢書》本無。

⑥ 睡：《四庫全書》本作『作』。

⑦ 爲：《稗海》本、《津逮秘書》本、《四庫全書》本、《學津討原》本、《筆記小說大觀》本後增『之』。

⑧ 之：《稗海》本、《津逮秘書》本、《四庫全書》本、《學津討原》本、《筆記小說大觀》本、《殷禮在斯堂叢書》本無。

⑨ 之：明刻本、故宫明本、《稗海》本、《津逮秘書》本、《四庫全書》本、《學津討原》本、《筆記小說大觀》本無。

⑩ 蒼：明刻本、故宫明本作『槍』。

《詩話總龜》前集卷二十一《咏物下》全引此條，『王文公』作『舒王』，後無『居鐘山，嘗』，

『梅詩』作『梅花詩』，『香』作『春』，『南階』作『南北』，『隨』作『尋』，『來』後無『又嘗』，『公方』作『王』，『公驢』作『王驢』，無『入法雲』『公知之』，『公佯睡，睡起，遣秀老下階曰』作『王曰』，『僧子乃』作『士子』，『叩頭』『有以』『寺僧亦爲解勸』無，『公徐』作『王』，『其』『山中』無，『爲補之』作『補』。

《苕溪漁隱叢話》前集卷三十七《俞清老、秀老》所引此條前半部分頗爲不同：『荆公食宫使祿，居蔣山，時時往來白下門、西庵、草堂、法雲，止以一騾挾蹇驢。門人乘間諷笋輿宜老者，公曰：「古之王公至不道，未嘗以人代畜。」』後半部分，『又嘗』作『一日』，無『公知之』『佯睡』，『僧子』作『士子』，無『其罪』『寺僧亦爲解勸』，『爲補』後無『之』，『醉』作『凍』。

《詩人玉屑》卷十八《俞秀老、清老·警聯》所引僅爲『松聲詩，其詞極佳』，『醉』作『凍』，且誤將惠洪詩歸入俞紫芝名下。

【注】

〔一〕此爲王安石《與薛肇明弈棋，賭梅花詩，輸一首》，見於《王荆公詩注》卷四十二，『香』作『春』，『始』作『喜』，『階』作『陌』。注云：『《宋史》，薛昂字肇明，傳中亦載其圍棋賭詩事，與余深、林攄始終附會蔡京。』又云：『觀此詩，則昂早從介甫，後爲京所引，有自來矣。』又云：『吴曾《能改齋漫録》：荆公在鍾山下棋，時薛門下與焉，賭梅花詩一首。薛敗而不善詩，荆公爲代作，今集中所謂薛秀才者是也。薛既宦達，出知金陵，或者嘲以詩曰：「好笑當年薛乞兒，荆公坐上賭梅詩。

而今又向江東去，奉勸先生莫下棋。」薛書名似「丐」字，故人有「乞兒」之説。向來多謂此詩韓子蒼作，非也。昂賦蔡京君臣慶會詩：「逢時可謂真千載，拜賜應須更方回。」時謂之薛方回。（此未見於今本《能改齋漫録》）據此，則昂不能詩可知矣。荊公代作梅詩，亦所以誨之也。』兩書所引有兩處差别：一是薛昂爲處士或秀才，終歸是尚未顯達之時。二是王安石輸棋作詩或薛昂輸棋而王安石代作，從此詩標題來看，似以《冷齋夜話》爲是。

〔二〕寶覺禪師：即祖心（一〇二五—一一〇〇），南岳懷讓下第十二世，黄龍慧南法嗣，屬臨濟宗黄龍派。生平行迹見於黄庭堅《黄龍心禪師塔銘》、《建中靖國續燈録》卷十二《洪州黄龍山寶覺禪師》、《禪林僧寶傳》卷二十三《黄龍寶覺心禪師》、《聯燈會要》卷十四《洪州黄龍祖心禪師》、《嘉泰普燈録》卷四《隆興府黄龍寶覺祖心禪師》、《五燈會元》卷十七《黄龍祖心禪師》等，有《寶覺祖心禪師語録》。

〔三〕此未見於《石門文字禪》。

【箋】

宋代以崇尚雅趣著稱，故而藝術成就足以傲視群雄，且情趣品位已滲透至日常生活，隨處可見，而士人堪稱引領風騷者。此條述及王安石遠離政治而賦閑，原來，廟堂『拗相公』與居家好父親兩種形象以外，作爲讀書人的王安石風流高雅，完全是另一副模樣。以是觀之，政治有時會遮蔽乃至扭曲人性光輝，故而讀書人應以潔身自好爲要務，功名利禄尚在其次。

近藤元粹評曰：『韻事可想。』又曰：『何等風流，何等雅興！』又曰：『不存原作可惜，補作非不佳，雖然，未足以爲妙。』何以言原作更優？乃因有當時風雅情境可依，補作閉門造車，縱有才華，亦已遜一籌矣。

東坡藏記點定一兩字①

舒王在鍾山，有客自黄州來。公曰：『東坡近日有何妙語？』客曰：『東坡宿於臨皋亭，醉夢而起，作《成都聖像②藏記》〔一〕，千有餘言，點定纔一兩字。有寫本，適留船③中。』公遣人取而至。時月出於④東南，林影在地，公展讀於風簷，喜見眉⑤鬚，曰：『子瞻，人中龍也，然有一字未穩。』客曰：『願聞之。』公曰：『「日勝日負⑥」，不若曰「如人善博，日勝日貧⑦」耳。』東坡聞之，拊手⑧大笑，亦以⑨公爲知言。

【校】

① 點定一兩字：《津逮秘書》本、《四庫全書》本、《學津討原》本無。字：《螢雪軒叢書》本無。

②聖像：《稗海》本、《筆記小説大觀》本作『勝相』。
③船：《稗海》本、《津逮秘書》本、《四庫全書》本、《學津討原》本、《筆記小説大觀》本、《殷禮在斯堂叢書》本作『舟』。
④於：《稗海》本、《津逮秘書》本、《四庫全書》本、《學津討原》本、《筆記小説大觀》本、《殷禮在斯堂叢書》本無。
⑤眉：靜嘉堂文庫本作『宿』。
⑥負：《稗海》本、《津逮秘書》本、《四庫全書》本、《學津討原》本、《筆記小説大觀》本作『貧』。
⑦貧：明刻本、靜嘉堂文庫本、故宫明本、《稗海》本、《津逮秘書》本、《四庫全書》本、《學津討原》本、《筆記小説大觀》本作『負』。
⑧手：故宫明本作『子』。
⑨以：原本脱，據其餘諸本補。

《苕溪漁隱叢話》前集卷三十八《東坡一》全引此條，『舒王在』作『王文公居』，『妙』後無『語』，第一個『客曰』作『對曰』，『夢』後增『中』，『成都聖像』作『寶相』，『千』後無『有』，『點定纔』作『纔點定』，『兩字』後增『而已』，『寫』作『墨』，『船』作『舟』，『遺人』作『遺健步往』，『於東南』作『東方』，『眉鬚』作『鬚眉』，第二個『客曰』作『客請』，『不若』後無

『曰如人善博』，『手』作『掌』，『以』前無『亦』。

【注】

〔一〕此爲蘇軾《勝相院經藏記》，作於元豐三年（一〇八〇），見於《蘇軾文集》卷十二，所引作『如人善博，日勝日負』。

【箋】

《苕溪漁隱叢話》前集卷三十八《東坡一》引此條，有胡仔按語云：『熙寧間，介甫當國，力行新法，子瞻譏誚其非，形於文章者多矣，介甫豈能不芥蒂於胸次，想亦未必深喜其文章。今《冷齋》與子真所筆，恐非其實。然子瞻文章，豈待介甫譽之然後傳於世哉？觀李文饒之與白樂天，其事亦可見。古今人情不遠，余是以辨之。』此言雖僅就人之常情推之，并無他證相佐，但若聯繫宋代黨爭於文學之深刻影響，則知斯論非謬也。

王安石與蘇軾政見相左，形諸文字者不少，但兩人品性純粹，祇有明爭而無暗箭，甚至蘇軾身陷『烏臺詩案』時，王安石有出手相救之舉。這是因爲君子對事不對人，一碼歸一碼，小人則睚眦必報。以是觀之，王安石未必會因政治立場而完全排斥蘇軾的非政論類文章，何況此條所述背景是王安石業已賦閑，遠離政治中心，蘇軾被貶黄州，兩人不復處於當年劍拔弩張之論戰狀態，故而可信度較高。然則凡事過猶不及，如《西清詩話》故意營造王安石與蘇軾惺惺相惜而有非比尋常之交游，以圖於黨爭中『爲他日張本』（《能改齋漫録》卷十《蔡元長欲爲張本》），反近乎作僞。例如卷上：『元豐中，王文公在金陵，東坡自黄北遷，日與公游，盡論古昔文字，閑即俱味禪悦。公嘆息謂人曰：「不知更幾百年，方有如此人物。」東坡渡江至儀真，《和游蔣山詩》寄金陵守王勝之益柔，公亟取讀，至「峰多巧障日，江遠欲浮天」，乃撫几曰：「老夫平生作詩，無此二句。」又在蔣山時，以近製示東坡，東坡云：「若『積李兮縞夜，崇桃兮炫晝』，自屈、宋沒世，曠千餘年，無復《離騷》句法，乃今見之。」荆公曰：「非子瞻見諛，自負亦如此，然未嘗爲俗子道也。」當是時，想見俗子掃軌矣。』又如卷中：『王文公見東坡《醉白堂記》，徐云：「此定是韓、白優劣論。」東坡聞之曰：「不若介甫《虔州學記》，乃學校策耳。」二公相誚或如此，然勝處未嘗不相傾慕。元祐間，東坡奉祠西太乙，見公舊題：「楊柳鳴蜩緑暗，荷花落日紅酣，三十六陂春水，白頭想見江南。」注目久之曰：「此老野狐精也。」』這些記敘意在説明兩人同爲當世巨匠，雙峰并峙，且交情深厚，相互欣賞，審美更是心心相印。這份情誼，大概衹見於李白與杜甫之間，例如《杜詩詳注》卷一《與李十二白同尋范十隱居》：『醉眠秋共被，攜手日同行。』又《春日憶李白》：『何時一樽酒，重與細論文。』但這仍衹是杜甫視角，李白似未表現出同等熱情。李杜均是純粹詩人，且有布衣相交之情分，猶未至於『惟有兩心同』（《劉禹錫詩編年校注》卷十三《酬太原令狐相公見寄》）之境地，何況王安石與蘇軾畢竟是政敵，這重隔膜恐不能完全抹煞。

近藤元粹評曰：『風采如見。』又曰：『東坡之於安石，讎敵也，而文字意氣相投如此，可謂奇。』其實，此條以兩人均處於政治低谷之具體情境爲依托，且王安石是以長者口吻評點，大抵與其身份及境況相符，若僅及於此，則未失真；若如《西清詩話》所言，則未免過矣。

荊公梅詩

荊公嘗訪一高士，不遇，題其壁曰：『墻角數枝梅，淩寒特地開。遥知不是雪，爲有暗香來。』〔一〕

【校】

《詩話總龜》前集卷十六《留題門下》將《冷齋夜話》卷一《東坡書壁》與此條合二爲一，『荊公』後無『嘗』，『題』後無『其壁』，『特地』作『獨自』。《詩林廣記》後集卷二王安石《梅花》，『數』作『一』，『特地』作『獨自』。并引《苕溪漁隱叢話》後集胡仔按語。

【注】

〔一〕此爲王安石《梅花》，見於《王荊公詩注》卷四十，『特地』作『獨自』。注云：『古樂府：「庭前一樹梅，寒多未覺開。祇言花似雪，不悟有香來。」介甫略轉換耳，或偶同也。』

【箋】

《苕溪漁隱叢話》前集卷二十七《林和靖》指出王安石詩淵源有自：『公後復有詩云：「遥知不是雪，爲有暗香來。」蓋取蘇子卿詩「祇言花似雪，不悟有香來」之意。』然則所謂蘇武詩大抵爲假托，不如歸入古樂府。

《苕溪漁隱叢話》後集卷二十一《西湖處士》胡仔按語云：『《古樂府·梅花落》，蘇子卿云：「祇言花似雪，不悟有香來。」王介甫《咏梅》云：「遥知不是雪，惟（爲）有暗香來。」韓子蒼《咏梅》云：「那知是花處，但覺暗香來。」介甫、子蒼雖襲子卿之詩意，然思益精而語益工也。』贊賞王安石與韓駒善於化用前人詩意且詩語過之。

《詩人玉屑》卷八《沿襲·誠齋論沿襲》則恰好相反，認爲王安石詩不如前人：『南朝蘇子卿梅詩云：「祇言花是雪，不悟有香來。」介甫云：「遥知不是雪，爲有暗香來。」述者不及作者。』然則蘇武是西漢人而非南朝人。

《誠齋詩話》：『句有偶似古人者，亦有述之者……南朝蘇子卿《梅》詩云：「祇言花是雪，不悟有香來。」介甫云：「遥知不是雪，爲有暗香來。」述者不及作者。陸龜蒙云：「殷勤與解丁香結，從放繁枝散誕香。」介甫云：「殷勤爲解丁香結，放出枝頭自在春。」作者不及述者。』

王安石詩明爲寫梅，實乃隱喻高士，切題得體，宜乎善矣。推而論之，能與寒梅心意相通者，非高士而何？則此詩亦隱有自喻之意也。近藤元粹評曰：『余往年游月瀨寺詩云：「春風若不吹香到，祗道溪山雪未消。」與此爲表裏。』其實，王詩『特地開』與『暗香來』寫盡梅花明知世事艱難而不改孤傲本色，爲自由意志孑然自立之形象，此詩則賴春風之力，又爲山雪所阻，氣象頓衰，且隔一層矣。

詩置動靜意①

荊公曰：『前輩詩云「風定②花猶落」〔一〕，靜中見動意；「鳥鳴山更幽」〔二〕，動中見靜意。』山谷曰：『此老論詩，不失解經旨趣，亦何怪耶。』唐詩有曰『海日生殘月③，江春入暮④年』〔三〕者，置早意於殘晚中。有曰『鷺蟬移別柳，鬥雀墮閑庭』〔四〕者，置靜意於喧動中。東坡作《眉子研》詩，其略曰：『君不見長安畫手開十眉，橫雲却月爭新奇。游人指點小顰處，中有漁陽胡馬嘶。』〔五〕用此微意也。

【校】

① 意：古活字印本、正保本、寛文本、文化本後增『也』。

② 定：靜嘉堂文庫本、故宫明本作『動』，《稗海》本、《津逮秘書》本、《學津討原》本、《筆

記小說大觀》本作『靜』。

③ 月：靜嘉堂文庫本、《稗海》本、《津逮秘書》本、《四庫全書》本、《學津討原》本、《筆記小說大觀》本、《殷禮在斯堂叢書》本作『夜』。

④ 暮：《稗海》本、《四庫全書》本、《學津討原》本、《筆記小說大觀》本作『舊』。

《詩話總龜》卷五十《琢句門》全引此條，『何怪耶』作『可怪』，『閑庭』後無『者』，『略』前無『其』，『微意』後無『也』。

《苕溪漁隱叢話》前集卷三十四《半山老人二》全引此條，『荊公曰』作『荊公言』，『前輩詩』後無『云』，『山谷曰』作『山谷云』，『何怪耶』作『可怪耳』，『柳』作『樹』，無『其略曰』，『長安』作『成都』。《詩話總龜》與《苕溪漁隱叢話》所引黄庭堅結論似與《冷齋夜話》正好相反。

《苕溪漁隱叢話》後集卷二十九《東坡四》細分硯石，引蘇軾詩說明眉子石，『長安』作『成都』。

【注】

〔一〕此爲謝貞《春日閑居》殘句，見於《陳書》卷三十二《謝貞傳》。

〔二〕此爲王籍《入若耶溪》，見於《先秦漢魏晉南北朝詩·梁詩》卷十七。

〔三〕《全唐詩》卷一百十五録王灣《次北固山下》：『海日生殘夜，江春入舊年。』卷八百一十據《雪浪齋日記》録靈澈殘句『海月生殘夜，江春入暮年』。未知孰是。

〔四〕此爲惠崇《國清寺秋居》殘句，見於《全宋詩》卷一百二十六，『别』作『古』，『閑』作『寒』。

〔五〕此爲蘇軾《眉子石硯歌贈胡誾》首句，見於《蘇軾詩集》卷二十四，『長安』作『成都』。標題下注云：『施注：墨迹刻石成都，題爲《古眉山石硯歌》。查注引《苕溪漁隱叢話》後集卷二十九《東坡四》：「新安龍尾，石性皆潤澤，可以敵玉，滑膩而能起墨，以之爲硯，故世所珍也。石雖多，惟羅紋者、眉子者、刷絲者佳。」高似孫《硯箋》：「羅紋坑，在眉子坑東；金星坑，在羅紋坑西北，并南唐李氏發。眉子坑，在羅紋坑西，開元中發。眉子石，有金花眉、金星眉、對眉、短眉、長眉、簇眉、闊眉、雁湖眉、錦蹙眉、菉豆眉等名。」』首句下注云：『王注：《天寶遺事》：「明皇避安禄山難，幸成都，令畫工作《十眉圖》。横行、却月，皆其眉名也。」施注：川畫《十眉圖序》：「蛾眉、翠黛、臥蠶、捧心、偃月、復月、筋點、柳葉、遠山、八字，是爲十眉。」《成都古今集記》：「明皇御容院，有宋藝畫美人侍明皇翠眉十種，世多傳寫，以爲贈玩。」合注：《潛確類書》載《十眉圖》曰：「鴛鴦、小山、五岳、三峰、垂珠、月稜（又名却月）、分梢、涵煙、拂雲（又名横煙）、倒暈。」此先生詩所用也，與施注所引圖序互異。』詩題與石硯相關，從首句下注來看，又與眉飾相關。

【箋】

《夢溪筆談·藝文一》：『古人詩有「風定花猶落」之句，以謂無人能對。王荊公對以「鳥鳴山更幽」。「鳥鳴山更幽」本宋王籍詩，元對「蟬噪林逾静，鳥鳴山更幽」，上下句衹是一意，「風定花猶落，鳥鳴山更幽」則上句乃静中有動，下句動中有静。荊公始爲集句詩，多者至百韻，皆集合前人之句，語意對偶，往往親切，過於本詩。後人稍稍有效而爲者。』

《詩話總龜》前集有兩處涉及此條，一是卷五《評論門一》：『古人有「風定花猶落」之句，無人能對，舒王對以「鳥鳴山更幽」，本宋王籍詩，元對「蟬噪林逾静，鳥鳴山更幽」，上下句衹是一意，若對「風定花猶落」，則上句静中有動，下句動中有静。』二是卷五十《琢句門》全引此條。

《詩人玉屑》卷三《句法》將此條前半部分一分爲二：一是《兩句不可一意》引《夢溪筆談》：『王荊公以「風定花猶落」對「鳥鳴山更幽」，則上句静中有動，下句動中有静。』二是《置早意於殘晚中，置静意於喧動中》，字句略異，然而所注出處爲黄庭堅。

《艇齋詩話》：『南朝人詩云：「蟬噪林逾静，鳥鳴山更幽。」荊公嘗集句云：「風定花猶落，鳥鳴山更幽。」說者謂上句静中有動意，下句動中有静意。此說亦巧矣。至荊公絶句云：「茅簷相對坐終日，一鳥不鳴山更幽」，却覺無味。蓋鳥鳴即山不幽，鳥不鳴即山自幽矣，何必言更幽乎？此所以不如南朝之詩爲工也。』由此及彼評述相關兩聯集句詩。

《對床夜語》卷三：『「風定花猶落，鳥鳴山更幽。」前輩謂上句置静意於動中，下句置動意於静中，是猶作意爲之也。劉長卿「片雲生斷壁，萬壑遍疏鐘」，其體與前同，然初無所覺，咀嚼既久，乃得其意。』既引惠洪之説，又進而指出此聯之不足。

《彦周詩話》：『「風定花猶舞，鳥鳴山更幽。」世傳荊公改「舞」字作「落」字，其語頓工。然「風定花猶落」乃梁謝貞八歲時所作《春日閑居》詩也，從舅王筠奇之，曰：「追步惠連矣。」』此番考證意在論改字，與《冷齋夜話》著重點有異。

《砦溪詩話》卷十：『晨牝妖鴟，索家生亂，自古而然。故夏姬亂陳，費無極亂楚。李義山《咏北齊》云：「小憐玉體横陳夜，已報周師入晉陽。」東坡：「成都畫手開十眉，横雲却月爭新奇。游人指點小顰處，中有漁陽胡馬嘶。」熟味此詩，則「吴人何苦怨西施」，豈足稱咏史哉！等而下之，凡移於此物者，皆可以爲戒。』意在闡揚蘇詩義理，與《冷齋夜話》著重點亦有異。

此條所述亦見於《天廚禁臠》卷上《詩有四種勢·芙蓉出水》：『《山居》：「風定花猶落，鳥鳴山更幽。」舒王集句。讀之自然，令人愛悦，不假人言，然後爲貴也。此謂「芙蓉出水」，晉謝靈運名之。』換言之，縱使完全利用前人舊句，亦以破繭成蝶，自出新意爲佳。同時，集句并非任意兩句相拼即可，新詩應在詞語、義理與情境諸方面毫無扞格，且同樣符合自然天成之美學標準，分毫不爽。以是觀之，集句堪稱創格之獨門絶技，非高手不能爲也。宋人熱衷於此，或許正是著眼於創新之故也。此條細析句子内部構造規則，總結出『静中見動意』『動中見静意』『置早意於殘晚中』『置静意於喧動中』諸種對立統一之法，通過放大語言張力，獲得『陌生化』效果，以爲創新之助推器。

近藤元粹評曰：『論得精細。』這大抵是宋人求新理念與重句法路數相吻合的結果。

舒王、山谷賦詩

舒王宿金山寺，賦詩，一夕而成長句，妙絕。如曰『天多剩得月，月落聞津①鼓』，又曰『乃知像教力，但渡無所苦』〔一〕之類，如生成。山谷在星渚，賦道士快軒詩，點筆立成，其略曰：『吟詩作賦北窗裏，萬言不及一杯水，願得青天化爲一張紙。』〔二〕想見其高韻，氣摩雲霄，獨立萬象之表，筆端三昧，游戲自在也②。

【校】

①津：故宫明本、《稗海》本、《津逮秘書》本、《四庫全書》本、《學津討原》本、《筆記小說大觀》本、《殷禮在斯堂叢書》本作『歸』。

②也：原本脱，據元刻本、明刻本、靜嘉堂文庫本、故宫明本、《稗海》本、《津逮秘書》本、《四庫全書》本、《學津討原》本、《筆記小說大觀》本、《殷禮在斯堂叢書》本補。

《詩話總龜》前集卷五十《琢句門》全引此條，『舒王』作『荊公』，『金山寺』後無『賦詩』，

『長』作『集』,『天多』前無『曰』,『生成』後無『也』,『山谷』後無『在星渚』,『快軒』前無『道士』,『立成』作『就』,『爲』作『作』,『高韻』前無『其』,後無『氣摩雲霄,獨立萬象之表』,『自在』後增『也』。

【注】

〔一〕此爲王安石《金山寺》,未見於《王荊公詩注》而見於《王臨川全集》卷三十六,『多』作『流』,『剩』作『勝』,『乃』作『始』。此詩實爲集句而成,『天多剩得月』出自孫魴《題金山寺》(《全唐詩》卷七百四十三),『月落聞津鼓』出自李端《古別離二首》其一(《全唐詩》卷二百八十四),『方知象教力』出自杜甫《同諸公登慈恩寺塔》(《杜詩詳注》卷二),『但渡無所苦』出自王獻之《桃葉歌》(《樂府詩集》卷四十五《清商曲辭二》)。

〔二〕此爲黄庭堅《壽聖觀道士黄至明開小隱軒,太守徐公爲題曰快軒,庭堅集句咏之》,見於史容《山谷外集詩注》卷五,無『萬言不及一杯水』,『願』作『安』,『爲』作『作』。標題下注云:『洪覺範《冷齋夜話》云:「山谷在星渚,賦道士快軒詩,點筆立就,其略曰:『吟詩作賦北窗裏,萬言不及一杯水。願得青天化作一張紙。』想見其高韻,氣摩雲霄也。」覺範安知此爲何人語,而遽評品耶?星渚即落星灣。山谷以集句爲百家衣,而此篇專取太白一家,略間以他人數言以成章也。太白《古風》云:「金華牧羊兒,乃是紫煙客。」《襄陽歌》云:「鸕鷀杓,鸚鵡杯,百年三萬六千日,一日須傾三百杯。清風明月不用一錢買,玉山自倒非人推。」《蜀道難》云:「砯崖轉石萬壑雷。」《寒夜獨酌》云：「吟詩作賦北窗裏，萬言不及一杯水。」《山中對酌》云：「兩人對酌山花開，一杯一杯復一杯。」《廬山謠》云：「廬山秀出南斗傍，銀河倒掛三石樑。」《送竇明府》云：「登高送遠形神開。」樂府云：「有長鯨白齒若雪山。」《選》詩云：「桂水日千里，因之平生懷。」《古樂府·羅敷行》：「使君東南來，五馬立踟躕。」呂洞賓詩云：「一粒粟中藏世界，二升鐺內煮乾坤。」』史容注引此條，且論惠洪誤引，因爲此詩是集句詩，不能完全視爲黄庭堅之作。然則與摘録白居易詩類似，此中亦有黄庭堅創造，不可一概否定。史容將此詩收入黄庭堅詩集，即爲明證。『吟詩作賦北窗裏，萬言不直一杯水』出自李白《答王十二寒夜獨酌有懷》（《李白全集校注匯釋集評》卷十七《歌詩三十首·酬答下》），『爭得青天化爲一張紙』出自裴説《懷素臺歌》（《全唐詩》卷七百二十）。

【箋】

此條意在以典型例證展示集句之妙。近藤元粹評王安石詩曰：『不載全首，未足見其妙。』評黄庭堅詩曰：『是首足見其奇之一斑。』所論與惠洪不盡相同，於王詩有所保留，緣由雖在『未載全首』，但似乎更在於文氣相貫性有所不足，而這是集句成敗關鍵所在，亦是體現作者功力之處，至關重要，高下判然矣。

王荊公詩用事①

舒王晚年詩②曰：『紅梨③無葉庇華身，黄菊分香委路塵。歲晚蒼官才自保，日高青女尚横陳。』〔一〕又曰：『木落岡巒因自獻，水歸舟④渚得横陳。』〔二〕山谷謂予⑤曰：『自獻、横陳事，見相如賦〔三〕，荊公不應完⑥用⑦耳。』予曰：『《首⑧楞嚴經》亦曰：「於⑨横陳時，味如嚼蠟。」〔四〕』

【校】

①《類説》標題作『横陳』。

②舒王晚年詩：《類説》作『王荊公』。

③梨：《類説》作『紫』。

④舟：《稗海》本、《津逮秘書》本、《四庫全書》本、《學津討原》本、《筆記小説大觀》本、《殷禮在斯堂叢書》本、《類説》作『洲』。

⑤謂予：《類説》無。

⑥ 完：明刻本、靜嘉堂文庫本、故宮明本、《稗海》本、《津逮秘書》本、《四庫全書》本、《學津討原》本、《筆記小說大觀》本、《殷禮在斯堂叢書》本無。

⑦ 用：《螢雪軒叢書》本作「念」。

⑧ 首：《稗海》本、《筆記小說大觀》本作「看」。「荊公不應完用耳，予曰：首」《類說》無。

⑨ 於：《稗海》本、《筆記小說大觀》本後增「看」。

《詩話總龜》前集卷九《評論門五》全引此條，「舒王」後無「晚年」，「歲晚」作「晚歲」，「又曰」作「又云」，「自獻橫陳」後無「事」，「完」作「全」，「經」前無「嚴」。

【注】

〔一〕此爲王安石《紅梨》，見於《王荊公詩注》卷四十八。注云：「《復齋漫録》云：「荊公詩『日高青女尚橫陳』，橫陳事，見相如賦及《楞嚴經》。青女者，主霜雪之神也，事見《淮南子》。公以青女爲霜，於理未當。如杜子美《秋野》詩云：『飛霜任青女。』乃爲當理。梁昭明《博山香爐賦》云：『青女司寒，紅花緊景。』亦皆指爲雪霜神矣。」《復齋》之說姑存之。」又云：「楊文公《梨》詩：「九秋青女霜添味，五夜方諸月陷津。」則青女與霜，必兼言也。」

〔二〕此爲王安石《清涼寺白雲庵》，見於《王荊公詩注》卷四十二，「舟」作「洲」。注云：「《周禮·掌客》注有「橫陳」字。又騷詞：「橫自陳兮君之前。」今人但取《首楞嚴經》「於橫陳時，味如嚼蠟」，非也。』又云：『《玉臺新咏》沈約《夢見美人》詩：「立望復橫陳，忽覺非在側。」』又云：『陸龜蒙《薔薇》詩：「倚墻當戶自橫陳，致得貧家似不貧。」』

〔三〕見司馬相如《美人賦》：『於是寢具既設，服玩珍奇，金鉔薰香，黼帳低垂，裀褥重陳，角枕橫施。女乃弛其上服，表其褻衣，皓體呈露，弱骨豐肌，時來親臣，柔滑如脂。』

〔四〕此出於《首楞嚴經》卷十六。

【箋】

《優古堂詩話·橫陳》：『荊公詩「日高青女尚橫陳」「潮回洲渚得橫陳」，橫陳二字，見《首楞嚴經》及宋玉《風賦》。前輩以用橫陳始於荊公，非也。陸龜蒙《薔薇》詩云：「倚墻當戶自橫陳，致得貧家似不貧。」沈約《夢見美人》詩云：「立望復橫陳，忽覺非在側。」見《玉臺新咏》。』《猗覺寮雜記》卷上：『《介甫云：「日高青女尚橫陳。」又云：「水歸洲渚得橫陳。」用《楞嚴》「於橫陳時，味如嚼蠟」事。唐李義山：「小蓮玉體橫陳夜，已報周師入晉陽。」唐張薦《靈怪集·東蔡女鬼與裴紹祖》詩云：「橫陳君不御，惟知思不絕。」漢魏文章《宋玉諷賦主人之女歌》曰：「內怵惕兮徂玉床，橫自陳兮君之旁。」橫陳蓋出於此。』

《苕溪漁隱叢話》前集卷三十五《半山老人三》先引《漫叟詩話》：『荊公詩：「紅梨無葉庇花身，黃菊分香委路塵。歲晚蒼官才自保，日高青女尚橫陳。」蒼官事見唐刺史樊宗師所作《絳守居園亭記》，中云：「蒼官青士權列與槐朋友。」橫陳事見宋玉《風賦》，云：「橫自陳兮君之前。」若《楞嚴經》所謂「於橫陳時，味如嚼蠟。」』乃房融筆，用其語也。」』又引《冷齋夜話》：『「木落岡巒因自獻，水歸洲渚得橫陳。」山谷謂余曰：「自獻、橫陳見相如賦，荆公不應用耳。」予以《楞嚴經》語對之。山谷云：「荆公暮年作小詩，雅麗精絶，脱去流俗，每諷味之，便覺沆瀣生牙頰間。」』」惠洪是與黄庭堅討論王安石用事，而胡仔將著眼點轉向評論王安石晚年小詩，故其按語云：『荆公小詩，如「南浦隨花去，回舟路已迷。暗香無覓處，日落畫橋西」，「染雲爲柳葉，翦水作梨花。不是春風巧，何緣見歲華。」「簷日陰陰轉，床風細細吹。翛然殘午夢，何許一黄鸝。」「蒲葉清淺水，杏花和暖風。地偏緣底緑，人老爲誰紅。」「愛此江邊好，留連至日斜。眠分黄犢草，坐占白鷗沙。」「日淨山如染，風暄草欲薰。梅殘數點雪，麥漲一川雲。」觀此數詩，真可使人一唱而三嘆也。』此處所論，自『山谷云』至結尾亦見於《詩人玉屑》卷十七《半山老人・一唱三嘆》。惠洪與胡仔所論重心已完全不同，或因胡仔亦認爲私語無考，故而將論述轉向其審美判斷。《冷齋夜話》所述雖文獻意義不足，但理論意義并未有所減損。

《捫虱新話》下集卷一《荆公詩極精巧》：『荆公晚年詩極精巧，如「木落山林成自獻，潮回洲渚得橫陳」「一水護田將緑繞，兩山排闥送青來」之類，可見其琢句功夫。然論者猶恨其雕刻太過，公嘗讀杜荀鶴《雪》詩云：「江湖不見飛禽影，巖谷惟聞拆竹聲。」改云：「宜作『禽飛影』『竹拆聲』。」又王仲至試館職詩云：「日斜奏罷長楊賦，閑拂塵埃看畫墻。」公又改爲「奏賦長楊罷」，云：「如此語健。」此亦是一癖。』説明王安石晚年詩窮極精巧而有過度之嫌。

用典出奇是詩歌創新常見手段，王安石與黄庭堅均深諳此道。然而典故內涵相對穩定，若非舊瓶裝新酒，則應尋求新關聯以生新詩意。舊内涵謂之正，新關聯謂之奇，兩者相輔相成，偏執一端則易流於俗套。近藤元粹評曰：『「自獻」「横陳」奇對。』過正難以出新，過奇反傷詩意，此對固奇，但無補於格調也。

荊公、東坡①警句

唐詩有曰：『長因送客②處，憶得别家時。』〔一〕又曰：『舊國别多日，故人無少年。』〔二〕而③荊公用其意，作古今不經人道語。荊公詩曰：『木末北山煙冉冉，草根南澗水泠泠。繰成白雪桑重緑，割盡黄雲稻正青。』〔三〕東坡曰：『桑疇雨過羅紈膩，麥隴風來餅餌香。』〔四〕如《華嚴經》舉因知果，譬如蓮花，方其吐華而果具④蕊中。

【校】

① 荊公、東坡：《津逮秘書》本、《四庫全書》本、《學津討原》本作『蘇王』。

② 客：元刻本、明刻本、静嘉堂文庫本、故宫明本、《稗海》本、《津逮秘書》本、《四庫全書》本、《學津討原》本、《筆記小説大觀》本、《殷禮在斯堂叢書》本作『人』。

③ 而：明刻本、靜嘉堂文庫本、故宫明本、《稗海》本、《津逮秘書》本、《四庫全書》本、《學津討原》本、《筆記小説大觀》本無。

④ 具：故宫明本作「且」。

【注】

〔一〕此爲張籍《薊北旅思》，見於《張籍集繫年校注》卷二，「客」作「人」。

〔二〕此爲賈島《旅游》，見於《長江集新校》卷三。

〔三〕此爲王安石《木末》，見於《王荊公詩注》卷四十一。注云：「評曰：如畫兩疊。」又云：「繰成白雪，謂春風吹絮，綿綿如雪，柳絮過後，桑葉正緑。割盡黄雲，謂麥子收割後，晚稻正青。」

〔四〕此爲蘇軾《和文與可洋川園池三十首·南園》，見於《蘇軾詩集》卷十四，「桑疇」作「春畦」，「麥隴」作「夏壠」。

【箋】

此條所論與下條實有不同，意在將「言其用不言其名」從用典與造句之法，推及立意與用語，以爲創新通則也。以《華嚴經》與蓮花作喻近藤元粹評曰：「禪學者流之言，别具一種之見解，自吾人見之，殊覺無味。」詩禪交融盛於宋代，佛學話語常被引入詩學，既與士人話語相融，則不涉佛門奥義而有再生張力，近藤元粹之無感源於排佛立場而非事實判斷。

荊公、東坡①句中眼

造語之工，至於荊公、東坡、山谷，盡古今②之變。荊公曰：『江月轉空爲白晝，嶺雲分暝與黄昏。』〔一〕又曰：『一水護③田將緑繞，兩山排闥送青來。』〔二〕東坡《海棠》詩曰：『祇恐夜深花睡去，高燒銀燭照紅妝。』又曰：『我攜此石歸，袖中有東海。』〔三〕山谷曰：『此皆謂之句中眼，學者不知此妙語，韻終不勝。』

【校】

① 荊公、東坡：《津逮秘書》本、《四庫全書》本、《學津討原》本無。

② 古今：《螢雪軒叢書》本作『今古』。

③ 護：明刻本、故宫明本作『獲』。

諸家稱引多將此條與前條合二爲一。《墨客揮犀》卷八《舒王、東坡作古今不經人道語》亦有此兩條，『客』作『人』，『荊公』均作『舒王』，『用』前增『東坡』，『舉因知果』作『舉果知因』。『月』作『水』，『妙』後無『語』。

《詩話總龜》前集卷九《評論門五》全引此兩條，『唐詩』後無『有』，『客』作『人』，『荊公』均作『舒王』，『用』前增『東坡』，『荊公詩』作『王詩』，『坡曰』前無『東』，『舉因知果』作『舉果知因』。『一』前無『又曰』，『坡《海棠》』前無『東』，『高燒銀燭』作『故燒高燭』，無『學者不知此妙語，韻終不勝』。

《苕溪漁隱叢話》前集卷三十三《半山老人一》全引此兩條，『用』前增『東坡』。『東坡、山谷』位置互換，『江』前無『曰』，『分暝與』作『分晚作』。

《詩人玉屑》卷六《造語·句中眼》全引此兩條，『客』作『人』，『用』前增『東坡』，『冉冉』作『苒苒』，『桑疇』作『春畦』，『麥』作『夏』，『舉因知果』作『舉果知因』。『東坡、山谷』位置互換，『與』作『作』，『皆』作『詩』，『妙』後無『語』。

《詩林廣記》後集卷二王安石《木末》全引此兩條，『客』作『人』，『用』前增『東坡』，『東坡曰』作『又東坡詩云』，『桑疇』作『春疇』，『麥』作『夏』，『舉因知果』作『舉果知因』。『與』作『作』，『皆』作『詩』，『妙』後無『語』。

【注】

〔一〕此爲王安石《登寶公塔》，見於《王荊公詩注》卷二十七。

〔二〕此爲王安石《書湖陰先生壁二首》其一，見於《王荊公詩注》卷四十三。注引《冷齋夜話》云：『山谷嘗見荊公於金陵，因問：「丞相近有何詩？」荊公指壁上所題兩句云：「一水護田云云，此近所作也。」』又引《石林詩話》云：『荊公詩用法甚嚴，尤精於對偶。嘗云：「用漢人語，止可以漢人語對。若參以異代語，便不相類。」如此句「護田」「排闥」之類，皆漢人語也。此法荊公用之，不覺拘窘。如「周顒宅作阿蘭若，婁約身歸窣堵波」者，以梵語對梵語，亦此類。』此處所引，前者見於《苕溪漁隱叢話》前集卷三十三《半山老人一》，未見於今本《冷齋夜話》，後者見於《石林詩話》卷中。

〔三〕此爲蘇軾《文登蓬萊閣下，石壁千丈，爲海浪所戰，時有碎裂，淘灑歲久，皆圓熟可愛，土人謂此彈子渦也。取數百枚，以養石菖蒲，且作詩遺垂慈堂老人》，見於《蘇軾詩集》卷三十一，『攜』作『持』。

【箋】

呂本中《童蒙詩訓·文章貴警策》：『陸士衡《文賦》云：「立片言以居要，乃一篇之警策。」此要論也。文章無警策則不足以傳世，蓋不能竦動世人。如老杜及唐人諸詩，無不如此。但晉宋間人專致力於此，故失於綺靡而無高古氣味。老杜詩云：「語不驚人死不休。」所謂驚人語，即警策也。』此即『句中眼』或『詩眼』之要義也。宋人於此著力甚深，用畫龍點睛之詞句凝練內涵或提升境界，亦是爲句法創新張本。王安石、蘇軾與黃庭堅正因用語『盡古今之變』，方使宋詩獨特面貌得以確立，而『句眼』是『造語之工』典型呈現，於宋詩而言意義非凡。近藤元粹評曰：『這等之詩皆宜稱之警句。』又曰：『句中眼，奇語。』此爲宋人習語，非以生僻見奇，而以生動形象，爲宋詩增色故也。

舒王編[1]四家詩

舒王[2]以李太白、杜[3]少陵[4]、韓退之、歐陽[5]永叔詩編爲《四家詩集》，而[6]以歐公居太白之上，世莫曉其意[7]。舒王嘗[8]曰：『太白詞語迅快，無疏脱處[9]，然其識污下，詩詞[10]十句九句言婦人、酒耳。歐公，今代詩人未有出其右者，但恨其不修《三國志》而修《五代史》耳。如歐公詩曰「行人仰頭飛鳥驚」〔一〕之句，亦有佳趣，第人不解耳。』[11]

【校】

① 舒王編：《類説》無。

② 舒王：《類説》作『王荊公』。

③ 杜：故宮明本作『杠』。

④ 少陵：《類説》作『子美』。

⑤ 陽：原本脱，據《稗海》本、《津逮秘書》本、《四庫全書》本、《學津討原》本、《筆記小

說大觀》本、《殷禮在斯堂叢書》本補。

⑥ 而：《類說》無。

⑦ 世莫曉其意：《類說》無。

⑧ 舒王嘗：《類說》作「公」。

⑨ 無疏脱處：「然」《類說》前無。

⑩ 其識污下，詩詞：，《類說》無。

⑪ 「歐公」至「不解耳」：《類說》無。

《詩人玉屑》卷十二《品藻古今人物·四家集》引此條前半部分，「舒王以」作「王荊公以」，「杜少陵」作「杜子美」，「《四家詩集》」作「《四家集》」，後無「而」，無「世莫曉其意」，「舒王嘗」作「公」，無「無疏脱處」，「然」後無「其識污下，詩詞」。

【注】

〔一〕此爲歐陽修《於劉功曹家見楊直講褒女奴彈琵琶，戲作呈圣俞》，見於《歐陽修詩編年箋注》卷十五，「仰」作「舉」。

【箋】

《苕溪漁隱叢話》前集卷六共引四種文獻論述王安石編四家詩之事，但未及《冷齋夜話》。一是《王直方詩話》：『荆公編集四家詩，其先後之序，或以爲存深意，或以爲初無意。蓋以子美爲第一，此無可議者，至永叔次之，退之又次之，以太白爲下，何邪？或者云：太白之詩，固不及退之，而永叔本學退之，而所謂青出於藍者，故其先後如此。或者又以荆公既品第了此四人次第，自處便與子美爲敵耳。』二是《鍾山語錄》：『荆公次第四家詩，以李白最下，俗人多疑之。公曰：「白詩近俗，人易悦故也。白識見污下，十首九説婦人與酒，然其才豪俊，亦可取也。」』三是王定國《聞見近錄》：『黄魯直嘗問王荆公：「世謂四選詩，丞相以歐、韓高於李太白邪？」荆公曰：「不然，陳和叔嘗問四家之詩，乘間簽示和叔，時書史適先持杜詩來，而和叔遂以其所送先後編集，初無高下也。李、杜，自昔齊名者也，何可下之。」魯直歸問和叔，和叔與荆公之説同。今乃以太白下歐、韓而不可破也。』四是陳正敏《遁齋閑覽》：『或問王荆公云：「編四家詩，以杜甫爲第一，李白爲第四，豈白之才格詞致不逮甫也？」公曰：「白之歌詩，豪放飄逸，人固莫及，然其格止於此而已，不知變也。至於甫，則悲歡窮泰，發斂抑揚，疾徐縱横，無施不可，故其詩有平淡簡易者，有綺麗精確者，有嚴重威武若三軍之帥者，有奮迅馳驟若泛駕之馬者，有淡泊閑静若山谷隱士者，有風流醖藉若貴介公子者。蓋其詩緒密而思深，觀者苟不能臻其閫奥，未易識其妙處，夫豈淺近者所能窺哉？此甫所以光掩前人，而後來無繼也。元稹以謂兼人所獨專，斯言信矣。」或者又曰：「評詩者謂甫期白太過，反爲白所誚。」公曰：「不然，甫贈白詩，則曰『清新庾開府，俊逸鮑參軍』，但比之庾信、鮑照而已。又曰『李侯有佳句，往往似陰鏗』，鏗之詩，又在鮑、庾下矣。飯顆之嘲，雖一時戲劇之談，然二人者名既相逼，亦不能無相忌也。」』亦見於《詩人玉屑》卷十四《李杜・杜甫光掩前人，後來無繼》。簡而言之，對王安石之所以將李白置於唐宋四位名家之末，主要有四種解釋：一是并無高下，祇是抄寫順序而已。二是李詩廣度不及杜詩。三是李白見識遠不及杜甫。四是以此突出宋詩之傳承與超越。《冷齋夜話》屬於第三種，貶抑李詩最力。

《滹南詩話》卷上：『荊公云：「李白歌詩，豪放飄逸，人固莫及，然其格止於此而已，不知變也。至於杜甫，則發斂抑揚，疾徐縱横，無施不可。蓋其緒密而思深，非淺近者所能窺，斯其所以光掩前人而後來無繼也。」而歐公云：「甫之於白，得其一節，而精强過之。」是何其相反歟？然則荊公之論，天下之言也。』意謂李詩惟得一端而杜詩開萬千法門。

《捫虱新話》卷上卷三：『荊公編李、杜、韓、歐《四家詩》，而以歐公居太白之上，曰：「李白詩語迅快，無疏脱處，然其識汚下，十句九句言婦人、酒爾。」予謂：詩者，妙觀逸想所寓而已。太白之神氣，當游戲萬物之表，其於詩，特寓意焉耳，豈以婦人與酒能敗其志乎？不然，則淵明篇篇有酒，謝安石每游山必攜妓，亦可謂其識不高耶？歐公文字，寄寓高遠，多喜爲風月閑適之語，蓋是效太白爲之，故東坡作《歐公集序》亦云：「詩賦似李白。」此未可以優劣論也。黄魯直初作艷歌小詞，道人法秀謂其以筆墨誨淫，於我法中當墮泥犁之獄，魯直自是不復作。以魯直之言能誨淫，則可；以爲其識汚下，則不可。』以『妙觀逸想』與『寓意』解詩，意謂不可拘泥字面，當求其間之深意，從而爲李詩正名。

《歲寒堂詩話》卷上：『至於李杜，尤不可輕議。歐陽公喜太白詩，乃稱其「清風明月不用一錢買，玉山自倒非人推」之句。此等句雖奇逸，然在太白詩中，特其淺淺者。魯直云：「太白詩與漢魏樂府爭衡。」此語乃真知太白者。王介甫云：「白詩多說婦人，識見污下。」介甫之論過矣。孔子刪詩，《三百五篇》說婦人者過半，豈可亦謂之識見污下耶？元微之嘗謂「自詩人以來，未有如子美者」，而復以太白爲不及，故退之云：「不知群兒愚，那用故謗傷。」退之于李杜，但極口推尊而未嘗優劣，此乃公論也。』意謂貶李者未窺李詩堂奧，强分優劣有失偏頗。

《臨漢隱居詩話》卷二：『頃年嘗與王荆公評詩，予謂：「凡爲詩，當使挹之而源不窮，咀之而味愈長。至如永叔之詩，才力敏邁，句亦清健，但恨其少餘味耳。」荆公曰：「不然，如『行人仰頭飛鳥驚』之句，亦可謂有味矣。」然余至今思之，不見此句之佳，亦竟莫原荆公之意。信乎，所見之殊，不可强同也。』王安石所言近於《冷齋夜話》，但魏泰并不贊同，故而語含批評之意。

『李杜優劣論』堪稱牽動半部中國文學史之著名公案，簡而言之，唐代李白名聲大於杜甫，因爲李詩是盛唐精英氣質的最佳呈現。雖有元稹揚杜貶李，但遭到韓愈駁斥，《韓昌黎詩繫年集釋》卷九《調張籍》：『李杜文章在，光焰萬丈長。不知群兒愚，那用故謗傷。蚍蜉撼大樹，可笑不自量。』唐人便再無軒輊。宋代恰恰相反，杜甫被樹爲最高典範，李白受到冷遇，這與迫於異族之國勢、精神內轉之文化、拙樸深曲之審美等均有密切關聯。祇有極少數人能持平對待，例如《杜工部草堂詩話》卷二：『莆陽鄭景韋《離經》曰：「李謫仙，詩中龍也，矯矯焉不受約束。杜子美則麟游靈囿，鳳鳴朝陽，自是人間瑞物。二豪所得，殆不可以優劣論也。」』又如《滄浪詩話·詩評》：『李杜二公，正不當優劣。太白有一二妙處，子美不能道；子美有一二妙處，太白不能作。子美不能爲太白之飄逸，太白不能爲子美之沉鬱。』明代尊唐貶宋，故而累及宋詩源頭之杜甫，李白則大見推重。清代以來大抵延續嚴羽理路，著眼於詩歌内在美學特質，將李杜視爲盛唐詩并峙雙峰。

宋代尊杜貶李浪潮之中，王安石立場頗有代表性，他認爲李詩連歐陽修詩都不如。因爲以宋人標準視之，李詩雖有某些出色語句，但若全面衡量，内容多爲女人與美酒，見識不高，思想不純，無法與杜詩憂國憂民之純粹擔當相比。李詩藝術長處是一氣呵成，缺點是難有餘音繞梁效果，無法與陶詩自然天成且餘味悠長相比。其實，這正是宋詩有别於唐詩之美學選擇，宋人以自我視角選擇性接受并詮釋李詩，故而塑造出有異於其他時代之李白形象。

近藤元粹評曰：『僻論，不免所謂「群兒愚」也。』若置於宋代，則爲通論；若置於後世，則近乎僻論也。又曰：『行人句拙陋，有何佳趣？不解之語，蓋夫子自道也。』從接受美學角度來説，作品完成則作者已死，讀者常會代入性閲讀，從而賦予作品新内涵與新意義。品詩見仁見智，實爲常事；夫子自道，亦爲常理，豈有純粹客觀之詮釋者乎？

范文正公蚊詩

范仲淹少時，求爲泰州西溪監鹽〔一〕，其志欲吞西夏，知用兵利病耳①。而廨舍多蚊蚋，文正戲題其壁曰：『飽去櫻桃重，饑來柳絮輕。但知離此去，不要②問前程。』〔二〕雖戲笑之語，亦愷悌渾厚之氣逼人，况其大者乎？

【校】

① 耳：明刻本無。

② 要：明刻本、静嘉堂文庫本、故宫明本、《稗海》本、《津逮秘書》本、《四庫全書》本、《學津討原》本、《筆記小説大觀》本、《殷禮在斯堂叢書》本作『用』。

《續墨客揮犀》卷五《泰州西溪多蚊蚋》亦有此條，『范仲淹』作『范文正公』，『雖』後增『公一時』。

《詩話總龜》前集卷四十《詼諧門上》所引此條爲：『范希文以大理寺丞監西溪鹽場，西溪素多蚊蚋，希文作詩曰：……（「離此去」作「求旦暮」，「不要」作「休更」。）』

【注】

〔一〕《范文正公年譜》：『天禧五年（一〇二一），年三十三，監泰州西溪鎮鹽倉。』

〔二〕此爲范仲淹《咏蚊》，見於《范仲淹全集》續補卷一，『不要』作『不用』。

【箋】

《苕溪漁隱叢話》後集卷二十七《東坡二》：『吴興，澤國也，春夏之交，地尤卑濕，仍多蚊蚋。子瞻作守日，有詩云：「風定軒窗飛豹脚，雨餘欄楯上蝸牛。」真紀實也。舊説泰州西溪，濱海多蚊，范文正爲監鹽，題詩云：……（「不」作「莫」。）想與吴興同患也。』

《詩林廣記》後集卷十范仲淹《蚊》「離此去」作「求旦暮」，「不要」作「休更」，下引《苕溪漁隱叢話》。

《臨漢隱居詩話》卷三：『下澤濼水處多蚊蚋，泰州西溪尤甚。每黄昏如煙霧晦合，聲如殷雷。無貧富，皆以紗絹、蒲疏、蕉葛爲廚罩，老幼皆不能露坐，至以泥塗牛馬，不爾亦傷害。范希文嘗以大理寺丞監泰州西溪鹽務，爲蚊蚋所苦，有詩曰云云。』

《捫虱新話》上集卷一《言語忠厚》：『章子厚嘗言：「飢時遇不相識亦須索飯，飽後見爺亦不拜。」此最害理。子厚寧以一飽而遂忘其父乎？不似范文正公善言飢飽，公嘗監泰州西溪鹽場，西溪素多蚊蚋，作詩曰：……（「離此去」作「求早替」。）雖片言，亦自有忠厚之氣。』

《冷齋夜話》意在説明范仲淹文如其人，戲笑之語亦有愷悌渾厚之氣，《詩話總龜》歸入「詼諧門」，《苕溪漁隱叢話》與《臨漢隱居詩話》拘泥於「紀實」，均有流於表面之嫌，而《捫虱新話》深得正解。

范仲淹以事功名聞天下，但非汲汲於功名利禄者，徒以仁心自見也。是故仁者養氣，發之於詩文，亦自然高妙，非錙銖必較於文字者所能至也。近藤元粹評曰：『形容甚切。』其實，范詩之所長，不在形容景物之筆法，而在『氣盛則言之短長與聲之高下者皆宜』（《韓昌黎文集校注》卷三《答李翊書》）也。

柳詩有奇趣

柳子厚詩曰：『漁翁夜傍西巖宿，曉汲清湘然楚竹。煙消日出不見人，欸靄一聲山水綠。回看天際下中流，巖上無心雲相逐。』〔一〕東坡云：『詩以奇趣爲宗，反常合道爲趣，熟味此詩，有奇趣。然其尾兩句，雖不必亦可。』欸靄，三老相呼聲也。

【校】

《詩話總龜》前集卷五十《琢句門》全引此條，『欸靄』均作『欸乃』，『東坡』後增『評詩』，『以』前無『詩』，『味』後增『之』，『其』前無『然』，『相呼聲』後增『相應』。《詩人玉屑》卷十《詩趣·奇趣》所引與此相近，僅『東坡云』未變。

【注】

〔一〕此爲柳宗元《漁翁》，見於《柳宗元集》卷四十三，『欸靄』作『欸乃』。

【箋】

《苕溪漁隱叢話》前集卷十九《柳柳州》先引山谷云：「『千里楓林煙雨深，無朝無暮有猿吟。停橈靜聽曲中意，好是雲山《韶濩》音。零陵郡北湘水東，浯溪形勝滿湘中。溪口石顛堪自逸，誰人相伴作漁翁？』右元次山《欸乃曲》。欸音媼，乃音靄，湘中節歌聲。子厚《漁父詞》有『欸乃一聲山水緑』之句，誤書『欸欠』，少年多承誤妄用之，可笑。」胡仔按語云：「余游浯溪，讀磨崖《中興頌》，於碑側有山谷所書《欸乃曲》，因以百金買碑本以歸，今録入《叢話》。又《元次山集》注云：『欸音襖，乃音靄，棹船之聲。』《洪駒父詩話》謂欸音靄，乃音襖，遂反其音，是不曾看《元次山集》及山谷此碑而妄爲之音耳。」又引《冷齋夜話》，無「柳子厚詩曰」，「欸靄」作「欸乃」，「上」作「下」，無「欸靄，三老相呼聲也」。

《詩林廣記》前集卷五柳子厚《漁父詞》引「東坡云」，「尾」作「末」，「可」後增「也」。所附元結《欸乃曲》下引實爲揉合黄庭堅之言與胡仔按語而成：「元次山《欸乃曲》，欸音襖，乃音靄，乃湘中節歌聲也。《元次山集》音注亦同，云棹船之聲。《洪駒父詩話》謂欸音靄，乃音襖，遂反其音而讀之，則是不曾看《元次山集》及不聞山谷此語而妄爲之音耳。」

《學林》卷八《欸乃》：「元次山《欸乃曲》曰：『千里楓林煙雨深，無朝無暮有猿吟。停橈靜聽曲中意，好是雲山《韶濩》音。零陵郡北湘水東，浯溪形勝滿湘中。溪口石顛堪自逸，誰人相伴作漁翁？』柳子厚《漁父》詩曰：『漁翁夜傍西岩宿，曉汲清湘然楚竹。煙銷日出不見人，欸乃一聲山水綠。」黃庭堅題曰：「元次山《欸乃曲》，欸音媼，乃音靄，湘中節歌聲。柳子厚《漁父》詞有『欸乃一聲山水綠』之句，誤書『欸欠』，少年多承誤妄用之，可笑。」觀國案：《廣韻》上聲：「欸，於改切，相然譍也。」然則欸音靄，乃音媼爾。今世所傳《柳子厚文集·漁父》詩作「欸乃」，又箋音於其下曰：「欸音襖，乃音靄。」蓋世之誤用字、誤切音者，皆自《柳子厚文集》始，蓋編類文集者之過也。』以是觀之，此詞字形與字音之誤由來已久，惠洪亦未能訂正。

《滄浪詩話·考證》：『柳子厚「漁翁夜傍西岩宿」之詩，東坡刪去後二句，使子厚復生，亦必心服。』此乃以詩意論詩，見仁見智。

所謂『反常合道爲趣』，意指構造詩歌內部諸種張力以得到出人意表之效果，爲藝術領域所特有之情趣。所謂奇趣，《天廚禁臠》卷上《詩分三種趣》釋之爲：『脫去翰墨痕迹，讀之令人想見其處，此謂之奇趣也。』意指意境超越語言而呈現之獨特性。由是可知惠洪青睞奇趣，意不在獵奇，而在尋求可資借鑒之創新途徑，這與提倡使用方言俗語實爲殊途同歸。爲此，用韻與用字諸方面不妨以奇取勝，從名家名篇來看，這似是典範詩人共通之創作經驗。然而此種方法暗藏諸多風險，極易流於奇崛險怪之途，故而蘇軾與黃庭堅諸人高度警惕。蘇軾提出『以故爲新，以俗爲雅』原則，主張化腐朽爲神奇，反對一味追逐新奇，《蘇軾文集》卷六十七《題柳子厚詩二首》其二：『詩須要有爲而作，用事當以故爲新，以俗爲雅。好奇務新，乃詩之病。柳子厚晚年詩極似陶淵明，知詩病者也。』黃庭堅則從反面揭示『好作奇語』之弊，《與王觀復書》其一：『南陽劉勰嘗論文章之難云：「意翻空而易奇，文徵實而難工。」此語亦是沈、謝輩爲儒林宗主時，好作奇語，故後生立論如此。好作奇語自是文章病，但當以理爲主，理得而辭順，文章自然出群拔萃。』又云：『文章蓋自建安以來，好作奇語，故其氣象衰苶，其病至今猶在。惟陳伯玉、韓退之、李習之，近世歐陽永叔、王介甫、蘇子瞻、秦少游，乃無此病耳。』縱向觀之，這似是文壇積弊所在，務必除之而不可學也。或許文章與詩歌於『尚奇』所適用法度有異，於詩歌而言，奇語衹是技法而已，萬變不離其宗，終究以意趣爲旨歸。

近藤元粹評柳詩曰：『畫手不及。』蘇軾以宋詩視角解讀柳詩，『反常合道』實爲宋詩之常法；近藤元粹仍是唐詩視角，意在彰顯柳詩自然天成之特質也。又曰：『楊升庵輩喋喋駁坡說，雖然，竟不得不左袒坡說。』蘇軾所言爲最高藝術法則，非高手不能爲，確然不可易也。

東坡屬對

予游儋耳，及見黎氏①〔一〕，爲予言，東坡無日不相從，相從②乞園蔬。出其臨別北渡時詩：『我本儋耳民，寄生西蜀州③。忽然跨海去，譬如事遠游。平生生死夢，三者無劣優。知君不再見，欲去且少留。』〔二〕其末云：『新醞佳甚，求一具，臨行寫此詩，以折菜④錢。』又登望海亭，柱⑤間有擘窠大⑥字曰：『貪看白鳥横秋浦，不覺青林沒暮潮⑦。』〔三〕又謁姜唐佐，唐佐不在，見其母。母迎笑，食予檳榔。予問母：『識蘇公否⑧？』母曰：

『識之，然無奈其好吟詩。公嘗杖而至，指西木凳⑨，自坐其上，問曰：「秀才何往哉⑩？」言入村落未還。有包燈心紙，公以手拭開，書滿紙，祝曰：「秀才歸，當示之。」今尚在。』予索讀之，醉墨欹傾，曰：『張睢陽生猶罵賊，嚼齒空⑪齦；顏平原死不忘君，握拳透爪。』〔四〕

【校】

① 氏：靜嘉堂文庫本、故宮明本、《稗海》本、《津逮秘書》本、《學津討原》本、《筆記小說大觀》本、古活字印本、正保本、寬文本、文化本作『民』，《四庫全書》本作『民表』。

② 相從：《稗海》本、《津逮秘書》本、《四庫全書》本、《學津討原》本、《筆記小說大觀》本、《殷禮在斯堂叢書》本無。

③ 州：故宮明本作『川』。

④ 萊：古活字印本、正保本、寬文本、文化本、《螢雪軒叢書》本作『萊』。《〈冷齋夜話〉考》：『萊錢：或當作「莢錢」。又《漢書・食貨志》注：「應劭曰：漢鑄莢錢。」《書敘指南》貞集（九丈）：「薄小錢曰莢錢。」（《史・平準》）。』

⑤ 柱：故宮明本作『桂』。

⑥ 擘窠大：《稗海》本、《筆記小說大觀》本作『壁』。

⑦ 暮：《四庫全書》本、《學津討原》本作「晚」。潮：故宫明本、《稗海》本、《津逮秘書》本、《筆記小説大觀》本作「湖」。

⑧ 否：原本脱，據《稗海》本、《津逮秘書》本、《四庫全書》本、《學津討原》本、《筆記小説大觀》本、《殷禮在斯堂叢書》本補。

⑨ 木凳：《四庫全書》本作「木榻」，前增「壁」。

⑩ 哉：元刻本、静嘉堂文庫本、故宫明本、《稗海》本、《津逮秘書》本、《四庫全書》本、《學津討原》本、《筆記小説大觀》本、《殷禮在斯堂叢書》本作「我」。

⑪ 空：《四庫全書》本、《殷禮在斯堂叢書》本作「穿」。

《詩話總龜》前集卷二十一《咏物門下》全引此條，「見黎氏」前無「及」，無「爲予言，東坡無日不相從，相從乞園蔬」，「出其臨別北渡時詩」作「出東坡別海北詩曰」，無「其末云：新醖佳甚，求一具，臨行寫此詩，以折菜錢」「唐佐不在」「母迎笑，食予檳榔」，「予問」後無「母」，「否」作「乎」，後無「母」「識之」，「好」前無「其」，「嘗」前無「公」，無「指西木凳，自坐其上，問曰：秀才何往哉？言入村落未還」「祝曰：秀才歸，當示之，今尚在」，「空」作「穿」。

《苕溪漁隱叢話》前集卷四十《東坡三》全引此條，「見黎氏」前無「及」，第二個「相」作「常」，「北渡時詩」作「歸海北詩云」，「佳甚」作「甚佳」，「臨行」作「謾」，無「又登望海亭，柱間有擘窠大字曰：貪看白鳥横秋浦，不覺青林沒暮潮」，「否」作「乎」，「好」前無「其」，無

「指西木凳，自坐其上」，「秀才何往」前無「曰」，後無「哉」，後增「我」，「祝」作「囑」，「示」前無「當」，「空」作「穿」。

【注】

〔一〕黎氏：即黎子雲，字民表，海南儋州人，生平行迹見於《康熙儋州志》卷等。《宋僧惠洪行履著述編年總案》將之繫於政和三年（一一一三）。

〔二〕此爲蘇軾《别海南黎民表》，見於《蘇軾詩集》卷四十三，「儋耳」作「海南」。

〔三〕此爲蘇軾《澄邁驛通潮閣二首》其一，見於《蘇軾詩集》卷四十三，「鳥」作「鷺」，「暮」作「晚」。

〔四〕此爲蘇軾《偶書二首》其二，見於《蘇軾文集》卷六十六，「爪」作「掌」。《〈冷齋夜話〉考》：「張睢陽：《排韻》卷四（四十一丈）：「張巡志氣高邁，唐天寶中祿山反，巡守睢陽，縛稿爲人，剡蒿爲矢，大小四百戰。糧盡城陷，罵賊而死。尹子奇以刃抉其口齒，存者三四。」」

【箋】

張邦基《墨莊漫錄》卷四：「東坡自儋耳北歸，臨行以詩留别黎子雲秀才云：……（「儋耳民」作「儋州人」，「跨海去」作「跨海上」，「君」作「見」。）後批云：「新釀甚佳，求一具理，臨行寫此，以折菜錢。」宣和中，予在京相藍（大相國寺省稱），見南州一士人攜此帖來，粗厚楮紙，行書，塗抹一二字，類顔魯公《祭侄文》，甚奇偉也。「具理」，南荒人瓶罌。』《彦周詩話》：『後嘗有人得罪過海，見黎子雲秀才，説海外絶無書，適渠家有柳文，東坡日夕玩味。』『有人』或指惠洪，許顗與之交游，故諱言其流放經歷，所述可與此條互補。

此條重心原在記録蘇軾謫居海南之生活狀態。近藤元粹評第一首蘇詩曰：『達人之語，出於人意表，妙絶。』雖有『詩窮而後工』之説，但如何面對現實困頓，不僅決定『君子固窮』（《論語正義·衛靈公》）之道德水準，而且往往決定藝術水平之高下。蘇軾參究佛理，通達圓融，不滯於外物，故而詩詞自妙也。又曰：『一結，覺達人亦有情。』達人有情并不矛盾，祇是非世俗之情，而乃悲天憫人情懷發自仁心也。評第三首蘇詩曰：『偶然弄筆，亦自成名對。』仁人之心、詩人之情、高人之境俱在，則『下筆如有神』（《杜詩詳注》卷一《奉贈韋左丞丈二十二韻》）矣。又注『食子檳榔』曰：『《鶴林玉露》亦載是事。』此見於是書丙編卷一《檳榔》：『嶺南人以檳榔代茶，且謂可以御瘴。余始至不能食，久之，亦能稍稍。居歲餘，則不可一日無此君矣。故嘗謂檳榔之功有四：一曰醒能使之醉。蓋每食之，則醺然頰赤，若飲酒然。東坡所謂「紅潮登頰醉檳榔」者是也。』然則此處意在述『檳榔之功』，且引卷一《東坡留題姜唐佐扇、楊道士息軒、姜秀郎几間》條蘇軾詩爲證，實未及此條也。

林和靖送遵式詩

王冀公鎮金陵〔一〕，以書致錢塘講師遵式〔二〕，遵式以病辭。及愈，將謁公，乃過孤山和靖先生林逋，逋以詩送之曰：『虎牙熊軾隱鈴齋，棠樹陰陰長碧苔。丞相望崇賓謁少，清談應喜道人來。』〔三〕

【校】

《詩話總龜》前集卷四十六《隱逸門》全引此條，『遵式以病辭，及愈』作『式』，『乃過孤山和靖先生』作『過』，『之曰』作『云』，『談』作『言』。

【注】

〔一〕《宋史》卷二百八十三《王欽若傳》：『仁宗即位，改秘書監，起爲太常卿、知濠州，以刑部尚書知江寧府。』

〔二〕遵式：九六四—一〇三二，字知白，浙江臨海郡寧海人，屬天臺宗。生平行迹見於契嵩《鐔津文集》卷十五《杭州武林天竺寺故大法師慈雲式公行業曲記》、《釋門正統》卷五、《佛祖統紀》卷十等。

〔三〕此爲林逋《送遵式師謁金陵王相國三首》其一，見於《林和靖集》卷四，『虎』作『高』，『陰陰』作『陰濃』，『碧』作『綠』，『崇』作『尊』，『談』作『言』。

【箋】

詩歌本質在於吟咏情性，是故『文如其人』之説頗爲流行。雖有不少反證，例如《元好問論詩三十首小箋》：『心畫心聲總失真，文章寧復見爲人。高情千古《閑居賦》，爭信安仁拜路塵』，但這種聲音似乎一直不占上風，反過來説明心性歷來被視作爲人爲文之本。此條承續前文，以蘇軾與林逋兩位名人爲例，爲主流觀念提供心路歷程與作品風貌相互關聯之確證。林逋『梅妻鶴子』，秉性高潔，此詩本有勸勉友人入世之意，現實應是丞相門前賓客如雲，但詩中截然相反，不是喧嘩與騷動，而是無爲與清談，這未免是以隱士之心度政客之腹也。

丁晉公①和蘇文公詩兩聯②

韓子蒼曰③：『丁晉公海外詩曰④：「草解忘憂憂底事，花能⑤含笑笑何人⑥。」〔一〕世以爲工。及讀⑦東坡詩曰⑧：「花非識面常含笑，鳥不知名時⑨自呼。」〔二〕便覺才力相去如天淵⑩。』

【校】

①公：原本脫，據《津逮秘書》本、《四庫全書》本、《學津討原》本、《殷禮在斯堂叢書》本、《類說》補。

②和蘇文公詩兩聯：《津逮秘書》本、《四庫全書》本、《學津討原》本、《殷禮在斯堂叢書》本作『和東坡詩』，《類說》作『詩』。

③韓子蒼曰：《類說》無。

④曰：《類說》作『云』。

⑤能：《類說》作『名』。

⑥人：明刻本、故宮明本無。

⑦及：明刻本、靜嘉堂文庫本、故宮明本、《稗海》本、《津逮秘書》本、《四庫全書》本、《學津討原》本、《筆記小說大觀》本、《殷禮在斯堂叢書》本無。『及讀』《類說》無。

⑧詩曰：《類說》作『云』。

⑨時：《類說》作『祇』。

⑩如天淵：《類說》作『遠矣』。

《詩話總龜》前集卷十一《雅什門下》全引此條，第一個「詩曰」作「詩云」，「能」作「名」。《苕溪漁隱叢話》前集卷二十五《丁晉公》全引此條，「詩曰」均作「詩云」，「能」作「名」，「非」作「曾」，「嘗含笑」作「香仍好」，「時」作「聲」，「如天淵」作「遠矣」。

【注】

〔一〕此爲丁謂《山居（雷化以南，山多零陵藿香，芬芳襲人，動或數里）》，見於《全宋詩》卷一百零一，句下自注：「海南有含笑花。」

〔二〕此爲蘇軾《惠州近城數小山，類蜀道。春，與進士許毅野步，會意處，飲之且醉，作詩以記。適參軍專使欲歸，使持此以示西湖之上諸友，庶使知予未嘗一日忘湖山也》，見於《蘇軾詩集》卷三十九，「非」作「曾」，「嘗含笑」作「香仍好」，「時」作「聲」。標題下注云：「合注：《東坡題跋·書天慶觀壁》云：『飲酒此室，進士許毅甫自五羊來，邂逅一杯而別。』」句下注云：「合注：《能改齋漫錄》云：『《北山經》，蔓聯之山，有鳥名曰交鳥，其名自呼。見《山海經》。』何焯曰：『二句，詩話作「花非識面常含笑，鳥不知名時自呼」。』」所述與此詩標題有異。

【箋】

《優古堂詩話·草忘憂、花含笑》所引此條頗爲不同：「丁晉公『草解忘憂憂底事，花能含笑笑何人』，不若東坡『花如識面嘗含笑，鳥不知名時自呼』。然丁詩本取唐人徐振《雷塘》詩：『花憶所爲猶自笑，草如無道更應荒。」《毛詩》:「焉得諼草。」釋者以爲諼草可以解人之憂耳。今丁詩乃以草憂底事,何邪?然善論詩者,不當如此。』《冷齋夜話》意在品評兩位詩人及作品之高下,此處重在通過考證出處以説明丁詩不通之處。

詩詞之高下,下者較字句,中者較意境,上者較情性。字句得乎學力,意境得乎才力,情性得乎愿力。有學而可致者,有才學參半者,有天啟仁心者。近藤元粹評此條曰:『確論。』丁詩不如蘇詩,根柢在於兩人情性有天壤之别,才學衹是連帶結果而已。丁詩非不工,然較之蘇詩,則氣弱也。又注曰:『《歸田録》「能」作「名」,似是。《温公詩話》與此同。』其實,除字句略異以外,《歸田録》卷一於丁詩大加贊許:『其少以文稱,晚年詩筆尤精,在海南篇咏尤多,如「草解忘憂憂底事,花名含笑笑何人」,尤爲人所傳誦。』《温公續詩話》亦是如此:『丁相謂善爲詩,在珠崖猶有詩近百篇,號《知命集》,其警句有「草解忘憂憂底事,花能含笑笑何人」。』兩書立場均與此條有異,持論似不及也。

上元詩

予嘗①自并州還江南,過都下〔一〕,上元逢符寶郎蔡子因〔二〕,約相見②相國寺。未至,有道人求詩,且曰:『覺範嘗有寒巖寺詩懷京師,曰:「上元獨宿寒巖寺,臥看青燈映薄紗。夜久雪猿啼岳頂,夢回山月上梅花。十分春瘦緣何事,一掬歸心未到家。却憶少年行樂處，軟風香霧噴東華。」〔三〕今當爲作京師上元懷山中也。』予戲爲之曰：『北游爛熳看并山，重到皇州及上③元。燈火樓臺思往事，管弦音律試新翻。期人未至情如海，穿市④歸來月滿軒。却憶寒巖曾獨宿，雪窗殘夜一聲猿。』〔四〕

【校】

① 嘗：《稗海》本、《津逮秘書》本、《四庫全書》本、《學津討原》本、《筆記小説大觀》本、《殷禮在斯堂叢書》本無。

② 相見：明刻本、靜嘉堂文庫本、故宫明本、《稗海》本、《津逮秘書》本、《四庫全書》本、《學津討原》本、《筆記小説大觀》本無。

③ 上：明刻本作『工』。

④ 市：正保本、寬文本、文化本、《螢雪軒叢書》本作『巿』。

《詩話總龜》前集卷十一《雅什門下》全引此條，『自』前無『嘗』，無『上元逢符寶郎』，『未至，有道人求詩』作『問余有詩』，『嘗有寒巖寺詩懷京師』作『有寒巖上元懷京師詩』，『山月』作『清月』，『風』作『紅』，『當爲』作『能』，『山中』後增『也，可乎』，『爲之』前無『戲』，『并山』作『并門』，『樓臺思往事』作『風光記前事』，『翻』作『番』。《詩人玉屑》卷二十《禪林·惠洪》全引此條，『上元，逢』作『逢上元』，『見』前無『相』，

『寒巖寺詩懷京師』作『寒巖上元懷京師詩』，『山月』作『清月』，『風』作『紅』，『也』前增『可』，『并山』作『并川』，『樓臺思往事』作『風光憶前事』。

【注】

〔一〕《宋僧惠洪行履著述編年總案》：『政和五年（一一一五）正月，自太原還洪州，過京師。』

〔二〕蔡子因：《宋僧惠洪行履著述編年总案》：『《石門文字禪》卷二十七《跋蔡子因詩書三首》之三：「予久不見夢蝶，偶得此詩湘西山水間。」可知蔡子因號夢蝶居士。卷十九有《夢蝶居士贊二首》，當爲子因作。』亦見於卷三《寄蔡子因》、卷二十六《題白鹿寺壁》、卷二十七《跋蔡子因詩書三首》等。

〔三〕此爲惠洪《上元宿百丈》，見於《石門文字禪》卷十，『青』作『篝』，『山月上』作『清月在』，『風』作『紅』，『東』作『京』。注云：『上元，謂正月十五日也。百丈山，在南昌府。此詩《（詩人）玉屑》二十一卷有評。』又云：『「京」當作「東」。「軟紅香霧東華」，謂杭州西湖景。《東坡詩》第十一卷曰：「軟紅猶戀屬車塵。」注：「前輩戲語，有『西湖風月不如東華軟紅香土』。」』《宋僧惠洪行履著述編年總案》將之繫於崇寧五年（一一〇六）。

〔四〕此爲惠洪《余昔居百丈，元夕有詩，後十年是夕過京師，期子因不至》，見於《石門文字禪》卷十一，『山』作『川』，『樓臺思往事』作『風光記前事』，『律』作『節』，『未』作『不』，『却』作『忽』。注云：『《南昌府》：「百丈山在奉新縣西一百四十里。」子因，即蔡子因也。』又云：『并川，謂并州歟？今太原府是也。』《宋僧惠洪行履著述編年總案》將之繫於政和五年（一一一五）。

【箋】

《苕溪漁隱叢話》前集卷五十六《洪覺範》雖未引此條，但另有所引，且對《上元宿百丈》等詩予以嚴厲批評：『《冷齋夜話》云：「予謫海外，上元，椰子林中，漁火三四而已。中夜聞猿聲淒動，作詞曰：『凝祥宴罷聞歌吹。畫轂走，香塵起。冠壓花枝馳萬騎。馬行燈鬧，鳳樓簾捲，陸海鼇山對。　當年曾看天顏醉。御杯舉，歡聲沸。時節雖同悲樂異。海風吹夢，嶺猿啼月，一枕思歸淚。』」又有《懷京師》詩云：『十分春瘦緣何事，一掬歸心未到家。』」」胡仔按語云：『忘情絶愛，此瞿曇氏（釋迦牟尼）之所訓，惠洪身爲衲子，詞句有「一枕思歸淚」及「十分春瘦」之語，豈所當然？又自載之詩話，矜衒其言，何無識之甚邪！』此未見於今本《冷齋夜話》，或爲逸文。《詩人玉屑》卷二十一《詩餘·僧惠洪》所引與此相同。

《能改齋漫録》卷十一《記詩·浪子和尚詩》：『洪覺範有《上元宿岳麓寺》詩，蔡元度夫人王氏，荊公女也，讀至「十分春瘦緣何事，一掬鄉心未到家」，曰：「浪子和尚耳。」』

僧人參究佛理以『忘情絶愛』，這與詩歌『吟咏情性』本質相齟齬，故而僧詩常易墮入『蔬筍氣』陷阱而不能自拔。如何平衡忘情與言情之矛盾，既可見悟道之深淺，亦可見藝術之火候。近藤元粹評求詩之事曰：『合作。』評第一首詩曰：『前聯最奇警，「雪猿」字甚新。』評第二首詩曰：『一結妙絕。』兩詩妙處在於以詩人胸懷寫俗情，而以僧人胸懷鑄意境，合乎『非真非俗、即真即俗』之『中道』也。又曰：『巾字失聲，恐訛誤。』此判定基於音韻而與文獻暗合，然也。

東坡滑稽，又言無有無對

有村校書，年已七十，方買妾饌客。東坡杖藜相過，村校喜，延坐其東，起爲壽，且乞詩。東坡問①：『所買妾年幾何？』曰：『三十。』乃戲爲詩，其略曰：『侍者方當而立歲，先生已是古②稀年。』〔一〕此老滑稽於③文章如此④。又曰：『世間事無有無對，第人思之不至也。如曰：「我見魏徵嘗嫵媚。」則對曰：「人言盧杞是奸邪。」』又曰：『無物不可比類，如蠟花似石榴花，紙花似⑤罌粟⑥花，通草花似梨花，羅絹花似海棠花。』

【校】

① 問：正保本、寬文本、文化本作『間』。

② 古：原本作『者』，據靜嘉堂文庫本、《稗海》本、《津逮秘書》本、《四庫全書》本、《學津討原》本、《筆記小説大觀》本、《殷禮在斯堂叢書》本、《螢雪軒叢書》本改。

③於：《稗海》本、《津逮秘書》本、《四庫全書》本、《學津討原》本、《筆記小說大觀》本、《殷禮在斯堂叢書》本作『故』。

④如此：《稗海》本、《津逮秘書》本、《四庫全書》本、《學津討原》本、《筆記小說大觀》本前增『亦』。

⑤似：明刻本、靜嘉堂文庫本、故宮明本無。

⑥粟：《稗海》本、《津逮秘書》本、《四庫全書》本、《學津討原》本、《筆記小說大觀》本作『宿』。

【注】

〔一〕此爲蘇軾《戲村校書七十買妾》，見於《蘇軾詩集》卷四十八，『古稀』作『者希』。

【箋】

《藝苑雌黄》：『頃有人年七十餘，置一侍婢年三十。東坡戲之曰：「侍者方當而立歲，先生已是古稀年。」得無類是乎！』《冷齋夜話》意在説明蘇軾偶有滑稽之舉，《藝苑雌黄》意在批評前人寫詩多用典故與歇後語，兩者著眼點并不相同。

《苕溪漁隱叢話》前集卷六十《麗人雜記》引《遁齋閑覽》：『東坡在豐城，有老人生子，爲具召東坡，且求一詩。東坡問：「翁年壽幾何？」曰：「七十。」「翁之妻幾何？」曰：「三十。」東坡即席戲作八句，其警聯云：「聖善方當而立歲，乃翁已及古稀年。」』《苕溪漁隱叢話》後集卷七《杜子美三》引《遁齋閑覽》而駁《藝苑雌黃》：『今《藝苑》以爲有人年七十餘，置侍婢，仍竄易其詩。記事之誤有如此，當以《遁齋》爲正。』

其實，《冷齋夜話》與《藝苑雌黃》所記或更有迹可尋。《韻語陽秋》卷十九：『張子野年八十五猶聘妾，東坡作詩，所謂「詩人老去鶯鶯在，公子歸來燕燕忙」是也。荊公亦有詩云：「篝火尚能書細字，郵筒還肯寄新詩。」其精力如此，宜其未能息心於粉白黛綠之間也。坡復有《贈張、刁二老》詩，有「共成一百七十歲」之句，則子野年益高矣。故其未章云：「惟有詩人被磨折，金釵零落不成行。」』

此條所記爲蘇軾調笑之作，這類作品固然有『以資閑談』之用，實從側面折射蘇軾人生態度與社會影響，有助於後人基於知人論世而深度理解其作品。《竹坡詩話》亦有類似記載：『東坡在黄州時，嘗赴何秀才會，食油果甚酥，因問主人，此名爲何，主人對以無名。東坡又問爲甚酥，坐客皆曰：「是可以爲名矣。」又潘長官以東坡不能飲，每爲設醴，坡笑曰：「此必錯著水也。」他日忽思油果，作小詩求之云：「野飲花前百事無，腰間惟系一葫蘆。已傾潘子錯著水，更覓君家爲甚酥。」李端叔嘗爲余言，東坡云：「街談市語，皆可入詩，但要人鎔化耳。」此詩雖一時戲言，觀此亦可以知其鎔化之功也。』以街談市語入詩，難離心境豁達與才華出衆，蘇軾於此兩事堪稱宋代當之無愧第一人也。近藤元粹評蘇軾殘句曰：『使人捧腹。』其實，真戲謔不是抖機靈，而是『含笑之批評』，使人捧腹之餘而有所得，蘇軾這類作品或當作如是觀。評集對曰：『是對語已載於第一卷，重出可削。』漢語以簡潔爲上，言簡意賅乃爲文首義，『重出可削』，確然無疑也。